我的幻想朋友

MEMOIRS OF AN IMAGINARY FRIEND

MATTHEW DICKS
馬修・迪克斯——著　薛慧儀——譯

1

我所知道的就這些：

我叫做布多。

我已經活了五年。

對我這樣的人而言，五年是非常長的時間了。

我的名字是麥克斯替我取的。

麥克斯是唯一能看見我的人類。

麥克斯的父母說我是他幻想出來的朋友。

我最喜歡麥克斯的老師，葛思克老師。

我討厭麥克斯的另一個老師，派特森老師。

我不是幻想出來的。

2

身為幻想出來的朋友，我算很幸運，我已經活得比大部分的同類要久多了。我曾經認識一個叫做菲利普的幻想朋友，他是麥克斯幼稚園同學的幻想朋友，只活了不到一個星期。有一天他突然就蹦到這個世界，看起來很像人類，只是沒有耳朵（許多幻想朋友都少了耳朵），幾天後，他就消失了。

我很幸運，因為麥克斯的想像力很豐富。有一次我認識一個叫做查普的幻想朋友，他只不過是牆上的一個點而已。一個模糊不清的黑點，甚至根本沒有真正的形體。查普會說話，也多少會在牆壁上下滑動，但他是平面的，就像一張紙，所以永遠無法把自己從牆面剝離。他不像我，他沒有兩隻手臂和兩條腿，甚至連臉都沒有。

幻想朋友得靠人類朋友的想像，才能得到形體和外貌。麥克斯非常有創造力，所以我有兩隻手臂、兩條腿和一張臉，一樣都沒少，所以我在幻想朋友的圈子中是很少見的。大部分的幻想朋友不是缺這就是缺那，有些甚至看起來一點都不像人類，就像查普那樣。

不過，想像力太豐富也有壞處。有次我遇見一個叫做翼手龍的幻想朋友，眼睛是長在兩根綠色細長觸角的頂端。他的人類朋友大概覺得眼睛長成這樣很酷，但翼手龍很可憐，他的眼睛不管怎麼樣就是無法聚焦。他告訴我，他時常覺得不舒服，而且總是被自己的腳絆倒，他的腳不過是兩團連在腿上的模糊影子。他的人類朋友太專注在翼手龍的頭部和那對眼睛，從沒費心去想過他腰部以下的樣子。

這種事很常見。

我也很幸運，因爲我可以自由活動。很多幻想朋友都和人類朋友形影不離。有些脖子上有鍊子，有些不到十公分高，被塞在外套口袋裡。還有些只不過是牆上的一個點，就像查普。但多虧了麥克斯，我可以自由四處走動。如果我願意的話，還能扔下麥克斯不管。

但太常自己跑出去，可能對我的健康有害。

只要麥克斯相信我存在，我就存在。有些人，像麥克斯的母親，與我的朋友葛拉漢，說這就是爲什麼大家都以爲我是幻想出來的。但事實並非如此。我也許的確是需要麥克斯的想像力才能存在，但我有自己的思想、自己的主意，還有麥克斯以外的、屬於自己的生活。我和麥克斯之間不可分的連結，就像太空人必須和太空船以管線連接，如果太空船炸毀了，太空人就會死，但那不表示太空人就是幻想出來的，只是他的維生系統被切斷了。

我和麥克斯之間也是一樣。

爲了要生存下去，我需要麥克斯，但我仍是我自己，可以隨自己喜歡決定說什麼、做什麼。有時候我和麥克斯甚至還會爭吵，但都不是什麼嚴重的大事情，只是些要看哪個電視節目或比賽這類小事。但對我而言，我有必要（這是上星期葛思克老師在課堂上教過的一個用法）隨時盡可能待在麥克斯身邊，因爲我需要麥克斯不斷想著我，不斷相信我。我不想落到眼不見爲淨，最後被完全遺忘的地步，每次麥克斯的爸爸晚歸卻忘記打電話回家時，麥克斯的母親有時候就會這麼說。如果我消失太久，麥克斯可能會不再相信我的存在，如果他不再相信，那我就會「呼」地一聲消失了。

3

麥克斯的小學一年級老師曾說過，家蠅大概只能活三天。不知道幻想朋友的壽命有多長呢？也許比三天長不了多少吧？這麼說來，我想我在幻想朋友的圈子中大概已經老得不像話了。

麥克斯四歲時把我幻想出來，就這樣，我就突然出現了。剛出生時，麥克斯知道多少，我也就只知道那麼多。我曉得自己喜歡什麼顏色，還有一些喜歡的數字，以及很多東西的名字，像是桌子啦、微波爐啦，還有航空母艦。我腦袋裡裝滿一個四歲小男孩知道的東西。但麥克斯也把我想像得年紀比他要大很多，說不定像是個青少年。或許只是比他大一點點。又或許我只是個小男孩，但有著成年人的腦子。這實在很難說得清楚。我沒比麥克斯高多少，但我和他絕對是不同的。我一出生時，就比麥克斯沉著穩重，他仍想不透的事情，我可以理解，麥克斯無法回答的問題，我能夠回答。所有的幻想朋友大概都是這樣出生的，我也不知道是不是。

麥克斯不記得我是哪天出生的，所以他也記不起來那時候他腦袋裡在想什麼。但既然他把我幻想得比他年紀更大、更穩重，因此一直以來，我學習的速度要比麥克斯快多了。在我出生那天，我就比現在的麥克斯還更能專注。在我誕生的第一天，我記得麥克斯的母親正在教他用偶數來數數，但他就是學不會，可是我馬上就學會了。我能理解那套規則，因爲我的腦袋已經準備好學習偶數了，而麥克斯卻還沒有。

至少我是這麼想的。

還有，我不睡覺，因爲麥克斯並沒有想像我需要睡眠，所以我有更多時間學習。而且，因爲不用把時間都花在陪麥克斯上，我已經學會許多麥克斯從未見聞過的事情。他上床睡覺後，我便和麥克斯的父母一起坐在客廳或廚房裡，我們一起看電視，或只是聽他們聊天。有時候我會去其他地方，像是從不打烊的加油站，因爲除了麥克斯、他的父母與葛思克老師外，我最喜歡的其他人就在那兒。或者，我會在那條路再往下走一會兒，到杜奇熱狗餐廳[1]，或是警察局，或是醫院（不過我不再去醫院了，因爲奧斯華在那裡，他可把我嚇壞了）。我們在學校時，有時候我會跑去老師休息室或另外一間教室，有時候我甚至會跑到校長辦公室，只是去聽聽學校裡發生了什麼事。我不比麥克斯聰明多少，但和他相比，我知道的東西可多了，那只不過是因爲我醒著的時間比他多，而且能去麥克斯不能去的地方。這樣挺不錯，有時候麥克斯對某件事不是很了解時，我便可以幫上忙。

就像上星期，麥克斯要做花生醬與果醬三明治，卻打不開果醬罐，他說：「布多，我打不開果醬罐。」

「你當然打得開。」我說：「往另外一個方向轉。左邊開開，右邊關關。」

有時候麥克斯的媽媽要打開果醬罐前，我會聽見她自言自語這麼說。這招有用，麥克斯打開了果醬罐，但他高興過了頭，把罐子掉在瓷磚地板上，碎成了千千萬萬片。

這個世界對麥克斯而言實在很複雜，又很難理解，因爲即使他做對了某件事，還是會出錯。

[1] Doogies，美國熱狗餐廳，以販賣特別加長型熱狗聞名。

◆

我生活在這個世界裡一個奇怪的地方：我活在兩種人之間。我大部分時間都與麥克斯待在小孩圈子裡，但我花不少時間和成人相處，像是麥克斯的父母與老師，還有我在加油站的朋友，只是他們看不見我而已。麥克斯的媽媽稱這是腳踏兩條船。麥克斯無法對某件事做決定時，她就會這樣說，這樣的情況經常發生。

「你想要藍色冰棒還是黃色冰棒？」她問，而麥克斯只是僵在那兒，像根冰棒。麥克斯要做選擇的時候，腦袋裡總是有太多念頭在飛舞。

紅色的比黃色的好嗎？

綠色的比藍色的好嗎？

哪一個比較冰？

哪一個會融化得最快？

綠色的嚐起來是什麼滋味？

紅色的嚐起來是什麼滋味？

不同顏色，嚐起來味道不同嗎？

我眞希望麥克斯的媽媽替他做決定就得了，她知道這對麥克斯而言有多困難。但每當她要麥克斯做出選擇，而他做不到時，有時候我會替他選。我會小聲說：「挑藍色的。」然後他就說：「我要藍色的。」好了，不用再腳踏兩條船了。

這就是我生活的方式。我腳踏兩條船。我住在黃色的世界與藍色的世界。我和小孩一起生活，也和成人一起生活。我不完全是個小孩，也不完全是個大人。

我是黃色的，也是藍色的。

我是綠色的。

我也知道自己是什麼顏色組成的。

4

麥克斯的老師是葛思克老師，我很喜歡她。葛思克老師會拿著她稱爲打人尺的量尺走來走去，裝出假英國腔來威脅學生，但孩子們都知道她只是在逗他們笑而已。葛思克老師很嚴格，而且堅持學生要努力用功，但她從來不會打學生。不過，她仍是位不好惹的女士。她要學生坐得挺直，寫作業時不准出聲，若有人調皮搗蛋，她會說：「丟臉！眞丟臉！把你的名字說出來，看看你還有多少臉可丟！」還有「小傢伙，除非豬會飛，否則別以爲胡說八道一番就能僥倖逃過一劫！」其他老師說葛思克老師已經過時了，但孩子們知道她這麼嚴厲都是因爲她愛他們。

麥克斯不喜歡很多人，但他喜歡葛思克老師。

麥克斯去年的老師是西博爾老師，她也很嚴厲。她也像葛思克老師，要學生努力用功。但你看得出來，她就是不像葛思克老師那樣愛學生，所以班上學生沒人像今年這樣用功。眞是奇怪，這些老師離家去念大學這麼多年，學習如何當老師，但有些人就是學不會最簡單的東西，像是讓小朋友大笑，還有讓小朋友知道你愛他們。

我不喜歡派特森老師，她不算是眞正的老師，只算是輔導老師，幫忙葛思克老師照顧麥克斯。麥克斯和其他的孩子不同，所以不會一整天都和葛思克老師在一起。有時候他跟著麥茵老師，與其他需要額外幫助的孩子，一起待在學習中心。有時候他跟著萊納老師改善說話能力，有時候則和其他小孩待在休姆老師的辦公室裡玩遊戲。而有時候，他就和派特森老師一起念書、寫回家作業。

到目前爲止，我看得出來沒有人知道麥克斯爲什麼和其他小朋友不一樣。麥克斯的父親說他只是大器晚成，但他一這麼說，麥克斯的媽媽就氣得要命，氣到至少一天都不跟他說話。

我不明白爲什麼大家都認爲麥克斯的情況那麼難以解釋，他只是不會用與其他孩子同樣的方式去喜歡人。他也喜歡人，但那是不一樣的喜歡。他喜歡離得遠遠的人。你離麥克斯越遠，他會越喜歡你。

還有，麥克斯不喜歡被人碰觸。只要有人碰麥克斯，整個世界就會一下子變得好亮，不斷顫動，他有次就是這麼對我形容的。

我無法碰觸麥克斯，麥克斯也無法碰觸到我，也許這就是我們爲什麼會處得這麼好的緣故。

還有，麥克斯不明白爲何人們嘴裡說的是一件事，指的卻是另一個意思。像上個星期，麥克斯在下課休息時讀一本書，一個四年級生走過來，說：「看看這個小天才。」

麥克斯什麼都沒對那男孩說，因爲他知道，如果他回話了，這個四年級生就會一直待在那兒煩他。但我知道麥克斯很困惑，因爲這男孩聽起來是在說麥克斯很聰明，可是他的態度實際上卻很惡劣。他是在嘲笑，但麥克斯不懂嘲諷。麥克斯知道這個男生態度惡劣，但那只是因爲他對麥克斯一向如此。麥克斯無法明白爲什麼這個男生要喊他天才，因爲被人喊作天才，通常是好事。

人群讓麥克斯感到困擾，所以他很難待在人群裡。這也是爲什麼麥克斯得和其他班級的孩子一起待在休姆老師的辦公室裡玩遊戲，但他覺得這簡直是大大浪費時間，他討厭玩大富翁遊戲和坐在地板上，因爲坐在地板上沒有坐在椅子上來得舒服。但休姆老師會試圖引導麥克斯與其他孩子一起玩，去了解他們到處嘲笑挖苦、開別人玩笑的時候，究竟是什麼意思。麥克斯就是搞不懂。麥克斯的爸媽在吵架時，麥克斯的媽媽說他爸爸只看得見眼前的樹，看不見森林。麥克斯就像是這樣，只是他面對的是整個世界。他無法看見大東西，因爲所有的小東西都擋在他面前。

今天，派特森老師沒來上課。老師一沒來上課，通常就表示她生病了，或是她的孩子生病了，或是她家裡有人死了。我會知道，是因爲有時候其他老師們會對她說些安撫的話，像是：「親愛的，妳還好嗎？」有時候，在她離開後，其他老師們會互相竊竊私語，但那已經是很久以前的事了。只要派特森老師沒來上課，通常表示這天是星期五。

今天沒有代課老師替派特森老師上課，所以我和麥克斯一起待在葛思克老師身邊一整天，我很高興。我不喜歡派特森老師，麥克斯也不喜歡她，但他不喜歡她的理由，和他不喜歡大部分老師的理由，是不一樣的。麥克斯無法看見我所看見的東西，因爲他太忙著看那些大樹。但派特森老師和葛思克老師、萊娜老師與麥克金老師都不一樣。她從不眞心微笑。她腦袋裡在想的事情，總是和呈現在臉上的不同。我不認爲她喜歡麥克斯，但她假裝喜歡，這比單純不喜歡麥克斯還來得可怕。

「嗨！麥克斯，我的好孩子！」我和葛思克老師走進教室時，她這麼說。

麥克斯不喜歡葛思克老師喊他我的好孩子，因爲他才不是她的好孩子。他已經有了一個母親，但他不會要葛思克老師別再喊他我的好孩子，因爲對麥克斯而言，要她別這麼喊，比聽她每天這麼喊，反而更困難。

麥克斯寧願對誰都不說話，也不要去只對一個人說話。

但即使麥克斯不明白為何葛思克老師要喊他我的好孩子，他知道她是真心愛他的。他知道葛思克老師沒有惡意，只是讓他感到困惑而已。

我希望我可以告訴葛思克老師，別再喊麥克斯我的好孩子，但她看不到我，也聽不到我說話，我也無法讓她看見我或聽見我說話。幻想朋友無法碰觸或移動人類世界裡的任何東西，所以我無法打開果醬蓋，或撿起鉛筆，或是在鍵盤上打字，不然我就可以寫張紙條，請葛思克老師別再喊麥克斯我的好孩子。

我能偶爾意外擦撞上真實世界裡的東西，但無法實際伸手去碰觸到。

即使如此，我仍很幸運，因為麥克斯一開始把我想像出來的時候，他想像我能穿越像是門啦窗戶啦這類東西，即使是關上的也行。我想這是因為他怕萬一他父母晚上把他臥室的門關上了，我可能會被困在房間外頭，而且，除非我就坐在麥克斯床邊的椅子上，不然他討厭睡著。這表示我只要穿過門和窗戶，就能到任何地方，但牆壁和地板就不行。我沒辦法穿過牆壁和地板，因為麥克斯並沒有想像我有這種能力。即使是像麥克斯這樣的孩子，會想到這一點也未免太奇怪了。

也有些幻想朋友可以像我這樣穿過門窗，有些甚至還能穿牆，但大部分的幻想朋友都無法穿過任何東西，而且會被困在某些地方一段很長的時間。狗狗就是這樣，牠是會說話的狗，幾個星期前被困在學校工友的衣櫃裡一整個晚上。那天晚上牠的人類朋友嚇壞了，因為她不知道狗狗去了哪裡？她是個念幼稚園的小女生，叫做珀兒。

但狗狗更是嚇壞了，因為被鎖在衣櫃裡，有時正是幻想朋友永遠消失的時刻。小男生或小女生不小心（或有時是故意不小心）把幻想朋友鎖在衣櫃裡，或是櫥櫃，或是地下室，然後

「呼」——！一切就消失了。眼不見爲淨。幻想朋友的末日。

能夠穿門而過，可是能救命的。

今天我想留在教室裡，哪兒也不去，因爲葛思克老師正在朗讀《巧克力冒險工廠》給全班聽，我最喜歡聽葛思克老師唸故事了。她的聲音很輕、很細，所有的小孩身子都得往前傾，絕對要安靜無聲，這樣才能聽得見，這對麥克斯而言是件好事。噪音會讓麥克斯分心。如果喬伊・米勒在書桌上敲鉛筆，或是丹妮爾・加奈用腳輕踏地板——她老是會這樣做——麥克斯就會無法聽見其他聲音，只能聽到敲鉛筆或腳踏地板的聲音。他不像其他孩子能不去理會那些聲音，但只要葛思克老師一唸故事，大家都必須完全安靜無聲。

葛思克老師總是挑最好的書，從生活經驗裡講出最棒的故事，多少呼應書本內容。查理・巴克特如果做了什麼瘋狂的蠢事，葛思克老師就會告訴我們，有次她的兒子麥可，也做了件瘋狂蠢事，我們都笑翻了天，連麥克斯有時也會跟著大笑。

麥克斯不喜歡笑。有些人認爲這是因爲他覺得一點都不好笑，但才不是這樣。麥克斯並不懂所有的笑點。他無法理解雙關語和敲敲門笑話❷，因爲人們嘴裡說的是一回事，要表達的卻是另外一回事。如果一個字表示一堆不同的東西，他就是無法了解要選擇哪一個意思。他甚至不懂爲什麼單字得根據使用場合而必須有不同的意思，我不怪他，因爲我也不怎麼喜歡這一點。

但麥克斯會覺得其他事情很歡樂，像是葛思克老師告訴我們，有一次麥可送了二十份披薩和帳單給一個學校的小霸王，開了他一個大玩笑。警官到他們家裡想嚇嚇麥可，葛思克老師還告訴警官「把麥可帶走」，好讓她兒子學到教訓。這個故事把大家都逗得大笑起來，連麥克斯也跟著笑了，因為這故事他懂。有開始、中間和結尾。

葛思克老師今天也教我們二戰的歷史，她說這不在課程內，但應該要列入。小孩們都很愛聽，麥克斯更是特別喜歡，因為他無時無刻都在想著大小戰爭啦、坦克啦，還有飛機。有時候他好幾天就只想這些。如果學校只教那些大大小小的戰爭，不是教數學和寫作，麥克斯會是全世界最棒的學生。

今天葛思克老師教我們的是珍珠港事件。日本人在一九四一年十二月七日那天轟炸珍珠港。葛思克老師說美國人沒料到這次偷襲，因為他們無法想像日本人會從那麼遠的地方跑來攻擊美國。

「美國人實在缺乏想像力。」她說。

如果麥克斯是活在一九四一年，一切都會不同，因為他有無比豐富的想像力。我相信麥克斯一定能把山本上將❸的計畫完美地想像出來，像是袖珍潛艇、裝了木舵的魚雷❹和所有其他計謀。他可以警告美軍，說日本人有這個計畫，因為想像事情正是他擅長的。他心裡一直在想著許多畫面，所以對身外發生的事情並不是太在意。這就是人們不了解他的地方。

❷ Knock-knock jokes，一種兩人對答形式的笑話，以「knock knock」（模仿敲門動作）為開頭。

❸ 即日本攻擊珍珠港計畫的核心人物，海軍上將山本五十六。

❹ 珍珠港水淺，不利空中魚雷投擲攻擊（魚雷須相當的水深方能發揮作用），當時美國海軍認為水淺可為抵禦魚雷的最佳利器，不料日本人在魚雷中裝上木舵減輕重量，使魚雷入海後不會迅速下沉，進而順利攻擊美軍軍艦。

這就是爲什麼我最好要盡量待在麥克斯身邊的原因，因爲有時候他並沒有好好注意四周。上星期他正要搭校車時，一陣大風吹來，正好把他手裡的成績單吹到了8號巴士與35號巴士間。他跑出隊伍外頭想去撿回來，卻沒有看兩邊來車，所以我大喊：「麥克斯．迪蘭尼！給我停下！」

我要引起麥克斯的注意時，就會喊他全名，這是從葛思克老師那兒學來的。這招很管用，而且幸好麥克斯停了下來，因爲就在那一刻，一輛車子正開過校車旁，那可是違規的。

葛拉漢說我救了麥克斯一命。葛拉漢現在是學校裡的第三個幻想朋友，據我所知是這樣，她目睹了全部過程。葛拉漢是個女生，卻有男生的名字。她看起來幾乎和我差不多像人類，除了她的頭髮是豎起來的，就像有人在月亮上拉著她的每一束頭髮。她的頭髮不會動，硬得像石頭似的。葛拉漢聽到我對麥克斯大叫，要他停下，等麥克斯回到排隊隊伍裡，她走了過來，說：「布多！你剛才可是救了麥克斯一命耶！要不是你，他就會被那輛車給壓扁了！」

但我告訴葛拉漢，我救的是自己的命，因爲要是麥克斯死了，我想我也活不成了。

對吧？

應該是這樣。我從沒見過有哪個幻想朋友在消失前就死掉，所以我不是很確定。

但我想我會的。我是說，會死掉——如果麥克斯死掉的話。

5

「你覺得我是眞的嗎？」我問。

「是眞的。」麥克斯說，「把那個藍兩叉拿給我。」

兩叉是一種樂高玩具，麥克斯把所有的樂高零件都取了名字。

「我沒辦法。」我說。

麥克斯看著我，說：「喔，對喔。我忘了。」

「如果我是眞的，那為什麼只有你能看見我？」

「我不知道。」麥克斯的聲音聽起來有些不耐煩。「我認為你是眞的。為什麼你老是問我這個問題？」

的確，我問過他很多次。我也是故意的。我不會長生不老，我知道這一點。但只要麥克斯相信我存在，我就能繼續活下去。所以，如果我強迫麥克斯繼續堅持認為我是眞實的，那麼他對於我的存在，會相信更久。

當然，我知道常常問他我是不是眞的，可能反而會讓他去思考我是不是只是幻想出來的。這是風險，但到目前為止還沒什麼問題。

休姆老師有次曾告訴麥克斯的媽媽，說：「像麥克斯這樣的孩子會有幻想朋友，其實很常見，而這種孩子的幻想朋友，會比大多數孩子的幻想朋友持續更久。」

持續。我喜歡這個詞。

我持續存在著。

◆

麥克斯的父母又在吵架了。麥克斯聽不見，因爲他正在地下室玩電動遊戲，而且他的父母壓低了聲音互相叫囂嘶吼，聽起來就像兩個人因爲叫喊了太久而失聲，其實也有一半正是這個原因。

「我才不管他媽的治療師怎麼想！」麥克斯的爸爸低聲嚷著，兩頰漲得通紅。「他是個正常的孩子……他只是大器晚成罷了。他會玩玩具，他會各種運動，他也有朋友。」

麥克斯的爸爸說得不對，因爲麥克斯除了我之外，沒有其他朋友。學校裡的孩子不是喜歡麥克斯就是討厭他，或是根本無視他的存在，但他們都不是麥克斯的朋友，而我也不認爲他想和那些孩子其中任何一人交朋友。麥克斯獨處時，才是最快樂的時候，就連我的存在，有時候也會打擾到他。

在學校裡，即使是其他像麥克斯這樣的孩子，也不會正常待他。拿艾拉．芭芭拉來說，她喜愛麥克斯，但卻是像小孩喜愛洋娃娃或泰迪熊布偶那樣喜愛。她喚他「我的小麥」，而且試圖拿著他的午餐便當到學校餐廳，或下課休息前替他拉上外套拉鍊，即使她知道這些事麥克斯自己都能做。麥克斯討厭艾拉，每次她想幫他或甚至碰他的時候，他的身子都會縮一下。但他無法告訴艾拉別這麼做，因爲對麥克斯而言，縮一下身子、忍受她的虐待，要比說出口容易得多。麥克斯和艾拉升上三年級時，西爾博老師讓他們繼續同一班，因爲她認爲這樣對他們兩人而言都有好處。她在家長會時這麼告訴麥克斯的母親。麥克斯也許對艾拉有好處，因爲她可以把他當成洋娃娃來玩，但艾拉對麥克斯來說，可是一點幫助都沒有。

「他才不是大器晚成，我希望你不要再這麼說了！」每當麥克斯的媽媽試圖想保持冷靜卻無法做到時，就會出現這種語氣。「約翰，我知道要你承認這一點很痛苦，但事實就是這樣。怎麼可能我們遇上的每個專家都說錯了？」

「問題就在這裡。」麥克斯的爸爸氣得額頭出現大片紅斑。「又不是每個專家的意見都一致，妳也知道的！」他說話時，那些字眼彷彿連珠炮似地射個不停。「沒人知道麥克斯到底出了什麼問題，所以我的猜測怎麼可能會比那一堆意見無法一致的專家還要糟糕？」

「確切病名不重要。」麥克斯的媽媽說：「重點不是在麥克斯到底有什麼問題，而是他需要協助。」

「我就是不懂。」麥克斯的爸爸說：「我昨晚還和他在後院玩傳接球，我也帶他去露營過。他念書的成績很好，在學校也不會惹麻煩。既然他沒有問題，爲什麼我們要不斷去矯正這可憐的孩子？」

麥克斯的媽媽哭了起來，她眨眨眼，眼裡充滿了淚水。我討厭她哭，麥克斯的爸爸也討厭。我自己是從沒哭過，不過那樣子看起來眞是嚇人。

「約翰，他不喜歡擁抱我們，他無法和人群眼神接觸。如果我換了他的床單，或換了牙膏的牌子，他就會鬧脾氣。他常常自言自語，這都不是正常孩子該有的行爲。我不是說他需要藥物治療，也不是說他不會長大後就變得正常，他只是需要專家能幫助他處理一些問題。我要在再次懷孕之前把這件事就處理妥當，畢竟現在我們可以把注意力只放在他一個人身上。」

麥克斯的爸爸轉身離去，他走出屋子時，用力關上身後的紗門，紗門「砰、砰、砰」地響著，直到完全停下爲止。我以前一直以爲，只要麥克斯的爸爸吵架吵到一半轉身離去，就表示麥克斯的媽媽吵贏了。我以爲他爸爸是撤退了，就像麥克斯的玩具士兵撤退一樣。我以爲他是投降了。但即使他是撤退的那一方，卻不表示他已經投降。之前他撤退過很多次，用力關上那扇紗門，讓它「砰、砰、砰」響個不停，但一切仍照舊。彷彿是麥克斯的爸爸在遙控器上按下了暫停鈕。爭吵於是暫停。但沒有結束。

對了，麥克斯是我見過唯一會讓玩具士兵撤退或投降的男孩。其他每個男孩反而會讓那些士兵戰死。

◆

我不確定麥克斯是否眞的需要去找治療師，而且，老實說，我也不是很確定治療師到底在做什麼？我知道一些他們會做的事，但不是每件事都知道，正是因爲如此，我會感到緊張。麥克斯的爸媽說不定又會針對這件事一吵再吵，即使他們誰都不會先說：「好，我不管了！」或是「你贏了！」或是「你說得沒錯。」麥克斯終究會去看治療師，因爲到最後，麥克斯的媽媽幾乎總是佔上風。

麥克斯的爸爸以爲他是大器晚成，發展比較遲緩，我卻不這麼想。我幾乎一整天都和麥克斯在一起，我看得出來他和班上其他孩子有哪裡不同。麥克斯活在自己的世界裡，其他孩子活在外面的世界裡，這讓他和其他孩子很不一樣。麥克斯沒有所謂外面的世界，他永遠只活在自己的世界裡。

我不想讓麥克斯去見治療師。治療師就是那種耍些小把戲讓你吐出眞話的人，他們可以看透你的腦袋，完全知道你正在想什麼。如果麥克斯和治療師講話時，正在想著我，治療師就會哄他談談關於我的事情。然後他說不定會說服麥克斯，不要再相信我的存在。

但我還是替麥克斯的爸爸感到難過，即使正在哭泣的人是他媽媽。有時候我眞希望能告訴麥克斯的媽媽，要她對麥克斯的爸爸好一點。她才是家裡的老大，連麥克斯的爸爸也要聽她的，我認爲這對他爸爸不是很好。這讓他覺得自己卑微、愚蠢。就像每次他想在星期三晚上去找朋友玩撲克牌，他卻不能告訴朋友他一定會去。他得先問麥克斯的媽媽行不行，而且得在適當的時機去問，也就是她心情好的時候，不然他大概就不能去了。

麥克斯的媽媽可能會說：「那天晚上我很可能需要你在家幫忙。」或是：「你上星期不是去過了？」或是更糟，她可能只說：「好啊。」其實眞正的意思是：「一點都不好！而且你也聽得出來。要是你眞去了，我會氣到至少整整三天不理你！」

這讓我想到，要是麥克斯想和我之外的人一起玩的話，要怎麼樣才能得到允許去找朋友？但他從沒這麼做過。

我不懂麥克斯的爸爸爲何要先得到允許才行，但我眞正不懂的是，爲什麼要他先去徵求麥克斯媽媽的允許才行？如果他能選擇自己要做什麼，不是比較好嗎？

更雪上加霜的是，麥克斯的爸爸在漢堡王當經理。麥克斯認為這是全世界最棒的工作，要是我吃過培根雙層起士漢堡和小包薯條，說不定我也會這麼覺得。但在大人的世界裡，漢堡王經理可一點都不是什麼好工作，麥克斯的爸爸也知道，從他不喜歡對別人提起自己工作的這一點，就能看得出來。他從不問別人做什麼工作，那可是這世界自有歷史以來，成人間最受歡迎的問題。當他非得告訴別人他做什麼工作時，他會看著自己的腳，說：「我管理餐廳。」要他說出漢堡王這幾個字，就像要麥克斯在雞湯麵與蔬菜牛肉湯之間做出選擇一樣困難。他爸爸用盡一切努力，不說出那三個字。

麥克斯的媽媽也是經理，她在一間叫做安泰❺的地方管理人事，但我搞不清楚她這份工作到底在做什麼？絕對不會是在做培根雙層起士漢堡就是了。我去過一次她工作的地方，想弄清楚她整天都在做什麼，但大家都只是坐在沒有蓋子、小到不能再小的盒子裡，守在電腦前面；或是在通風不良的房間裡，圍著大桌坐在一起，有個老男人或老女人講著沒人在乎的東西，其他人則不斷輕輕敲著腳底板和看時鐘。

但即使很無聊，而且他們也沒有做培根雙層起士漢堡，還是能看得出來，麥克斯媽媽的工作比較好，因為在她辦公大樓裡的人們都穿著襯衫、套裝與領帶，而不是制服。她從未像麥克斯的爸爸那樣抱怨過有人偷東西或是不來上班。麥克斯的爸爸有時候要在清晨五點上班，有時候他得工作一整晚，清晨五點才回家。這實在很奇怪，因為即使麥克斯爸爸的工作看起來辛苦多了，麥克斯媽媽賺的錢卻比較多，而大人就認為她有比較好的工作。她告訴別人自己在做什麼工作的時候，從來不會看著自己的腳。

我很高興麥克斯這次沒聽見他們吵架。有時候他會聽到，有時候他們會忘了壓低音量，有時候他們在車裡就吵了起來，這樣就不用管聲音是大是小。他們一吵架，麥克斯就會覺得很難受。

「他們吵架都是因爲我。」有次他對我這麼說。他那時正在玩樂高，麥克斯在思考嚴肅的事情時，最喜歡玩樂高。他沒有看著我，只是一面說話，一面蓋著飛機、堡壘、戰艦和太空船。

「不是的。」我說，「因爲他們是大人，才會吵架。大人都很喜歡吵架。」

「不對，他們只會因爲我吵架。」

「不對。」我說，「昨晚他們就在吵要看哪個電視節目。」

我一直希望麥克斯的爸爸能吵贏，這樣我們就能看犯罪劇場，但他吵輸了，結果我們只得看無聊的歌唱節目。

「那不算吵架。」麥克斯說，「那只是意見不同，這兩件事不一樣。」

這是葛思克老師說過的話。她說意見不同沒關係，但那並不表示你能藉此吵架。「我可以忍受意見不同。」她很喜歡對班上的同學們這麼說，「但我受不了有人在我面前爭吵。」

「他們會吵架，只是因爲不知道什麼對你而言才是最好的。」我說，「他們想要找出正確的方法。」

麥克斯看了我整整一分鐘，有那麼一瞬間他看起來很生氣，然後他臉上的表情變了，變得比較溫和，而且看起來很傷心。「別人故意曲解意思，想讓我好過些，都只會讓我覺得更糟。當你

---

❺ Aetna，即美國安泰保險金融集團。

也這麼做時，才是讓我覺得最難受的。」

「對不起。」我說。

「沒關係。」

「不是的。」我說，「我不是對自己說過的話感到抱歉，因爲那是眞話。你的父母眞的是在想辦法找出什麼才是對的。我要說的是，我對你父母因爲你而爭吵這件事感到難過，即使那只是因爲他們很愛你。」

「喔。」麥克斯露出微笑。那不算是眞正的微笑，因爲麥克斯從沒眞正微笑過。但他的雙眼睜大了一些，頭也稍微往右偏了一些，那就是麥克斯微笑的方式。「謝謝。」他說，而我知道，他是眞心感謝我的。

6

麥克斯現在人在廁所隔間裡，他正在便便，但他不喜歡在家外頭便便。他幾乎從來沒有在公共廁所裡便便過。可是現在是下午一點十五分，還有兩個小時才放學，他沒辦法忍那麼久。每天晚上，他總是在上床睡覺前試著便便，要是大不出來，隔天早上離家上學前，他會再試一次。今天吃完早餐後，他其實馬上就便便了，所以這是多出來的便便。

麥克斯討厭多出來的便便。他討厭所有的意外。

只要他在學校便便，麥克斯就會使用靠近醫護室旁的那間殘障人士廁所，這樣就沒人打擾他，但今天工友正在清理地板上的嘔吐物，因爲只要有小孩說他很不舒服要吐了，護士總是送他到那間廁所。

麥克斯必須使用一般廁所時，我會站在門外，如果有人來了便警告他。他便便時不喜歡有人在廁所裡，包括我在內。但他更不喜歡被嚇到，所以他准許我進來，但只有在緊急情況的時候。

所謂的緊急情況，指的是有人進來使用廁所。

我一告訴他有人進來了，麥克斯就會把腳從地上抬起來，這樣就沒人看得見他，等到廁所再度空無一人時，他再繼續便便。如果他夠幸運的話，那個人永遠都不會知道麥克斯就坐在馬桶上，除非那人也要便便，跑去敲那間廁所隔間的門。這時候麥克斯就會把腳放回地上，等到那人離開爲止。

麥克斯便便還有一個問題，就是要花很久的時間，即使是坐在家裡他自己的馬桶上也一樣。他已經在廁所裡待了十分鐘，大概離便便完還有段時間，也很有可能他根本還沒開始。他可能還在小心翼翼地整理運動鞋上的褲管，好讓褲管不會碰到地上。

我就是在這時候看見有個麻煩人物從走廊那頭走過來。湯米．史溫登才剛從走廊盡頭的教室走出，正朝我的方向走過來。他一面走，一面用力扯掉薇拉老師班級佈告欄上貼著的東部十三州地圖❻。他一邊大笑，一邊把那些撕下來的紙踢到另一邊。湯米．史溫登就讀五年級，他討厭麥克斯。

他從沒喜歡過麥克斯。

但他現在更討厭麥克斯了。三個月前，湯米．史溫登帶著他的瑞士刀到學校來秀給朋友看。湯米就站在木材堆旁，用刀子削切著一根木頭，讓其他男生知道他的刀有多利，麥克斯看見了那把刀，跑去告訴老師。但麥克斯不知道要如何對這種事情保持低調。他跑去找戴維斯老師，大聲喊道：「湯米．史溫登有刀子！一把刀！」一堆小孩都聽到了，幾個小小孩尖聲大叫，往湯米的方向跑過去，反而更把自己嚇得要死。湯米．史溫登麻煩大了，他被踢出學校一個星期，一整學年都不能搭校車，而且放學後還得去上課，學習如何做個好孩子。

這對一個五年級生而言，可真是不少麻煩。

雖然戴維斯老師和葛思克老師，還有其他老師，他們都告訴麥克斯，他舉報那把刀是正確的事情（因為學校禁止攜帶武器，這是非常嚴格的規定），但他們卻都沒費神去教麥克斯，要如何告發一個小孩而不讓其他所有運動場上的人都知道。我不懂。休姆老師花了這麼多時間去教麥克斯如何轉彎和問路，但沒人花時間去教麥克斯這麼重要的事。這些老師們難道不知道湯米・史溫登會殺了麥克斯，因爲麥克斯害他惹上這麼多麻煩？

也許他們不教，是因爲學校裡的老師幾乎都是女生，又也許他們在念書時從沒惹過麻煩。也許他們都從未買過刀子然後帶到學校的運動場，或是很難在學校廁所裡便便。也許他們不知道身爲一個惹上很多麻煩的小孩到底是什麼滋味，說不定這正是爲什麼他們吃午餐時光只會說些這樣的話：「我不知道湯米・史溫登到底在想什麼？怎麼會把刀子帶來學校？」

我知道他在想什麼。他在想，如果他可以讓朋友看見他知道如何用瑞士刀去削木頭，他們也許會不再喊他「阿呆」。小孩子就是會這樣，他們會試圖用瑞士刀這樣的東西來掩蓋自己的問題。

但我想老師們才不懂這些，或許這就是爲什麼沒有人教過麥克斯，要如何向老師舉報有個五年級生攜帶刀子，卻同時不要讓全世界都知道這件事。所以，此刻，湯米・史溫登——不認識幾個大字，還帶著刀子的五年級生，身材比麥克斯壯兩倍，正朝廁所走來，而麥克斯正在廁所裡想便便。

「麥克斯！」我穿過廁所門大喊：「湯米・史溫登來了！」

麥克斯發出一聲呻吟，運動鞋也同時消失在廁所隔間門和地板的縫隙後。我想穿過隔間的門，站在他身旁，這樣他就不是孤孤單單一個人，但我知道我不能這麼做。他不會想讓我看到他

❻ 英國當時在美國最初設立的十三州殖民地。

坐在馬桶上的模樣，他也知道我待在隔間外比較有幫助，因爲我能看見他看不見的東西。

湯米．史溫登幾乎和美術老師一樣高，和體育老師差不多壯，他走進了廁所，然後走向牆邊的一座小便斗。他很快偷看了一下隔間底部，沒瞧見腳，說不定便以爲只有他一個人。接著他往回看向廁所的門，直直看穿了我。然後他身子往後退，拉下卡在屁股中間的內褲。我老是看見人們這麼做，因爲他們都以爲只有自己一個人。內褲要是卡在屁股間，叫做屁股夾內褲，那可不會舒服到哪裡去。我從沒有內褲夾在屁股中間過，因爲麥克斯沒想像過我的屁股會夾住內褲，眞是感謝老天。

湯米．史溫登轉過身面對牆上的小便斗，開始尿尿。他尿完後，稍微甩了一下他那東西，才扣上釦子，拉上牛仔褲的拉鍊。麥克斯總是會要我先去醫護室附近那間殘障人士專用廁所檢查，看看有沒有人在那兒，在那裡我可沒見過其他小孩這樣甩那東西。我不知道這個男生在做什麼，但這不只是甩甩而已。別人上廁所時，我不喜歡偷窺，尤其是他們在扯那玩意兒的時候，但麥克斯討厭去敲廁所門，因爲他在裡面時，若有人敲門，他總是不知道該怎麼辦。他以前會說：「麥克斯在便便！」但有次有個小孩跑去告訴老師，結果讓他惹上麻煩。

那個老師告訴麥克斯，說自己正在便便不是很恰當。她告訴麥克斯：「下次有人敲門，你只要說我在裡面。」

「但那聽起來很蠢。」他說，「那個人又不知道我是誰，我不能只說我在裡面。」

「那好吧。」那位老師的口氣聽起來，就像老師們感到無力、不想再多說什麼的時候，就隨便讓小朋友去做些有夠蠢的事。「那就告訴他們你是誰好了。」

所以現在只要有人敲廁所的門，麥克斯就會說：「麥克斯．迪蘭尼在裡面！」大家聽了不是大笑，就是用怪怪的表情瞪著門。

我不怪他們。

湯米．史溫登穿好褲子，站在洗臉盆前，伸手要去開水龍頭，就在他要打開水龍頭讓整間廁所充滿水流動的聲音時，他聽見一聲「撲通」從麥克斯躲著的隔間傳來。

「啥？」他彎下腰再次檢查隔間裡是否有腳。他沒看到腳，於是走到第一個隔間，用力敲門，用力到整個隔間都在震動。「我知道你就在裡面！」他說，「我可以從縫隙裡看見你！」

我想湯米不曉得在門後的人是麥克斯，因爲門與牆壁間的縫隙很小，看不到麥克斯的整張臉。不過這就是身爲學校裡最大塊頭小孩的優勢，你可以用力敲廁所隔間的門，不用擔心門後是誰，因爲你可以痛扁學校裡每一個小朋友。

想想那感覺一定很痛快。

麥克斯沒有回應，於是湯米再度敲門。

「誰在裡頭？我要知道是誰？」

「麥克斯，什麼都別說！」我站在門邊說，「他進不去裡面的，反正他最後會走開的！」

但我錯了，因爲當麥克斯第二次還是沒有回應時，湯米雙手和膝蓋跪地，從隔間門下方往裡面偷窺。

「白癡麥克斯。」他說。我可以聽見他語氣裡的笑意。惡意的笑，壞心眼的笑。「居然是你，今天可眞是我的幸運日。怎麼了？剛剛終於憋不住了？」

「才不是！」麥克斯大喊，我可以聽見他聲音裡滿滿都是恐慌。「本來就已經出來一半了。」

情況實在糟透了。

麥克斯被困在公共廁所裡，一個已經讓他感到恐懼的地方。他的褲子堆在腳踝處，他說不定還沒有大完便。湯米．史溫登在廁所隔間門的另外一邊，而且他絕對很想好好修理麥克斯。廁所裡只有他們兩個人。除了我，當然，既然我什麼忙都幫不上，不如說就只有他們兩個人。

最讓我感到恐懼的，是麥克斯回答湯米的方式，他的聲音裡頭不只是恐慌而已，還有害怕，就像人們第一次在電影院看見鬼或怪物。麥克斯才剛剛看到一個怪物從廁所隔間門底下偷看，他被嚇壞了。他現在很可能就快發作了，而這可從來不是件好事。

「蠢豬，開門！」湯米把頭縮回去，站起身。「讓我輕鬆點，我只是要揍得你滿地滾而已。」

我不懂滿地滾是什麼意思，但我能想像湯米．史溫登把麥克斯的頭當成保齡球，從廁所這一端滾到另外一端。

「麥克斯．迪蘭尼在裡面！」麥克斯大喊，聲音尖得像是小女生。「麥克斯．迪蘭尼在裡面！」

「白癡，給你最後一次機會。開門！不然我就要進來了！」

「麥克斯．迪蘭尼在裡面！」麥克斯再次尖叫。「麥克斯．迪蘭尼在裡面！」

湯米．史溫登退後，四肢跪在地上，準備要從門下爬進去，而我卻不知道該怎麼辦才好。

麥克斯在班上比大多數的孩子更需要幫助，我也一直在他身邊，隨時準備好幫他。即使在他洩漏湯米・史溫登帶刀子來學校的那一天，我也在場，我告訴他要小聲，拜託他「慢一點，別衝那麼快！不要再大喊了！」麥克斯那天不肯聽我的，因爲學校裡有刀子，破壞校規的程度嚴重到他無法控制自己。這就像整個世界都崩壞了，他得找到老師來修好。我那天沒能阻止他，但我試過了。

至少那時候我知道該怎麼做。

但現在我卻不知道該怎麼辦才好。湯米・史溫登就要從門底下爬進去麥克斯被困住的小小隔間裡，麥克斯現在說不定就蹲在馬桶最上頭，膝蓋頂著胸口，褲子纏著腳踝，嚇得無法動彈。如果他現在沒有正在哭，很快也會開始哭了，而當湯米成功從門下鑽進去之後，麥克斯說不定會尖叫，閉住呼吸的高分貝尖叫，讓他的臉漲得通紅，眼裡充滿淚水。他會把手握成拳頭，將臉埋在手臂裡，閉上雙眼，喊出微弱、近乎安靜無聲的尖叫，讓我想到呼喚狗的哨子，灌飽了空氣卻幾乎沒有聲音。

在任何一個老師趕到之前，湯米・史溫登就會把麥克斯揍得滿地滾，不管那到底是什麼意思。即使我很清楚被揍到滿地滾對任何一個小朋友都不是什麼好事，對麥克斯絕對會更慘，因爲麥克斯就是這樣。那些發生過的事情會永遠留在他心裡，他從不忘記任何一件事，即使是最微不足道的芝麻小事都會永遠改變他。不論滿地滾到底是什麼，都會永遠、永遠改變麥克斯的生命。

我知道這一點，卻不知道該怎麼辦才好。

「來人啊！」我想大喊：「快來個人幫幫我朋友！」

但只有麥克斯能聽到。

湯米的頭消失在隔間下方，於是我大叫：「麥克斯！反抗！快反抗！別讓他進去！」

我不知道自己爲何會這樣說，話一出口，連我自己都感到驚訝。這實在不是什麼妙主意，既不高明又老套，只是唯一剩下能做的事罷了。麥克斯一定要反抗，不然就會滿地滾。

湯米的頭和肩膀現在都已經在隔間下方了，我看得出來他正打算一個閃身把下半身和腳也鑽進去，然後他就會和麥克斯一起在隔間裡，他會站直身子，看著麥克斯瘦小顫抖的軀體，準備要傷害他，準備要他滿地滾。

我像個假人似地站在隔間外，我很想要衝進去，站在我朋友身旁，但麥克斯不喜歡別人見到他沒穿衣服或正在便便。我就像麥克斯一樣，卡在那兒，從未這麼無助過。

接著又傳出另外一聲尖叫，但這次卻不是麥克斯的聲音。這次是湯米在尖叫，而不是麥克斯那驚恐、無法放聲的尖叫。那是一種不同的尖叫，是比較常見的那一種，不全是因爲恐慌或是嚇到，而是有人不敢相信剛才發生了什麼事情的那種尖叫。湯米一面尖叫，一面嘴裡嚷著什麼，然後他想站起來，卻忘記門就在他頭上，他的背用力撞上了門底板，他大叫了一聲，這次叫聲裡充滿的是疼痛。接著門猛地打開，麥克斯就站在那兒，褲子差不多要穿好了，只是還沒扣上釦子或拉上拉鍊，湯米的頭在他的雙腳之間。

「快跑！」我大叫，他也照做，踩過湯米的一隻手，惹得湯米又叫了一聲。麥克斯跑過我身旁，一路跑一面緊緊扯著褲子，衝出廁所。我跟了上去。他沒有左轉回教室，而是往右轉，邊跑邊扣上褲子、拉上拉鍊。

「你要去哪裡？」

「我還是要上廁所。」他說：「說不定醫護室那間廁所現在已經清理乾淨了。」

「湯米怎麼了？」我問：「你對他做了什麼？」

「我在他頭上便便。」麥克斯說。

「有人在廁所裡，你便便了？」我問。

眞不敢相信。他會在湯米．史溫登頭上便便固然不可思議，但有另外一個人類在場，他還能設法大大出了便便，更令人吃驚。

「只是小小的便便而已。」麥克斯說：「他進來時，我快要大完了。」他又在走廊上走了幾步，才又說：「我今天早上大過了，所以這次的便便少了很多。記得嗎？這是多出來的便便。」

7

麥克斯很擔心湯米會去告發他，就像他之前爲了瑞士軍刀去告發湯米一樣。但我知道湯米不會這樣做。沒有小孩會要他的朋友，甚至是他的老師，知道有人在他身上大便。湯米現在只會想殺了麥克斯，是眞的殺了他，讓他的心臟停止跳動，不管付出什麼代價，只要把人殺掉就好。

但等那天到來時，我們再去擔心吧。

只要麥克斯不會因爲在湯米・史溫登頭上便便這件事而惹上麻煩，他可以忍受死亡恐懼。小孩子一直都很怕死，麥克斯也是，他害怕湯米・史溫登可能會掐死他，或是揍他鼻子一拳，這種事很正常。但小孩子不會因爲在一個五年級生的頭上便便而停學，只有在不正常的世界裡才會這樣。

我告訴麥克斯，不用擔心會惹上麻煩。他只信我一半，但也足夠讓他不會因此怕到發作。況且，麥克斯在湯米・史溫登身上便便是三天前的事了，那之後我們就沒再見過湯米。一開始我以爲他沒來上學，於是我到派瑞婷老師班上去看看他有沒有來。他有來學校，而且就坐在第一排，離老師最近的位置，大概是因爲這樣老師才能好好盯著他。

我不太確定湯米腦袋裡正在想些什麼。也許他覺得有人在他頭上便便實在太丟臉，所以決定忘掉整件事。又或許他氣炸了，正在計畫殺死麥克斯之前要如何折磨他。就像那些小孩會在下課時用放大鏡燒死螞蟻，而不是乾脆一腳踩上去，再用運動鞋底抹一抹。

麥克斯就是這樣想的，雖然我告訴他不可能，但我知道他說不定是對的。
你不能在像湯米·史溫登這樣的小孩頭上便便後，還期待他會饒過你。

8

我今天看見了葛拉漢。我在往學校餐廳的路上經過她身旁，她向我揮手。

她開始在消失了。

我簡直不敢相信。

她的手在臉前來回揮動時，我可以透過她的手，看到她尖尖豎起的頭髮和露出牙齒的笑容。

幻想朋友要消失前，可以花上很久時間，或是只要一下子，但我想葛拉漢沒剩下多少時間了。

她的人類朋友是個女孩，叫做梅根，今年六歲。葛拉漢只活了兩年，但她是我認識最久的幻想朋友，我不希望她消失。她是我除了麥克斯之外，唯一擁有的眞正朋友。

我替她感到害怕。

我也替自己感到害怕。

總有一天，我把手舉到面前，然後會在手的另外一面見到麥克斯的臉，那時我就知道我也在漸漸消失了。總有一天，我會死，如果那是幻想朋友最後結局的話。

一定是這樣，對吧？

我想和葛拉漢說說話，但不知道該說什麼。不曉得她是不是知道自己正在消失？

如果她不知道，我該告訴她嗎？

◆

這個世界上有很多我從未見過的幻想朋友們，因爲他們不會離開家裡。大部分的幻想朋友都沒那麼幸運，能像葛拉漢與我這樣，可以自己到學校或四處晃晃。有一次，麥克斯的媽媽帶我們到她的朋友家，於是我遇見了三位幻想朋友。他們都坐在黑板前那幾張很小的椅子上，那個叫做潔西卡的小女生對著他們背誦英文字母表，還要他們回答數學問題，他們只是雙手抱胸，像雕像般動也不動。但這些幻想朋友不能走路或說話。我走入遊戲室裡時，他們只是坐在椅子上，對我眨了眨眼，就這樣。

只有眨眼。

這種幻想朋友從來都無法持續太久。有一次我看見一個幻想朋友突然出現在麥克斯的幼稚園教室裡十五分鐘，然後就消失了。就像有人在教室中間把她當成氣球吹，她變得越來越大、越來越大，就像遊行時街上賣的那些人形氣球，直到她幾乎要和我一樣大。是一個巨大的粉紅色女生，頭髮綁成馬尾，腳是黃色的花朵。但說故事時間結束後，就像有人用大頭針把她「砰」地戳破。她縮呀縮地，直到我再也看不到她。

看著那個粉紅色女生消失眞是嚇死我了。十五分鐘根本什麼事也不能做。

她甚至沒聽完整個故事。

但葛拉漢已經出現很長一段時間，她當了我兩年朋友。我不敢相信她居然要死了。

我很氣她的人類朋友梅根，因爲都是梅根的錯，葛拉漢才會步入死亡。她不再相信葛拉漢的存在了。

葛拉漢一死，梅根的媽媽就會問她的朋友到哪兒去了？然後梅根就會說些像是「葛拉漢已經不住這兒了。」或是「我不知道葛拉漢在在哪裡？」或是「葛拉漢去度假了。」接著她媽媽就會轉過身，露出微笑，認爲她的小女兒長大了。

但事情才不是這樣。葛拉漢不會去度什麼假，也沒有搬到另外一個城市或是國家。葛拉漢要死了。

小女孩，妳不再相信她了，於是我的朋友現在要死了。就因爲妳是唯一能見到她、聽見她說話的人類，並不表示她不是眞實的存在。我也能看見葛拉漢、聽見她說話。她是我的朋友。

有時候，當妳和麥克斯在上課，我和葛拉漢會在鞦韆架碰面，聊聊天。

以前妳和麥克斯一起下課休息時，我和她會一起玩抓鬼遊戲。

有一次我阻止了麥克斯，沒讓他衝到一輛行駛中的車子前面，葛拉漢還說我是英雄，即使我不認爲自己是，但依舊感覺很棒。

現在她要死了，就因爲妳不再相信她了。

◆

我們坐在學校餐廳裡。麥克斯在上音樂課，梅根正在吃午餐。從她在午餐桌上和其他女孩說話的樣子，我看得出來她不像以前那樣需要葛拉漢了。她面露微笑，大聲歡笑，用目光追隨著對話的進行，甚至時不時說上幾句話。她現在屬於一個團體了。

她是全新的梅根。

「妳今天覺得怎麼樣？」我希望這樣問也許能讓葛拉漢先提到消失的事情。

她的確提了。

「我知道我怎麼了，如果你要問的是這件事。」她聽起來好悲傷，但同時也聽起來她彷彿已經放棄了。彷彿她已經投降。

「這樣啊。」然後有好一會兒我不知道該說什麼。我盯著她瞧，接著假裝看看四周，再轉過頭去看著我的左邊，裝得像是學校餐廳角落有什麼聲音吸引我的注意。我無法正面看著她，因爲那表示我正在看穿她的身子。最後，我轉過頭面對她，逼著自己去看她，說：「那是什麼感覺？」

「沒什麼感覺。」

她舉起雙手給我看，我能看透她的手，從另外一邊看見她的臉，這次她的臉上沒了微笑。她的手彷彿是用蠟紙做成的。

「我不懂，發生什麼事了？妳和梅根說話時，她還能聽見嗎？」我問。

「喔，當然啊，她也還是能看見我。下課休息的前十分鐘，我們才剛剛在一起玩跳格子呢。」

「那爲什麼她不再相信妳了？」

葛拉漢嘆了口氣。然後又嘆了一口。

「不是她不相信我了。她只是不再需要我了。她以前很害怕和其他小孩說話。她小時候說話會結巴，現在不會了。以前她一結巴，就會失去很多和其他人交談、交朋友的機會，但她現在慢慢跟上了。幾個星期前，她和安妮約了一起出去玩。那是她第一次和朋友約出去玩。現在她和安妮一直講個不停，昨天她們甚至還因爲在上課時說太多話，惹上了麻煩，因爲她們應該要乖乖念書才對。然後，今天那些女孩看到我們在玩跳格子，就走過來也一起玩。」

「什麼是結巴？」我問。不知道麥克斯是不是也會結巴？

「就是沒辦法好好講話。梅根以前說話會卡住。她知道該說哪個字，但就是沒辦法讓自己的嘴巴說出來。我有好多次把那個字說得很慢給她聽，然後她才能說出口。但現在她只會在害怕或緊張，或是驚訝的時候才會結巴了。」

「她的結巴治好了？」

「算是吧。」葛拉漢說：「她上學時跟著萊納老師，放學後又跟著戴朵夫老師努力改善，花了很久的時間，但現在她可以說得很棒了，所以她開始交起朋友。」

麥克斯也跟著萊納老師在改善問題，不知道他能不能被治好？不曉得戴朵夫老師是不是就是麥克斯媽媽要他去見的那位治療師？

「妳現在打算怎麼辦呢？」我問：「我不要妳消失，妳可以不要消失嗎？」

我很擔心葛拉漢，但我覺得我需要替自己也問問這些問題，以防萬一她就在我面前消失的話該怎麼辦，我得在還能問她之前趕快問清楚。

葛拉漢張開嘴要說話，卻又停住。她閉上雙眼，搖了搖頭，然後用手去揉眼睛。不曉得她現在是不是結巴了？但她開始哭了起來。我試圖回想自己有沒有見過幻想朋友哭？

我不記得有。

我看著她的下巴沉到胸前，然後開始啜泣。眼淚沿著她的雙頰淌下，當一滴淚水終於從她下巴上掉落時，我看著那滴淚水落下，在餐桌上濺開，然後完全消失。

就像葛拉漢不久之後的命運。

我覺得自己好像回到了那間男生廁所。湯米．史溫登正要從隔間下爬進去。麥克斯正站在馬桶上，他的褲子纏在大腿上。而我就站在角落裡，不知道該說或該做什麼才好。

我等著，直到葛拉漢開始吸鼻子，不再啜泣；我等著，直到她的淚水不再滴落；我等著，直到她再度張開雙眼。

然後我說：「我有個主意。」

我等著葛拉漢說些什麼。

但她只是繼續吸鼻子。

「我有個計畫。」我又說了一次：「可以讓妳不要消失的計畫。」

「真的嗎？」葛拉漢說。

但我看得出來，她並不相信我。

「沒錯。」我說：「妳只需要去當梅根的朋友。」

不對，話一說出口我就知道我沒把話說對。

「不，等等。」我說：「這樣不對。」

我停了停。主意就在眼前，我只需要找到一個方式，正確說出來。

好好說，不要結巴。我想。

我知道了。

「我有個計畫。」我又說一次：「我們得確認梅根仍舊需要妳。我們必須要找到一個方法，讓梅根不能沒有妳。」

9

我們居然沒有早點想到這一點。梅根的老師，潘朵芙老師每個星期五會考她拼字，而梅根總是考不好。

我想麥克斯從來沒拼錯字過，但葛拉漢說梅根每星期差不多會拼錯六個字，大概是她拼字測驗的一半字數，雖然葛拉漢並不知道十二的一半就是六。我覺得這有點奇怪，她怎麼會不知道？因爲這再清楚也不過了。我是說，如果六加六等於十二，你怎麼會不知道十二的一半是六？

不過，話說回來，我和麥克斯一起念一年級時，大概也不知道十二的一半是多少？

但我想那時候我是知道的。

梅根吃午餐時，我和葛拉漢列了一張清單，列出梅根的所有問題。我告訴葛拉漢，我們需要找出一個葛拉漢可以幫忙解決的問題，然後，在她解決完這個問題之後，梅根就會發現她依舊需要葛拉漢待在身邊。

葛拉漢認爲這主意棒極了。「說不定會成功。」自從她開始消失後，她的眼睛第一次睜得又圓又亮。「這主意眞棒，說不定眞的會成功。」

我想讓她笑一笑，於是告訴她，她的耳朵已經消失了，其實她原來就沒有耳朵，但即使是我的笑話也沒讓她露出微笑。她怕死了。她說她今天覺得自己不那麼眞實了，就像她就要飛到天上飄走了。我開始告訴她太空裡那些衛星的事情，像是衛星的軌道會衰減，然後也會飄走，我想知道她的感覺是不是這樣？但接下來我就不再說了。

我猜這不是她想要談的。

麥克斯去年教我什麼是軌道衰減，他是在一本書上讀到的。我很幸運，因爲麥克斯很聰明，而且讀很多書，所以我也學了很多東西。所以我才會知道十二的一半是六，還有衛星會掉出運行軌道，然後永遠飄走。

我眞慶幸我的人類朋友是麥克斯，而不是梅根。梅根甚至連船這個字都拼不出來。於是我們整理出一張梅根問題的清單。當然，我們無法把清單寫在紙上，因爲我們都無法拿起鉛筆，但清單很短，我們都能記起來。

她生氣時說話會結巴。

怕黑。

拼字很差。

不會綁鞋帶。

每晚上床睡覺前都要發一頓脾氣。

不會拉外套拉鍊。

踢球踢不過投球的人。

這清單不怎麼樣，因爲很多像這樣的問題，葛拉漢並沒辦法幫她。如果葛拉漢能綁鞋帶或是拉拉鍊，她也許就能替梅根綁運動鞋的鞋帶，或是拉上外套拉鍊，但她做不到。我只知道有一個幻想朋友能夠觸碰並且移動人類世界裡的東西，不過即使我去求他，他也不會幫我們的。

而且，反正我也很怕他，怕到不敢去見他。

我不知道發一頓脾氣是什麼意思，所以葛拉漢得解釋給我聽。聽起來很像麥克斯發作的時候。梅根不喜歡上床睡覺，所以她媽媽一說該刷牙了，她就開始尖叫跺腳，有時候她爸爸不得不抱起她，帶她去浴室。

「每天晚上都這樣？」我問葛拉漢。

「是啊，她氣得滿臉通紅，全身冒汗，最後就會開始大哭。很多晚上她都是哭著睡著的。我實在替她感到難過，不論她爸媽或是我說什麼都沒用。」

「哇喔。」我說，因為我無法想像看一個人每晚都大發脾氣有多煩人。

麥克斯不太常發作，但他一發作，就像他在心裡大發脾氣。他變得很安靜，雙手握成拳，身體微微顫抖，但他不會滿臉通紅，或是滿身大汗，或是尖叫。我想他是正在心裡頭做這些事，但在外觀上他就只是沒辦法動彈，有時候要花很久時間才會恢復正常。

但至少他發作時，不吵不鬧，也不煩人，而且絕對不會只是因為要上床睡覺了而發作。

八點三十分。

若太早或太晚，他就會生氣。

在梅根發脾氣這件事上，我想不出什麼方法能讓葛拉漢去幫她，因此這張清單上也沒剩多少了。於是我們又回到拼字測驗上。

「我要怎麼幫助她拼字？」葛拉漢問。

「我做給妳看。」

潘朵芙老師會把每星期要考的單字掛在教室前面的圖表紙架上，葛思克老師也會在班上這樣做。她在星期四下午會把那些單字表取下，於是我和葛拉漢在那天放學前的最後一個小時，站在圖表紙前，記住每一個單字。我從未多注意麥克斯的拼字測驗，我也不是很認眞在聽葛思克老師的拼字課，所以要記下這些單字，比我想像的還要難多了。

但一小時後，葛拉漢就知道了如何完美地拼出這些單字。

明天梅根考試時，她會站在梅根身邊，梅根一拼錯字，葛拉漢就會告訴她正確的拼法。這計畫妙極了，因爲梅根每個星期都要考拼字，所以不會只有一次機會。葛拉漢可以每個星期都幫助梅根。說不定她甚至可以開始在其他考試上也幫助梅根呢。

我想這主意說不定眞的能成功，如果葛拉漢今晚沒消失的話。有個叫做手指先生的幻想朋友告訴過我，大部分的幻想朋友常常是在晚上人類朋友睡著時消失的，但我認爲那大概只是他捏造出來的，想讓我印象深刻。誰會知道這種事？我差點就要告訴葛拉漢，要她今晚別讓梅根睡著，以防萬一手指先生講的是眞的，但梅根只有六歲，像這樣的小小孩是無法整夜不睡的。不管葛拉漢怎麼努力，她最後還是會睡著。

我現在只能期望葛拉漢能熬過今晚了。

10

麥克斯對我大發脾氣，因爲我最近花很多時間和葛拉漢在一起。他其實並不知道我是和葛拉漢在一起，他只知道我去了別的地方，他很生氣。我想這是好事。每次只要有一會兒不見麥克斯，我總會有點小緊張，但如果他會因爲我不在他身旁而生氣，那表示他一直在想著我，而且開始想念我了。

「我得去尿尿，可是你卻不在，沒有人幫我去看廁所有沒有人。」麥克斯說：「害我得去敲門。」

我們現在坐在公車裡，正在往回家的路上，麥克斯蜷縮在位置上，低聲和我說話，這樣其他小孩才不會聽到我們說話。但是他們聽得到。他們總是會聽到的。麥克斯無法看見其他小孩能看見的東西，但我可以。我可以看見整座森林裡的樹木。

「我得去尿尿，可是你不在，沒人幫我去看廁所有沒有人。」麥克斯又說了一次。

如果你不回答麥克斯的問題，他就會一直重複說個不停，因爲他得要先得到答案，才能說下一件事。只是麥克斯的問題並不一定是問題的形式。很多時候他只是說幾句話，然後期待你知道那是個問題。如果他必須重複說上三、四次，儘管他從不必對我這樣，但有時候他必須對老師和他爸爸一直重複，他會很不耐煩。有時候這樣會讓他發作。

「我在湯米的教室裡。」我說：「我想去看看他下一步打算做什麼。我要確定他這星期不會來找你報仇。」

「你在暗中監視。」麥克斯說，我知道這也是個問題，即使他沒有把這句話說得像個問題。

「沒錯，我在暗中監視。」我說。

「好吧。」麥克斯說。

但我看得出來，他還是有點生氣。

我不能告訴麥克斯我和葛拉漢在一起，因爲我不想讓麥克斯知道有其他的幻想朋友存在。如果他認爲我是這個世界裡唯一的一位幻想朋友，那他就會認爲我很特別。他會認爲我是獨一無二的，我覺得那樣很棒。

那樣能幫助我持續存在下去。

但如果麥克斯知道了其他幻想朋友的存在，而且他又很氣我的話（就像他現在這樣），也許他就會把我忘掉，再想像出一個新的幻想朋友。然後我就會消失，就像葛拉漢現在正在消失一樣。

我一直很不好過，因爲我很想把葛拉漢的事情告訴麥克斯。一開始我想告訴他，是因爲我認爲他可以幫得上忙。我想，也許麥克斯能想個好主意，讓我去幫助葛拉漢，因爲他那麼聰明。或是，也許他可以幫我們解決梅根的一個問題，像是教她綁自己的鞋帶，然後他可以告訴梅根，這都是葛拉漢的主意，這樣就全都是葛拉漢的功勞了。

但我現在想把葛拉漢的事情告訴麥克斯，是因爲我嚇壞了。我害怕會失去朋友，而我找不到人來談這件事。也許我可以和狗狗談一談，但我和狗狗不是很熟，絕對沒有像我和麥克斯或葛拉漢這樣熟。即使狗狗能講話，對一隻狗說話也很奇怪。麥克斯是我的朋友，他才應該是我傷心或害怕時去傾訴的對象，但我卻沒辦法對他說出口。

我只希望葛拉漢明天能到學校，一切都還來得及。

◆

麥克斯的爸爸喜歡告訴別人，他和麥克斯每天晚上都在後院玩傳接球遊戲，就像他們今晚也在玩傳接球。他到處去告訴每一個認識的人，有時候說了不止一次，但他通常等到麥克斯的媽媽不在場的時候才會這麼說。有時候麥克斯的媽媽離開房間，如果他知道她很快就會回來，她前腳才離開，他馬上就對其他人這麼說。

但他和麥克斯並不算眞的在玩傳接球。麥克斯爸爸把球傳給他，他只是讓球落到地上滾開，等球停下來後，他才撿起來，然後試著扔回去。只是麥克斯爸爸總是站得離麥克斯不夠近，好讓麥克斯能把球扔給他，即使他不斷告訴麥克斯要「投入點！」和「用你的身體去投球」和「兒子，全力以赴啊！」

只要他們一玩傳接球遊戲，麥克斯的爸爸就會喊他兒子，而不是麥克斯。

但即使麥克斯很投入或是全力以赴（我不知道這兩句話是什麼意思，我也不認爲麥克斯知道），球卻從來沒投到他爸爸手上過。

如果他想要接到麥克斯投來的球，爲什麼不站近一點就好了？

◆

麥克斯在床上睡著，當然，沒有大發一頓脾氣。他之前刷了牙，穿上星期四晚上的睡衣，讀了一章的書，然後在八點三十分整時，把頭倒在枕頭上。麥克斯的媽媽今晚要開會，所以是麥克斯的爸爸親他的額頭，對他說晚安。然後他關上麥克斯房裡的燈，打開夜燈。

一共有三盞夜燈。

黑暗中，我坐在麥克斯床邊，想著葛拉漢。我不知道是不是還有什麼事情是我沒想到的？想著還有沒有其他事是我可以幫忙的？

麥克斯的媽媽回來得有點晚，她躡手躡腳走進房裡，踮著腳尖來到麥克斯床邊，在他額頭上親了一下。麥克斯允許爸媽親他，但動作要迅速，而且只能親臉頰或額頭，而每次他們一親他，麥克斯總是會縮一下。但麥克斯像這樣沉睡著的時候，他媽媽就能親得比較久，通常是親在額頭，但有時候也會親在臉頰。有時候她一晚會走進他房裡親他兩、三次，然後才去睡覺，即使那晚是她送麥克斯去上床睡覺，而且已經親過他了。

有天早上，吃早餐時，麥克斯的媽媽告訴他，他睡著後，她去親了他一下道晚安。她說：「昨晚我去親你道晚安時，你看起來真像個小天使。」

「是爸爸送我上床睡覺的。」麥克斯說：「不是妳。」

這是麥克斯不像問題的問題，我聽得出來。麥克斯的媽媽也是。她總是什麼都知道。她甚至知道得比我還多。

「沒錯。昨天我去醫院看爺爺，但我回家後，踮著腳輕輕走進你房間，然後親了你一下，和你說晚安。」

「妳親了我一下說晚安。」麥克斯說。

「就是這樣。」他媽媽說。

之後，我們在往學校的公車上時，麥克斯縮起身子，問：「媽媽親了我的嘴唇嗎？」

「沒有。是親在額頭。」我說。

麥克斯用手指摸了摸額頭，然後看著手指，問：「她親得很久嗎？」

「沒有。超級快。」我說。

但這不是事實。我不常對麥克斯說謊，但那一次我說了謊，因爲我想，如果我這樣做，對麥克斯和他媽媽都比較好。

即使麥克斯媽媽晚上不在家，沒有送他上床睡覺，他仍會問我，他媽媽有沒有親他親得很久？我總是說：「才沒呢，超級快的！」

我也從來沒有告訴過麥克斯，他媽媽去睡覺前多親他的那幾下。

但這不算說謊，因爲麥克斯從沒問過我，他媽媽是不是有多親他幾次。

◆

麥克斯的媽媽正在吃晚餐。她把麥克斯爸爸替她從剩菜裡弄出來的一盤食物加熱。麥克斯的爸爸坐在桌子對面，讀著雜誌。我不太常看書或雜誌，但我知道這本雜誌叫做「運動畫刊」，因爲麥克斯爸爸每個星期都會從雜誌遞送員送來的信封裡拿出來。

我不是很高興，因爲看來麥克斯的爸媽不會很快去看電視，而我很想看電視。我喜歡坐在長沙發上，坐在麥克斯媽媽旁邊看電視節目，在廣告時間時聽他們聊天。

廣告就是在大表演節目之間的小小表演，但大部分都很蠢、很無聊，所以沒人眞的會去看廣告。人們會利用廣告時間聊天，或是去上廁所，或是在玻璃杯裡裝更多汽水。

麥克斯的爸爸喜歡抱怨電視節目。他認爲這些節目永遠都不夠好，他說這些故事都很荒謬，而且有太多錯失的機運。我不是很清楚知道這是什麼意思，但我想那是表示如果他可以去告訴節目裡的人要怎麼做的話，這些節目會更好看。

他的抱怨偶爾會讓麥克斯的媽媽不高興，因爲她就只是喜歡看電視節目，而不是去注意那些錯失的機運。

「我工作了一天，只是想休息一下。」她說。我同意。我看電視也不是爲了要找到方法讓節目更好，我只是喜歡那些故事。但大部分時間，麥克斯的爸媽就只是在節目好笑時放聲大笑，節目驚悚或懸疑時咬著指甲。我想麥克斯的爸媽都不知道他們看電視時，會精準地在同一時間咬起指甲。

他們也很喜歡預測下一集會有什麼劇情。雖然不是很確定，不過我想麥克斯的爸媽念三年級時，老師一定是葛思克老師，因爲她總是要學生去猜猜她正在朗讀的這本書接下來會有什麼發展？看來預測是麥克斯爸媽最喜歡做的事情。我也喜歡預測，因爲我可以等著瞧自己有沒有猜對。麥克斯的媽媽喜歡預測接下來發生的都是好事，即使一切都看起來糟透了。我通常會預測最壞的可能結果，而有時候我會猜對，特別是在看電影的時候。

這就是爲什麼葛拉漢的事情會讓我這麼緊張。我無法不去想像最壞的結果。

有些晚上我得坐在單人沙發上，因爲麥克斯爸爸就坐在麥克斯媽媽身邊，手臂摟著她，她會緊靠在他懷裡，兩人都面帶微笑。我喜歡這樣的夜晚，因爲我知道他們很快樂，但我同時也覺得有些被排擠在外，像是我不屬於這裡。有時候，在這樣的夜晚，我便乾脆離開，特別是如果他們看的是表演節目而不是戲劇節目時，譬如那些有人可以決定誰唱得最好、然後能得獎的節目。

其實，我覺得找出誰唱得最難聽才比較好玩。

麥克斯的爸媽安靜了很長一段時間。她正在吃飯，而他正在看雜誌。唯一聽得見的聲響就是刀叉敲在盤子上的清脆聲。麥克斯的媽媽從未這麼安靜過，除非她要麥克斯的爸爸先開口說話。她通常都有很多、很多話要說，但有時候，他們在吵架時，她喜歡先閉上嘴，等著看麥克斯的爸爸會不會先開口說話。她從沒這樣告訴過我，但我已經觀察他們這麼久的一段時間，我就是知道。

我不知道他們今晚在吵什麼，所以這場面幾乎就像是在看電視節目。我知道他們很快就會開口爭論，但我不知道他們要爭什麼。沒人知道。我預測會和麥克斯有關，因爲他們最常爭論的就是這件事。

她吃完飯後，終於開口了：「你有想過去看醫生嗎？」

麥克斯的爸爸嘆了口氣，說：「妳眞的認爲我們需要嗎？」他依舊低頭看著雜誌，這是個不好的徵兆。

「已經十個月了。」

「我知道，但十個月不算很長。我們過去又沒有問題。」他現在看著麥克斯的媽媽了。

「我知道。」她說：「但我們應該要等多久？我不想等一、兩年後，才去找人談這件事，然後才發現有問題。我寧願現在就知道，這樣我們才能早點想辦法解決。」

麥克斯的爸爸翻了翻白眼，說：「我只是認為十個月沒有那麼久。史考特和梅蘭妮花了幾乎兩年，妳記得嗎？」

麥克斯的媽媽嘆了口氣。我不知道她是傷心還是沮喪，或是因為其他原因。

「我知道。」她說：「但只是找人談一談，也沒什麼關係，對吧？」

「對啦。」麥克斯的爸爸聽來生氣了。「如果我們只需要找人談一談就能解決，那可眞是太好了。但如果我們有問題，光是去看醫生又不能有什麼幫助，他們只會要我們做各種檢驗。不過才十個月而已。」

「但你不想知道嗎？」

麥克斯的爸爸沒有回答。如果她是麥克斯的話，她會再問一次問題，但有時候大人用完全不回答問題來當作是一種回答，我想麥克斯的爸爸正是如此。

他終於開口時，他回答的是麥克斯媽媽的第一個問題，而不是最後一個。

「好吧，我們可以去看醫生。妳要約診嗎？」

麥克斯的媽媽點點頭。我以為麥克斯的爸爸同意去看醫生，會讓她高興，但她看起來還是很哀傷。麥克斯的爸爸看起來也很哀傷，但兩人都沒有看著對方，一次都沒有。就像隔在他們中間的是一百張餐桌，而不是只有一張。

我也爲他們感到難過。

如果他們只是看電視的話，這樣的事就絕對不會發生了。

11

我告訴麥克斯，我要再去看看湯米・史溫登。他不介意我離開，因爲他今天早上已經便便過了，所以在午餐之前，他不需要我替他檢查廁所裡有沒有人。而且葛思克老師今天一開始就在班上朗讀故事，麥克斯最愛葛思克老師朗讀故事了。他好專心地聽著她的聲音，專心到忘了所有其他一切，所以他說不定根本不會發現我不見了。

我沒有去湯米・史溫登班上，而是去了潘朵芙老師的教室。我其實很不想去，因爲害怕自己會發現什麼。或是沒發現什麼。

我踏進潘朵芙老師的教室，這裡比葛思克老師的教室要整齊多了。所有的桌子都排成完美的直線，潘朵芙老師的桌上也沒有快要倒下來的一堆堆紙山。這間教室簡直有點乾淨過了頭。

我在教室裡從這一頭望到另一頭，然後再望回來。葛拉漢不在這裡。我望向書架後的那個角落還有衣帽間，她也不在那裡面。

小朋友都坐在排成一列列的課桌前，盯著站在教室前方的潘朵芙老師，她正指著一幅月曆，講解日期與天氣，而寫著這個星期要考試的單字的圖表紙不見了。

我看見梅根，她坐在教室後面，舉起了手。潘朵芙老師問了十月有幾天，她想回答這個問題。

是三十一天。我知道答案。

我沒瞧見葛拉漢。

我想走向梅根，去問她昨晚是不是不再相信她的幻想朋友了？

「妳是不是不再相信那個尖頭髮的女孩了？在妳還不會說話，大家都嘲笑妳的時候，那個陪在妳身邊的女孩？」

「妳忘了結巴，是不是也忘了妳的朋友？」

「妳有沒有甚至注意到她正在漸漸消失？」

「妳殺了我的朋友嗎？」

梅根無法聽到我的聲音。我不是她的幻想朋友，葛拉漢才是。曾經是。

然後我看見了葛拉漢。她就站在梅根幾步遠的地方，靠近教室後方，但我幾乎看不見她了。我能完全看透她的身子，直接看到窗戶，而我之前居然不知道她就在這兒。彷彿有人很久以前把她畫在窗戶上，現在顏色都掉光了。要不是她眨眼的話，我根本不會注意到她。我是先看到眨眼那個動作，而不是先看到她的人。

「我想你剛剛沒看見我。」葛拉漢說。

我不知道該說什麼。

「沒關係的。」葛拉漢說：「我知道，要看見我眞的很難。我今早睜開眼睛時，一開始還看不見自己的手呢，我以爲我已經消失了。」

「我不知道妳會睡覺。」我說。

「是啊。我當然要睡覺。你不用嗎？」

「不用。」

「那麥克斯睡覺時，你在做什麼？」

「我和他爸媽鬼混，直到他們去睡覺。」我說：「然後我會去散步。」

我沒告訴她，我會去拜訪街角的加油站、熱狗餐廳、醫院與警察局。我從未告訴過任何幻想朋友，我會去這些地方。我覺得那些地方是特別只屬於我的。

「哇喔。」葛拉漢說，我第一次注意到，連她的聲音也在消失了。她的聲音聽起來又細又弱，彷彿她正透過一道門在說話。「我從不知道你不用睡覺耶，我眞替你感到遺憾。」

「爲什麼？睡覺有什麼好？」

「你睡覺的時候，就會做夢。」

「妳能做夢？」我問。

「當然。」葛拉漢說：「昨晚我夢見我和梅根是雙胞胎姊妹。我們一起在沙地上玩，而且我的手指眞的能碰到沙子喔！我可以用手握住沙子，讓沙子從手指間流下來，就像梅根那樣。」

「妳居然能做夢。」我說。

「你居然不能做夢。」

我們兩人有好一會兒都沒再說話。

教室前面有個叫諾曼的男孩，正在告訴大家他之前去參觀了一個叫做老城新門監獄的地方。我知道監獄是什麼地方，所以我知道諾曼說的這趟參觀根本就是在撒謊。小朋友是不許去參觀監獄的。但我不明白，爲什麼潘朵芙老師沒有要諾曼說實話。要是葛思克老師聽見諾曼這樣胡說八道，一定會說：「丟臉！眞丟臉！把你的名字說出來，看看你還有多少臉可丟！」然後諾曼就不得不說實話了。

諾曼的手裡有一顆石頭，他說是從監獄拿來的。他說這石頭是從地雷[7]裡拿來的。那也根本不合理啊。地雷是士兵埋在土裡的炸彈，這樣其他士兵經過時，就會踩上地雷然後被炸飛。麥克斯會假裝替他的玩具士兵佈地雷區，我才會知道這個東西。所以諾曼怎麼可能從地雷裡拿出石頭？

但諾曼騙倒了大家，因爲班上所有的小孩現在都想摸那塊石頭，即使那說不定只是他今天早上從遊樂場找到的石頭罷了。就算他眞的是在地雷上找到的，也不過就是塊石頭，爲什麼大家要那麼興奮？潘朵芙老師甚至得要全班「坐回位子上，別那麼激動。」潘朵芙老師要她的學生別激動時，會說：「別把褲子都擠掉啦！」我不知道那是什麼意思，但聽起來很好笑。

潘朵芙老師要所有的小朋友都坐下來，她保證只要大家有耐心，每個人都有機會去握一下那顆石頭。

那只不過是顆蠢石頭啊！我很想這麼大喊。

我的朋友就要死掉了，你們還這樣無厘頭地瘋一顆蠢石頭。

「什麼時候要考拼字？」我最後終於問。

[7] 英文mine有兩義，一是礦場，一是地雷。

「接下來吧？我想。」葛拉漢的聲音甚至更微弱了，聽起來彷彿她現在是站在三道門後面。「老師通常在展示說明後會馬上考拼字。」

葛拉漢說得沒錯。諾曼講完他那謊話連篇的參觀監獄過程，大家也都有機會去摸一下那顆蠢石頭之後，潘朵芙老師終於把白色的橫格紙發下來，準備考拼字。

考試時我站在教室後面，葛拉漢則站在梅根身旁。我幾乎要看不見她了，她靜靜站著不動時，幾乎完全不見了。

我站在後面，希望梅根至少拼錯一個字。即使梅根的拼字爛到不行，但葛拉漢說過，有時候她也能把全部的字都拼對。如果她今天全部都拼對，我和葛拉漢就沒時間再想新計畫了。

我感覺葛拉漢好像隨時就會消失。

然後梅根拼錯字了。潘朵芙老師說「巨人」（giant），梅根在紙上寫下這個字。一秒鐘後，葛拉漢彎下身靠近梅根，指著那個字，說了些話。梅根把字拼錯了，說不定把g寫成了j，看著她擦掉那個字重寫時，我覺得一陣頭暈眼花。

考了三個單字之後，同樣的事情又發生了，這次是「驚喜」（surprise）。考試結束時，葛拉漢已經幫梅根拼對了五個字，而我一直等著消失的過程反轉。幾分鐘內，我盼望著除了葛拉漢在移動時，我再也不會不小心沒看到她。我的朋友馬上就會完全復原，她會再一次地完好無缺。

我等著。

葛拉漢等著。

考試結束了。我們坐在教室後的一張小桌子前，看著彼此。我等著那一刻到來，我能跳起來大喊：「成功了！妳變回來了！」

潘朵芙老師接下來考數學，而我們仍繼續在等。

但葛拉漢沒有變回來。事實上，我想她消失得更多了。葛拉漢就坐在我前方一呎遠，而我卻幾乎看不見她。

我想懷疑我的眼睛是不是出了問題，我的眼睛一定是在和我開玩笑吧？但接下來我便知道事實的確是如此，葛拉漢仍在消失中。隨著每一分每一秒過去，她變得越來越透明。

我無法這麼告訴她。我不要告訴她，計畫失敗了，因爲應該要成功的。那個計畫一定會成功的啊。

但並沒有成功。葛拉漢仍在消失中，她幾乎就要看不見了。

「沒有用的。」她最後終於開口，打破沉默。「我看得出來。沒關係的。」

「妳會感覺到痛嗎？」

我一說出口，就希望自己根本沒問。問出這個問題，我感到很內疚，因爲我是替自己問的，而不是爲了朋友。

「不會，一點也不會痛。」葛拉漢說。

即使我很難看見她了，但我想她是在微笑。

「我感覺就像要飄走了，就像我要自由了。」

「我們一定還有其他辦法可想。」我說。

我的聲音聽起來很慌亂，但我沒辦法控制，我覺得自己好像待在一艘正往海底沉的大船上，船上卻沒有救生艇可以逃命。

我想葛拉漢正在搖頭，但我無法確定，因爲現在很難看得到她了。

「一定有其他辦法的。」我又說了一次。「等等，妳說過梅根怕黑。去告訴她，她的床底下住著一隻怪物，只有在晚上才會來，是因爲妳在這裡，所以她還沒有被吃掉。告訴她，每天晚上妳都保護她不讓怪物吃掉，如果妳死了，她就會被吃掉。」

「布多，我辦不到。」

「我知道這招很差勁，但妳不這麼做的話，妳就要死了！妳得試一試！」

「沒關係的。我已經有心理準備要離開了。」葛拉漢說。

「妳已經有心理準備要離開了，這是什麼意思？去哪裡？妳知道妳消失後會怎麼樣嗎？」

「不知道，但沒關係的。」她又說了一次。「不管怎麼樣，我都不會有事，梅根也不會有事的。」

我現在幾乎聽不到她的聲音了。

「葛拉漢，妳得試一試。走過去告訴她，她需要妳。告訴她，她的床底下有怪獸！」

「布多，這不是重點，這和梅根需不需要我沒有關係。我們之前都錯了，梅根只是長大了。先是我，然後就會是牙仙，明年就是聖誕老人。她現在是個大女孩了。」

「但牙仙又不是眞的，可妳是啊！葛拉漢，不要放棄！妳要努力！求求妳，不要離開我！」

「布多，你一直是我的好朋友，但我現在得離開了。我現在要去坐在梅根身邊，我想把僅剩的一些時間用來陪著她，坐在她身邊。這是我唯一眞正感到難過的事。」

「什麼事？」

「就是我再也不能看著她了，不能看著她長大了。我會很想念梅根的。」她安靜了一會兒，才又說：「我好愛她。」

我哭了起來。一開始我還不知道，因為我從來沒哭過。我的鼻子突然塞滿了鼻屎，眼睛覺得溼溼的。我覺得溫暖，同時也覺得悲傷，難過得不得了。我覺得自己就像打了結的水管，就等著有人把結解開，讓水噴得到處都是。我覺得那些眼淚就要讓我炸開了，但我很高興我哭了，因為我不知道該怎麼向葛拉漢說再見，而我知道我必須要對她說再見了。葛拉漢很快就會消失了，我就要失去我的朋友了。我想對她說再見，告訴她我有多愛她，但我不知道該怎麼說才好。我希望眼淚代替我說明了這一切。

葛拉漢站起身，對我微笑。她點了點頭，然後走向梅根。她坐在梅根身旁，對著她的耳朵說話。我想梅根再也不能聽見她說話了。梅根正在聽著潘朵芙老師上課，臉上帶著微笑。

我站了起來，走向門邊，我要離開這裡。葛拉漢消失時，我不要待在這裡。我再一次往回望，梅根又舉起了手，準備要回答另外一個問題。一點都不結巴地回答問題。葛拉漢仍坐在她身後，縮在一張小小的一年級生小椅子上。我幾乎要看不到她了。我想，如果潘朵芙老師打開窗戶，讓一陣微風吹進來，就足以把葛拉漢所剩下的最後一點點身影給永遠吹走。

我離開前再次看了一眼，葛拉漢仍在微笑。她專心地看著梅根，伸長了脖子去看那個小女孩的臉，她在微笑。

我轉過身子，離開了我的朋友。

12

葛思克老師正在教數學。小朋友散坐在教室裡擲骰子，然後用手指頭數數。我花了一分鐘檢查教室的所有角落，但找不到麥克斯。這是好事，因爲麥克斯最討厭這些遊戲。他討厭玩骰子，討厭那些小孩滾出兩個「六」的時候尖叫。他只想解決自己的數學問題，誰都不要來吵他。

我不清楚麥克斯現在應該在哪裡，他有可能在學習中心，與麥茵老師、派特森老師在一起，或也可能在休姆老師的辦公室。要掌握麥克斯的行蹤不容易，因爲他一天要去見這麼多老師。如果時鐘上只有分針和時針，我也不太會看時間，但葛思克老師的教室裡只有這種時鐘。

我先去休姆老師的辦公室，因爲那裡離葛思克老師的教室最近，但麥克斯不在那裡。休姆老師正在和校長談論一個聽起來很像湯米·史溫登的男生，只是他的名字叫丹尼，念二年級。校長的聲音聽起來很憂心，她談到丹尼時，用了狀況這個字三次。當大人用很多次狀況時，就表示事情嚴重了。

帕瑪校長是位年紀比較大的女士，不喜歡處罰小朋友，或是警告他們會有什麼嚴重後果，所以她對休姆老師談了很多替代方法讓學生守規矩。她認爲讓像湯米·史溫登這樣的小孩到幼稚園教室去當志工，就可以讓他學會守規矩。

休姆老師認爲帕瑪校長瘋了，但她沒有說出來。可是我聽過她不止一次對其他老師這麼說。休姆老師認爲如果帕瑪校長更常讓像湯米·史溫登這樣的小孩留校察看的話，他才有可能不去廁所裡找像麥克斯這樣的小朋友麻煩。

我認爲休姆老師是對的。

麥克斯的媽媽說，對的事通常是最難做的事，我想帕瑪校長還沒有學到這一課。

我穿過走廊，去學習中心看了一下，但麥克斯也不在那裡。麥茵老師正在一對一指導一個叫做葛雷格的小男生。葛雷格讀一年級，患了一種叫做癲癇的病。他得一直都戴著頭盔，以免萬一他癲癇發作時，跌倒摔到頭。癲癇就像是梅根發一頓脾氣和麥克斯發作的綜合版本。

也許，要是我能替葛拉漢找出方法，幫梅根治好她的脾氣，葛拉漢現在就還會在這裡。也許梅根根本就不在乎拼字測驗。也許我們需要補救的，是比拼字測驗還要更重要的事。

麥克斯說不定在醫護室旁邊的廁所。要知道，說不定他又有了多出來的便便。若眞的是這樣，麥克斯會瘋掉，這已經是連續兩天他得自己去敲廁所的門。

但麥克斯也不在廁所，裡頭空空的。

現在我開始擔心了。

麥克斯會去的地方只剩下一個，就是萊納老師的辦公室，但麥克斯只會在星期二和星期四的時候去找她，改善說話能力。也許今天是因爲有什麼特殊理由，他才會去找萊納老師吧？也許萊納老師下星期二得去參加一場婚宴，沒辦法見麥克斯。他會去的地方只剩下那裡了。但萊納老師的辦公室在學校的另一邊，我得走過潘朵芙老師的教室才能到。

之前我有整整三分鐘都沒有想到葛拉漢，才剛覺得好過些，現在我又開始去想，不知道葛拉漢是不是已經完全消失了？如果我走過那間教室，我會不會往教室裡面看，然後見到她仍坐在梅根身後呢?也許我會見到我的朋友只剩下一些稀疏的殘影。

我想等麥克斯自己回到葛思克老師的教室,但我知道我應該到萊納老師的教室去見他。他在那兒見到我會很高興,而且,老實說,我也想見到麥克斯。眼看著葛拉漢消失,讓我比以前更想見到麥克斯,即使那意味著我必須走過潘朵芙老師的教室。

但我沒有走到那裡。

學校裡被體育館分成兩邊,年紀比較小的小孩在一邊,年紀比較大的小孩在另一邊,我才走過體育館,就瞧見了麥克斯。他正走進學校,穿過一扇通往學校外頭的雙扇大門。這太奇怪了,現在不是休息時間,而且那扇大門又不是通往遊樂場。大門外就是停車場和街道,我從未見過有小朋友走過那扇大門。

派特森老師跟在他後面走了進來。她走進大樓裡時停下了腳步,左右張望,彷彿期待有人會在門邊等候。

「麥克斯!」

他轉過頭見到了我。

他什麼都沒說,因為他知道如果他開了口,派特森老師就會開始問問題。有些大人對麥克斯問起我的事情時,說話的口氣就像把他當成小嬰兒。他們會說:「布多現在和我們在一起嗎?」還有「布多有沒有話要告訴我?」

「有。」我總是這樣告訴麥克斯。「告訴他們,我希望能一拳揍在他們的鼻子上。」

但他從來沒這麼說過。

麥克斯對其他大人提起我時,他們看著麥克斯的表情就好像他生了病,好像他有哪裡不對勁，有時他們甚至看起來有些怕他。所以我們在其他人面前幾乎從來不說話，即使有人遠遠見到麥克斯在和我說話，像是在遊樂場、在公車上或是在廁所裡，麥克斯只會說他是在自言自語。

「你剛才去了哪裡？」即使我知道麥克斯不會回答，我還是問了。

他回頭看向外面的停車場。他睜大了雙眼，於是我知道，不管他去了哪裡，那是個好地方。

我們往葛思克老師教室的方向走去，派特森老師領路。就在我們要到達教室門口時，派特森老師停了下來。她轉過身看著麥克斯，然後彎下腰，看著麥克斯的眼睛。

「麥克斯，記得我說過的話。我全是為你好。有時候，我想只有我才知道什麼對你而言是最好的。」

我聽不太懂，但我想派特森老師說的最後那句話，與其是在對麥克斯說，反倒像在說給她自己聽。

她正要再說些什麼，麥克斯打斷了她：「妳講了好多次同樣的事情，會讓我很煩耶，那會讓我覺得妳認為我很笨。」

「對不起。」派特森老師說：「我不是這個意思。你是我知道最聰明的小男生，我不會再多說了。」

她停頓了一下，我看得出來她是在等麥克斯說些什麼回應。這種狀況常常發生，但麥克斯不會注意這種停頓。如果有人和麥克斯說話，對方停下來，期待他說些什麼回應時，他只會等在那兒。如果沒有問題要回答，或是他沒有想說什麼，那麼他就只是等著。沉默不會讓他像其他人那樣不自在。

派特森老師最後終於又開口了：「麥克斯，謝謝你。你眞是一個聰明又可愛的小夥子。」

即使我認為派特森老師說的是實話，她真的相信麥克斯又聰明又可愛，但她仍然同樣用對嬰兒說話的口氣，就像其他人對麥克斯談到我時用的那種語氣。她聽起來很假，因為她聽起來像是試著要表示出真心，而不是真的這麼認為。

我真的一點都不喜歡派特森老師。

◆

「你今天和派特森老師去了哪裡？」我問。

「我不能告訴你。我答應了要保守祕密。」

「但你對我從來沒有祕密。」

麥克斯咧開嘴笑了，說：「從來沒有人要我保守祕密過。這是我的第一次。」

「是不好的祕密嗎？」我問。

「什麼意思？」

「你做了什麼壞事嗎？還是派特森老師做了什麼壞事？」

「不是。」

我想了一下，問：「你是在幫助別人嗎？」

「有點算是，但這是祕密。」麥克斯又咧開嘴笑了，眼睛睜得更大。「我不能再跟你說更多了。」

「你真的不告訴我？」我問。

「不行，這是祕密。這是我的第一個祕密。」

13

麥克斯今天沒有上學。今天是萬聖節，麥克斯在萬聖節是不上學的。因爲那些小朋友在萬聖節派對時戴的面具嚇壞了他。麥克斯念幼稚園時，一個叫做JP的小男生從廁所走出來，臉上戴著蜘蛛人面具，麥克斯見到後嚇得當場發作，身子僵在原地動彈不得。那也是他第一次在學校發作，老師也不知道該怎麼辦。我從沒見過有哪個老師嚇成那個樣子。

麥克斯念小學一年級時，他的爸媽在萬聖節那天送他去上學，希望他長大就沒事了。長大就沒事了的意思是，他的父母也不知道該怎麼辦，所以他們什麼都沒做，只能希望情況已經有所改變，因爲麥克斯長得比較高了、穿著比較大號的運動鞋。

但第一個小朋友一戴上面具，麥克斯又發作了。

去年萬聖節他就待在家裡，沒有去上學，今天也是一樣。麥克斯的爸爸也沒有去上班，所以他們可以一整天待在一起。他打電話給老闆，說他生病了。大人可以說自己生病了，但不用眞的生病，可是小孩子如果想待在家裡不去上課，就得眞的生病。

或是害怕萬聖節的面具。

◆

我們要去柏林公路旁的煎餅屋。麥克斯很喜歡那家煎餅屋，那是他最喜歡的餐廳之一。麥克斯只肯在四家餐廳吃東西。

麥克斯最喜愛的四家餐廳名單：

一、國際煎餅屋。

二、溫蒂漢堡（麥克斯沒辦法再去漢堡王，因爲他爸爸有次告訴他，有個客人吃下了有魚刺骨的魚排三明治，於是麥克斯便開始擔心他爸爸店裡的所有食物都會有魚刺骨）。

三、麥克斯漢堡（眞的有一堆餐廳都叫麥克斯，像是麥克斯炸魚、麥克斯商業餐廳，麥克斯覺得這些餐廳和他用同一個名字眞是太棒了。但麥克斯爸媽先帶他去的是麥克斯漢堡，所以現在他只會在這一間麥克斯餐廳吃東西）。

四、角落裡的巴哥犬。

◆

如果麥克斯去了新的餐廳，就會無法吃東西，有時候甚至會發作。這很難解釋原因。對麥克斯而言，在柏林公路旁那家煎餅屋裡的煎餅是煎餅，但在對街那間小餐館裡的煎餅就不是眞正的煎餅，即使看起來都一樣，說不定吃起來味道也一樣，但對麥克斯而言卻是完全不同的食物。他會告訴你，對街那間小餐館裡的煎餅是煎餅，但不是他的煎餅。

就像我說過的，這很難解釋。

「你今天要不要吃吃看藍莓口味的煎餅？」麥克斯的父親問。

「不要。」

「好吧。」麥克斯爸爸說：「也許下次試試看。」

「不要。」

我們靜靜坐著好一會兒，等著食物送上來。麥克斯的爸爸快速翻著菜單，即使他早就點好了。麥克斯和他爸爸點好菜後，女侍把菜單塞在糖漿罐後面，但她一走開，他爸爸就拿回一份菜單。我想他不知道該說什麼的時候，喜歡手上拿樣東西看一看。

麥克斯正在和我玩對瞪比賽，我們很常玩這遊戲。

第一場比賽他贏了。一個女侍把一杯柳橙汁掉在地板上時，我分心了。

「你今天不用上學，高興嗎？」我們正要開始第二場對瞪比賽時，麥克斯的爸爸問了。他的聲音讓我嚇了一跳，於是我眨了眼。

麥克斯又贏了。

「高興。」麥克斯說。

「你今晚要不要去玩玩看『不給糖就搗蛋』？」

「不要。」

「你可以不用戴面具。」麥克斯爸爸說：「如果你不想，也根本不用扮裝。」

「不要。」

我想麥克斯的爸爸和麥克斯聊天時，有時候會變得難過，我可以從他眼裡看得出來，也可以從他的聲音裡聽出來。他們聊得越多，情況就越糟。他的肩膀垮了下來，一直不停嘆氣，下巴也垂到胸前。我想他認為麥克斯只有兩個字的回答都是他的錯。就像麥克斯不想聊天，都是他不好。但麥克斯除非有話想講，不然不會說話，不管你是誰，所以如果你只是問他「要或是不要」這種問題，就只會得到「要或是不要」這種答案。

麥克斯不知道要如何和人聊天。

事實上，麥克斯不想知道怎麼去和別人聊天。

我們再次靜靜地坐著。麥克斯爸爸正在看菜單。

一個幻想朋友進入了餐廳。他走在一對父母和一個小女孩後面，小女孩有著一頭紅髮和雀斑。那個幻想朋友實際上看起來很像我，他看起來幾乎就像個人類，只除了他的皮膚是黃色的。不是一點點黃，是像有人用能找到的最黃的黃色塗在他身上。他也少了眉毛，這在幻想朋友裡還挺常見的。但除此之外，他可以算是一個人類，如果除了那個紅髮小女生和我之外，還有人能看見他的話。

「我要去檢查一下廚房。」我對麥克斯說：「確認乾不乾淨。」

我想四處晃晃的時候很常用這一招。麥克斯喜歡我去確認地方乾不乾淨。

麥克斯點點頭，他正在用手指規律地輕輕敲著桌面。

我走向那個全身黃色的男孩，他已經在紅髮小女生的隔壁坐了下來。他們坐在餐廳的另外一邊，從這裡麥克斯是看不到我的。

「嗨。」我說：「我叫布多。你想不想聊聊？」

黃皮膚男孩嚇得差點從凳子上掉下來，我常見到這種反應。

「你看得見我？」黃皮膚男孩說。

他的聲音像小女生，在幻想朋友裡這也很常見。小孩子從來都不會想像幻想朋友有低沉的聲音，我想是因爲想像一個像自己的聲音簡單多了。

「沒錯，我看得見你。我和你是一樣的。」我說。

「眞的？」

「眞的。」

我不會使用幻想朋友這個詞，因爲不是每一個幻想朋友都知道這個名字，而且他們第一次聽到時，有些人會嚇到。

「你在和誰說話？」

是那個小女孩在問。她大概三或四歲，她已經聽到了黃皮膚男孩和我大半的對話。

我在黃皮膚男孩的眼裡見到恐慌。他不知道該說什麼。

「告訴她你在自言自語。」我說。

「對不起，愛莉西絲，我剛只是在自言自語。」

「你可以站起來離開嗎？」我問。「你能這麼做嗎？」

「我得去一下廁所。」黃皮膚男孩對愛莉西絲說。

「好啊。」愛莉西絲說。

「好什麼？」坐在愛莉西絲對面的女人問。她一定是愛莉西絲的媽媽，她們簡直像是一個模子印出來的。紅頭髮和雀斑乘以二。

「球球可以去噓噓呀。」愛莉西絲說。

「是這樣啊。」愛莉西絲的爸爸說：「球球要去噓噓啊？」

他說的是嬰兒話。我已經對他沒好感了。

「跟我來。」我領著球球穿過廚房，走下階梯，來到地下室。

我之前就已經探勘過這間餐廳。總共也不過就四家餐廳，我們現在會去的只有三家，要把這三間餐廳裡頭全部走過一次並不困難。我右邊是一人高的大冷藏櫃，左邊則是儲藏室，雖然嚴格來說那並不是一間眞正的房間，只是一個用鐵網欄圍起來的空間。那些鐵網欄從地上一直延伸到天花板。我穿過同樣也是用鐵網欄做成的門，坐在門另外一邊的一個箱子上頭。

「哇喔，你是怎麼辦到的？」球球說。

「你不能穿過門嗎？」

「我不知道。」

「如果你可以的話，你會知道的。」我說：「試試看吧。」

我又穿過門回到他面前，坐在角落階梯旁的塑膠桶上，球球站在鐵網欄前好一會兒，直瞪著它瞧。他伸手想去碰，手移動得很慢，彷彿害怕會觸電然後死掉。他的手停在鐵網上。他沒有碰到鐵網欄，沒有用手去推鐵絲。他的手就是停在那兒。不是鐵網欄不讓他進來，而是「鐵網欄」這個概念。

我以前也見過這樣的景象。這和我不會從地面上掉下去的道理是一樣的。我走路時不會留下腳印，因爲其實我並沒有碰到地面。我碰到的是「地面」這個概念。

有些概念，像是地板，對幻想朋友而言太強烈，所以沒辦法穿越而過。沒人會想像一個幻想朋友穿過地板然後消失不見。地板這個概念在小小孩的心裡太強烈了。也太永久。就像牆壁一樣。

對我們而言算是好事。

「坐吧。」我指向一個桶子。

球球照做了。

「我叫布多。抱歉嚇到你了。」

「沒關係。只是你看起來好像人類。」

「我知道。」我說。

過去許多幻想朋友發現我是在和他們說話時，常常會嚇到，因爲我看起來很像人類。你通常能從某人身上的黃皮膚或是不見的眉毛來辨別他們是不是幻想朋友。

他們大部分的時候看起來根本就不像一個人類。

但我很像人類。這也是爲什麼我會有點嚇人，因爲我看起來太眞實了。

「你可以告訴我，到底是怎麼一回事嗎？」球球說。

「你知道了些什麼？」我問。「我們先從你知道的開始吧。然後我會把我知道的補上。」第一次和幻想朋友聊天，這是最好的開場白。

「好啊。」球球說：「但我應該說什麼？」

「你活了多久？」我問。

「我不知道。不是很久。」

「有超過幾天嗎？」我問。

「喔，當然。」

「超過幾個星期？」

球球想了一下，說：「我不知道。」

「好吧。」我說：「那大概就是幾個星期了。有沒有人告訴過你，你到底是什麼？」

「媽媽說我是愛莉西絲的幻想朋友。她沒有對愛莉西絲這樣說，但我聽見她對爸爸這麼說過。」

我露出微笑。很多幻想朋友以為人類朋友的父母也是他們的父母。

「好吧。」我說：「所以你知道你是誰。你是一個幻想朋友，唯一能看見你的人，只有愛莉西絲和其他幻想朋友。」

「你也是幻想朋友嗎？」

「沒錯。」

球球更靠近我一些，說：「這表示我們不是真實的？」

「不是。」我說：「這只是表示我們是另外一種不同的存在，那是一種大人不了解的存在，所以他們只好假設我們是幻想出來的。」

「為什麼你能穿過圍欄，我卻不行？」

「只要人類朋友想像我們能這麼做，我們就可以。我的人類朋友想像我是這個樣子，而且想像我能穿過門。愛莉西絲想像你的皮膚是黃色的，想像你無法穿過門。」

「喔。」

這種喔法是表示：「你剛剛解釋了很了不得的事情。」

「你眞的會上廁所嗎？」我問。

「不是，如果我要四處去晃一下，我就這麼告訴愛莉西絲。」

「眞希望我也早點想到這一招。」

「有幻想朋友會去上廁所的嗎？」他問。

我笑了出來，說：「我從沒遇見過。」

「喔。」

「那，你現在也許該回去愛莉西絲身邊了。」我一面說，一面想著麥克斯說不定也正納悶我跑到哪裡去了。

「喔，好啊。我會再見到你嗎？」

「也許不會吧。你住在哪裡？」

「我不知道。」他說：「我住在一棟綠色的屋子裡。」

「你該試著去找出你家的地址，萬一你迷路時可以用得上，尤其是你沒辦法穿過門。」

「什麼意思？」他看起來很擔心。他應該要擔心的。

「你得小心不要讓自己落單，確保車門一打開就要爬進車裡，不然他們可能留下你就把車開走了。」

「但愛莉西絲不會這樣做。」

「愛莉西絲是個小孩而已。」我說：「她不是老大，她的父母才是，他們又不認為你是眞的存在，所以你得好好照顧自己，好嗎？」

「好。」他說話時聲音幾乎聽不見。「我眞希望能再見到你。」

「我和麥克斯很常來這裡，也許我會在這裡又遇見你，好嗎？」

「好。」聽起來幾乎像他滿懷希望。

我站起身，準備好要回到麥克斯身邊。但球球仍坐在桶子上。

「布多。」他問：「我的父母在哪裡？」

「啊？」

「我的父母。」他說：「愛莉西絲有父母，但我沒有。愛莉西絲說他們也是我的父母，但他們看不見我、也聽不到我。我的父母在哪裡？有誰能看見我的父母？」

「我們沒有父母。」我告訴他。我想說得婉轉些，但沒有更婉轉的說法了。我這麼說的時候，他看起來很難過，而我了解他的感受，因為這也讓我感到難過。

「所以你得好好照顧自己。」我說。

「好吧。」但他仍沒有站起來，繼續坐在桶子上，盯著自己的腳。

「我們現在得離開這裡了，好嗎？」

「好。」他終於站起來了。「布多，我會想念你的。」

「我也是。」

◆

麥克斯在晚上九點二十八分整時開始尖叫。我會知道時間，是因爲我正看著時鐘，等著九點半麥克斯的爸媽換台到這星期我最愛的電視節目。

我不知道他爲什麼尖叫，但我知道這不正常。他並不是被惡夢嚇醒或是見到蜘蛛。這不是正常的尖叫。我知道不管他父母有多快跑上樓梯，他說不定就要發作了，身子會動彈不得。

然後我聽見了。

屋子前方傳來三聲「砰」。有東西朝家裡扔過來。就在麥克斯開始尖叫之前，一定也出現了這樣的聲響，但那時電視正在播廣告，聲音很大。

然後我又聽到兩聲巨響。接著是玻璃碎裂聲。我想是窗戶吧。窗戶破了。麥克斯臥室的窗戶破了。我不曉得自己爲什麼會知道，但我就是知道。麥克斯的爸媽人已經在二樓，我可以聽見他們跑過走廊，往麥克斯的房間奔去。

我仍坐在單人沙發上。我也僵在那兒一秒鐘，無法動彈。但我不是像麥克斯那樣發作，只是這一連串的尖叫、巨響、玻璃破掉，讓我僵在原地。我不知道該怎麼辦。

麥克斯說眞正優良的士兵能承受壓力。我一遇到壓力就不行了。我在壓力下表現完全失常。我不知道該怎麼辦才好。

然後我想到了。

我起身走到前門，穿過門後走到前門廊，瞥到一個男孩的身影正好消失在對街的房屋後。那是泰勒家，泰勒夫婦年紀很大，他們家裡沒有小男孩，所以我知道那個男孩只是利用他們家後院逃跑。有那麼一瞬間我想過去追他，但沒這個必要。

我知道那是誰。

即使我追上了他，我也無能爲力。

我轉過身，看著屋子，我以爲會在屋子上看到幾個洞，說不定還有火星或是火焰，但只是蛋而已。麥克斯臥室的窗戶外框流著蛋殼與蛋黃，窗子已經破了，窗戶上一部分玻璃不見了。

我沒聽見麥克斯再尖叫了。

他發作了。

他發作時就不會再尖叫。

麥克斯一發作，大家都束手無策。他媽媽會揉著他的手臂，或是撫摸他的頭髮，但我想這只是讓他媽媽自己覺得好過而已，麥克斯根本不會注意到這些。麥克斯會自己漸漸恢復過來。而即使麥克斯媽媽擔心這次會是麥克斯有史以來最嚴重的一次，麥克斯從來不會多發作一些或少發作一些，他就只是發作而已，唯一改變的是他發作的時間。既然麥克斯的臥房窗戶從沒在他睡覺時破過，而且玻璃還落在他床上，我想這次他會發作好一段時間。

麥克斯發作時，他會緊緊抱著膝蓋坐著，前後搖晃身子，發出哀鳴。他的眼睛是張開的，卻像看不見任何東西。他其實眞的也聽不到任何東西。麥克斯有次告訴我，他發作時，可以聽見四周人們的聲音，但聽起來就像從隔壁鄰居家裡的電視機傳來的——很不眞實，而且很遙遠。

有點像葛拉漢要消失前的聲音。

我一點忙都幫不上。

所以我才要去加油站。這不是無情，只是麥克斯現在不需要我。

但離開前，我先等到警察出現，問完麥克斯的爸媽一堆問題。這位警官比電視裡的那些警官要矮瘦多了，他替屋子、窗戶與麥克斯的臥房照了些相片，然後把一切事發經過寫在一本小記事本上。他問麥克斯的父母知不知道爲何有人要對屋子扔雞蛋，他們說不知道。

「現在是萬聖節。」麥克斯的爸爸說：「不是很多人都會被扔雞蛋嗎？」

「那些人家裡的窗戶可不會被石塊打破。」小個子警官說。「而且扔蛋的那個人看來是特別瞄準了你兒子房間的窗戶。」

「他們怎麼會知道那是麥克斯房間的窗戶？」麥克斯的媽媽問。

「妳告訴過我，那間房間的窗戶貼滿了星際大戰的圖樣。」小個子警官說：「不是嗎？」

「喔，對。」

連我都知道這個問題的答案。

「麥克斯在學校有沒有得罪過誰？」警官問。

「沒有。」麥克斯的爸爸回答得好快，讓麥克斯的媽媽根本沒機會說話，彷彿是在害怕讓她有機會說話。「麥克斯在學校表現很好，一點問題都沒有。」

如果不把在小霸王頭上便便這件事也算在內的話。

14

這間加油站位在街尾，要走過六個街口，二十四小時都開著，從不會像雜貨店或街上另外一間加油站會有打烊的時候，所以我很喜歡這間加油站。我可以在半夜走到這裡，發現仍然有人醒著。如果要做一張清單，列出全世界我最喜歡的地方，葛思克老師的教室絕對是大贏家，但這間加油站會是第二名。

我今晚穿過門走進來時，莎莉和小迪正在值班。莎莉通常是女生名字，但這位莎莉卻是個男生。

有那麼一瞬間，我想起了葛拉漢，我那位有著男生名字的女孩朋友。

有次我問過麥克斯，布多通常是男生的名字嗎?他說是，但他這麼說的時候皺起了眉毛，所以我想他並不確定。

比起那位今晚造訪麥克斯家的警官，莎莉甚至更瘦更矮，根本就是個小不點。我想他眞正的名字不是莎莉，大家會這麼叫他，是因爲他的個子比大多數的女孩子還小。

小迪站在袋裝糖果與Twinkie奶油蛋糕的販賣架前，正在補上更多糖果和奶油蛋糕讓大家可以買。Twinkie是一種黃色的小蛋糕，大家老愛拿這種蛋糕開玩笑❽，但還是會去吃，所以小迪總是不停在Twinkie架子上補貨。小迪有一整頭濃密的小卷卷髮，正在吃著口香糖。她總是在嚼著口香糖，她嚼口香糖的方式，彷彿像是用全部的身體去嚼，因爲她一嚼口香糖，全身上下都在移動。小迪總是同時高興和生氣。她對一堆小事情生氣，但她因爲這些小事大吼大叫時又總是面帶微笑。她喜歡大吼大叫來抱怨，但我想大吼大叫和抱怨讓她很快樂。

我只是覺得她很有趣，也很喜歡她。我列了一張清單，列出除了麥克斯之外，我最喜歡和他們說話的人，我想葛思克老師絕對會贏，但小迪也會勝出。

莎莉在櫃台後面，手裡拿著寫字板，假裝在清點掛在他頭上的那些塑膠箱裡有幾盒香菸，但其實是在偷看櫃台後方的小電視，他每次都這樣。我不知道那是什麼節目，但節目裡有警官，就像電視上大部分節目一樣。

店裡有一位客人，是一個年紀不小的男人，正在店後方的冷藏櫃附近晃來晃去，透過玻璃門偷窺，找出他想要的果汁或汽水。他不是常客，常客就是老往這間加油站跑的人。

其中有些人每天都來。

小迪和莎莉不介意那些常客，但有時候也會值大夜班的桃樂絲卻討厭常客。她說：「有那麼多地方可以去，爲什麼這些落魄傢伙會想要來一間偏僻的加油站鬼混？」

我想我也是這兒的常客。有那麼多地方可以去，我也還是到這裡來了。

我不在乎桃樂絲是怎麼想的，我愛這地方。我開始在晚上離開麥克斯身邊後，這是第一個讓我覺得安全的地方。

❽ Twinkie狀似海綿蛋糕，內爲香草奶油，外黃內白，美國人常以此取笑亞洲人：他們即使融入美國社會，但外貌仍是黃種人。另，此蛋糕熱量極高，可能也以此大作文章。Twinkie於一九三〇年開始生產，二〇一二年時因勞資雙方溝通無法達到協議，因而宣告關廠，不再生產。

是小迪讓我覺得有安全感。

我站在小迪身旁徘徊的時候，她注意到莎莉沒有在工作：「嘿！莎莉，你樂子找夠了沒？什麼時候才能清點完啊？」

莎莉舉起手，對小迪舉起中指。他很常這樣做，我以前以爲他是要舉手問問題，就像麥克斯要問葛思克老師問題，或是像我最後一次見到葛拉漢時，梅根正舉手要回答問題。但我想不光是這樣而已，因爲莎莉看起來從來就不像有問題要問。有時候小迪會對他比回中指，有時還會加上一句去你媽的，我知道這樣很沒禮貌，因爲西西．拉蒙特有次在學校餐廳對珍．費柏說了這句話，結果惹上一堆麻煩。莎莉和小迪這個樣子，幾乎就像是兩人互相擊掌卻沒有碰到手。我想這應該是故意表現粗魯的一種方式，就像在不喜歡的人面前吐舌頭，因爲莎莉只有在小迪對他態度差勁的時候才會這樣做，但要是客人態度很差的話，他從不會這樣，我可是看過比小迪差勁十倍以上的客人。所以我還是不清楚這到底是什麼意思。

我不能去問麥克斯，因爲他不知道我到這裡來。

其實莎莉和小迪很喜歡彼此，但只要有客人在店裡，他們就會爲了一些不是那麼嚴重的事假裝吵一吵。麥克斯的媽媽會說這是鬥嘴，意思是雖然是吵架，但沒有什麼傷害，不會吵完之後討厭彼此。莎莉和小迪就是這樣，他們是在鬥嘴。只要等客人離開，他們又會對彼此很友善，但只要有人在看，我想他們就是喜歡演一下。

麥克斯永遠都不會懂的。他無法了解爲何有人會在不同的狀況下有不同的行爲舉止。

去年喬伊到家裡來陪麥克斯玩，麥克斯媽媽問：「你們要不要玩麥克斯的電動遊戲？」

「晚飯後我才能玩電動。」麥克斯說。

「喔，麥克斯，沒關係的。喬伊今天在這兒，你們可以先玩。」

「晚飯之前我不准玩電動的，而且一次只能玩三十分鐘。」

「麥克斯，沒關係的。」他媽媽說：「有朋友來找你玩，今天不一樣。」

「晚餐前我不能玩電動。」

麥克斯和他媽媽就這樣來來回回，直到喬伊終於說：「沒關係。我們去外面玩接球吧。」

那是最後一次有人來找麥克斯玩。

那位客人離去後，莎莉和小迪轉回友好模式。

「妳媽還好嗎？」莎莉又回去數香菸盒，但說不定是因爲現在電視正在播廣告。

「還好啦。」小迪說：「但我舅舅以前得了糖尿病的時候，一隻腳被截肢了，我很擔心他們也可能替我媽截肢。」

「爲什麼他們要這樣做？」莎莉的眼睛睜得好大。

「血液循環不良。她已經有一點這樣的狀況了。就像腳死掉了，所以他們得切掉。」

「眞要命。」莎莉這樣說，是表示他仍在想著小迪剛才說過的話，而且依舊不敢相信。

我也不敢相信。

這就是爲何我喜歡在這間加油站閒晃的原因。我進來這家店裡前，還不知道腳會死掉然後被切掉。我之前以爲人類身上如果有一部分死了，所有其他部分也都會死。

我得問問麥克斯，血液循環不良是什麼意思，而且我得確定他不會得到這種毛病。我還想知道他們是誰？

那些專門切腳的人。

他們正在談論小迪的媽媽時，保利從門口走了進來。保利在沃爾瑪超市工作，喜歡買刮刮樂。我超愛刮刮樂，我也超愛保利來買刮刮樂，因爲他總是馬上就在櫃台上刮起來，如果贏錢，他馬上把錢交給小迪或莎莉或桃樂絲，買更多刮刮樂彩券。

刮刮樂彩券就像超小型電視節目，甚至比廣告時間還短，但可好玩太多了。每一張刮刮樂彩券都像一個故事。付出一塊美金，就可以期待贏得一百萬美金，這可是一大堆錢。保利的人生可以因爲小小一刮而改變，下一秒他可能變得富有，這表示他不用再去沃爾瑪超市工作，可以花更多時間在這裡。我待在這裡時，就能看著他刮彩券了。我站在他身後，看著那些小小的碎屑被他用幸運銅板從卡片上刮掉。

保利從沒贏超過五百塊美金，但即使是那樣，他也非常快樂。他假裝沒什麼大不了，但他的臉頰會變得紅亮亮的，身子幾乎靜不下來，腳動來動去，不斷搓著手，像是很急著要尿尿的幼稚園小朋友。

我想保利總有一天會贏得大獎。他買了那麼多刮刮樂，最後一定會中的。

我擔心他會在我不在的時候贏到那個大獎，那我就只能之後從小迪或莎莉嘴裡聽到這消息了。

保利說，他贏了大獎的話，我們就再也見不到他了，但我不相信。我不認爲保利有比這間加油站更好的地方可以去，不然爲什麼他每天晚上都過來，買刮刮樂彩券和一杯咖啡，待上一小時？我想莎莉和小迪，甚至是桃樂絲，都是保利的朋友，即使莎莉和小迪和桃樂絲還不知道。

但我想小迪是知道的，光從她和保利講話的方式，我就能看得出來。我不認爲她想當保利的朋友，但她需要成爲保利的朋友。爲了保利。

這就是爲什麼在這個世界上，我最喜歡的人除了麥克斯、他的爸媽之外，說不定還有葛思克老師，然後就是小迪。

我看著保利連刮了十張刮刮樂，結果什麼都沒贏到，最後兩手空空，一毛錢也不剩。

「明天是發薪日。」他說：「我得省著點花。」

這是保利想要喝免費咖啡的說法。小迪告訴他去拿個杯子。保利慢慢喝著咖啡，站在櫃台旁，和莎莉一起看電視，莎莉甚至已經不再假裝正在數香菸有多少盒了。現在是晚上十點五十一分，表示節目已經接近尾聲，這時候可千萬不能錯過，以免沒看到最精采的部分。你可以不看開頭十分鐘，但你千萬不能錯過最後十分鐘，因爲所有的精采劇情都出現在這時候。

「你再不關掉那鬼電視，我發誓，我明天就告訴比爾把電視給扔了！」小迪說。

「再五分鐘！」莎莉的眼睛仍黏在電視螢幕上。「然後我就關掉，我保證。」

「大發善心一下嘛。」保利說。

節目結束後（一個聰明的警察逮到了自以爲聰明的壞蛋），莎莉繼續回去數香菸盒，保利喝完咖啡，等另外兩個客人離開後，才說再見。他用力揮揮手，站在門口好一會兒，彷彿捨不得離去（我想他也眞的是不想走），然後說他明天再來。

哪天我該跟著保利走，看看他住在哪兒。

現在仍是萬聖節，即使已經夜深，大部分的小孩都上床睡覺了，見到有人戴著面具走進來，我也沒感到驚訝。是惡魔面具，紅色的臉，頭上還有兩根塑膠尖角。小迪正在店裡的另外一端補貨，將OK繃、阿斯匹靈和迷你牙膏上架，她正單膝跪在地上，所以沒見到戴著惡魔面具的人走進來。莎莉正在清點刮刮樂彩券。戴著惡魔面具的人從離莎莉最近的門走進來，直接走向櫃台。

「抱歉，店裡是不准戴面具的，這是——」

莎莉聽起來像是要說些什麼，卻突然住口。有事情不對勁。

「除非你現在打開收銀機，把錢給我，不然老子轟爆你的頭！」

是那個惡魔人的聲音，他手上正握著一把槍，那槍是黑色和銀色的，而且看起來很重。他正拿槍指著莎莉的臉。我知道子彈傷不了我，但我還是迅速低下身子躲開。我很害怕。惡魔人的聲音聽起來好大聲，即使其實並沒那麼大聲。

我一蹲下，小迪就在我身邊站起來，手裡拿著牙膏。我蹲下、她站起，我們正好在半途交會，我們兩人的臉閃過對方面前時，我突然想告訴她不要站起來。快蹲下。

「怎麼回事？」她的頭從架子上冒出來。

然後我聽見爆裂聲。爆炸聲大到我耳朵都在痛——如果我的耳朵能感覺到痛的話。那聲音讓我尖叫。尖叫聲沒有很長，而是很短促，被驚嚇到的那種尖叫。我還沒尖叫完，小迪就倒了下來，她彷彿被人猛地往後推，摔在一個裝滿薯片的架子上。她往後摔倒的同時轉過身來，我見到她的上衣有血。這不像電視節目上演的。她的上衣有血，但臉上和手臂上也有細小的血珠，到處都是紅色的血。小迪什麼都沒說，她就只是摔進薯片堆裡，臉部先落地，小小的牙膏散落在她周圍。

「去你媽的！」

那個男人喊著。是那個惡魔人，不是莎莉。那不是因爲憤怒，而是因爲嚇壞了。

「去你媽的！去死吧！」

他狂喊了兩句，但仍然很害怕，同時聽起來也像他不敢相信眼前所見的一切。就像他突然掉進了電視節目裡變成壞人，卻沒有人告訴他會發生這種事。

「起來！」

這句話他也是用喊的。他現在又恢復了憤怒。我以爲他在對我說話，所以我站了起來，但他不是在對我說話。然後我想他是在對小迪說話，她已經從薯片架上滑到了地板上。但他也不是在對小迪說話，他是在對著櫃台大吼，目光想越過櫃台，但櫃台很高，是在一個大台子上，得爬上三階台階才能到櫃台後面。我想莎莉就在櫃台另一邊吧？趴在地上。但惡魔人從他站著的地方，看不到莎莉。

「去你媽的！」

他又喊了一次，發出咆哮，然後轉身就跑。他打開那扇他一分鐘前才走進的門，然後跑進黑暗中。在那一分鐘之前，小迪身上還沒有流血。

我站在那兒整整一分鐘，看著他逃跑。然後我聽見小迪的聲音，她就躺在我的腳邊，喘著氣，好像柯瑞．塔普氣喘發作似的。她的眼睛是張開的，看起來好像她在直視著我的眼睛，但她看不見才對，只是我心裡有一部分發誓她可以看見我。我想她正在看著我，她看起來害怕極了。這和電視節目一點都不像，電視上沒這麼多血。

「小迪中槍了！」不知道爲什麼，說出來後我感覺有一絲絲好過些，因爲中槍比死掉要好太多了。「莎莉！」我大喊。

但莎莉聽不到我的聲音。

我跑到櫃台前，爬過那三階台階，往櫃台後看。莎莉趴在地板上，他在發抖，抖得甚至比麥克斯發作時還要嚴重。一開始我以爲莎莉也中槍了，但隨後我想到，我只聽到一聲槍響。

莎莉沒有中槍，他只是發作了。他得打電話給醫院，不然小迪會死掉的，但莎莉卻僵在那兒動彈不了。

「起來！」我對莎莉喊。「快起來啊！」

莎莉完全僵住了，連麥克斯也沒發作得這麼嚴重過。他整個人縮成一顆球，抖個不停。小迪就要死了，因爲莎莉動不了，而我只能在旁看著。這世界上我最喜愛的其中一個人正在流血流個不停，我卻不知道該怎麼辦。

離我最近的門打開了，那個惡魔人回來了。我望過去，以爲會看到他的手槍和尖尖的角，但那人不是惡魔人，是另外一位常客，大塊頭丹，他不像保利人那麼好，但比較正常，因爲他看起來沒那麼悲傷。丹走進來，有那麼一瞬間，我以爲他正在看著我，因爲他的確是。他直直望穿我的身子，看起來很困惑，因爲他一個人都沒見到。

「丹！」我大喊：「小迪中槍了。」

小迪發出某種聲音。丹看不見她，因爲她躺在架子後的地板上，有那麼一秒鐘我以爲丹沒聽到她的聲音。然後他望向小迪的方向，說：「有人在嗎？」

小迪又發出另外一聲，突然間我好高興，高興得不得了。小迪還活著。之前我大喊小迪中槍了，因爲這比說小迪死掉要好多了，而現在我知道她沒有死。她發出喘氣聲，情況甚至比我想像的還好，她試著回應大塊頭丹，這表示她是清醒的。

丹走到小迪倒下來的架子間，他見到小迪倒在地上時，說：「老天啊！小迪！」

大塊頭丹的動作很快，他一面打開手機撥出號碼，一面走進置物架間，跪在小迪身旁。他的行動完全就是平常的舉止，他每晚都停在這間加油站，買一瓶胡椒博士[9]汽水，讓自己在開車回家途中保持清醒，他的家在一個叫做紐黑文[10]的地方。除非必要，大塊頭丹並不會在加油站流連，但仍然一樣友善。

我喜歡保利和他的刮刮樂彩券，還有他盡量不要那麼快喝完咖啡，但在緊急時刻，我喜歡大塊頭丹。

[9] Dr. Pepper。

[10] New Haven，美國康乃狄克州第二大城。

15

救護車人員把小迪和莎莉分別抬上兩輛車子，帶走了他們。小迪先被抬走，但莎莉也緊跟在她後頭一起被抬走，即使他根本一點事都沒有。我想告訴救護車上的人，莎莉只是嚇到僵住了，沒人會因爲僵住了就得被送上救護車，但他們當然聽不到我。

一個滿頭亂髮的救護車人員用一種有著大天線的老式手機告訴醫院裡的某個人，說小迪的情況很嚴重。那表示小迪可能會死，尤其是如果她仔細看清了那個開槍射她的惡魔人。好像你越是知道開槍射你的人，你就越可能會死。

警察關閉了加油站，即使它是二十四小時營業，不應該打烊。所以在小迪和莎莉被帶走後，我回家了。

麥克斯仍在發作中，他爸爸隔天早上五點要上班，已經去睡了。他媽媽還醒著，坐在麥克斯床邊的一張椅子上。

那是我的椅子。

但我不介意。我也想要和麥克斯的媽媽坐在一起。我想要她整夜都待在麥克斯房裡。我才剛見到我朋友被眞正的手槍和子彈射中，我無法停下來不去想這件事。

我也希望麥克斯媽媽能把我的頭髮往後摸，然後在我額頭上親一下。

◆

麥克斯星期六早上醒來時，已經恢復正常了。

「妳爲什麼坐在那裡？」

我以爲他是在對我說話。我坐在他的床尾上一整夜，想著小迪、莎莉和惡魔人，然後瞧著麥克斯的媽媽，因爲這會讓我好過些。

但麥克斯不是在對我說話，而是對著他媽媽說話。她在我的椅子上睡著了，他的聲音吵醒了她。她跳了起來，像是有人突然捏了她一下。

「什麼？」她看著四周，好像不知道自己在哪裡。

「妳爲什麼坐在那裡？」麥克斯又問了一次。

「麥克斯，你醒了。」

然後那些雞蛋石頭、破掉的玻璃和麥克斯的發作，從天上一股腦全掉下來，像空氣灌飽氣球那樣把她灌滿。她從椅子上跳起來，全身充飽了氣，完全醒了過來，然後很快回答麥克斯：「因爲昨晚你嚇壞了，我才會坐在這裡，我不想留下你一個人。」

麥克斯看著床邊的窗子，窗戶已經用透明塑膠板蓋住了，是麥克斯的爸爸昨晚用大頭釘釘上的。

「我發作了？」他問。

「是的。」他母親說：「發作有好一陣子了。」

麥克斯知道自己發作，但他每次還是會問自己發作了沒有，我不知道爲什麼。這不像是他患了失憶症，這是一種疾病，會把人的大腦關機，所以大腦就沒辦法記錄這個人看見或做過的一切。電視上很常發生這種情節，我想這是眞的，即使我從沒遇見過有失憶症的人。麥克斯會這樣問，就像只是再次確認，想確認一切都沒事了。麥克斯最愛再次確認了。

「誰打破我的窗戶？」他仍看著那片塑膠板。

「我們不知道。」他媽媽說：「我們認爲那是不小心的意外。」

「怎麼可能會有人不小心打破我的窗戶？」

「小孩子在萬聖節會做瘋狂的事。」他媽媽說：「他們昨晚朝我們的屋子扔雞蛋，還有石頭。」

「爲什麼？」

從麥克斯的語氣，我可以聽得出來他對這件事很氣惱，我確定他媽媽也看得出來。

「這叫做惡作劇。」她說：「有些小孩認爲萬聖節可以惡搞。」

「惡搞？」

「就是惡作劇，到處胡鬧的意思。」她說：「大家有時候會用惡搞來表示。」

「喔。」

「你要吃早餐嗎？」他媽媽問。

麥克斯媽媽總是擔心他吃得飽不飽，即使他已經吃了一堆東西。

「現在幾點了？」麥克斯問。

他媽媽看著手錶，是有時針和分針的那一種，所以我不太會看。

「八點半。」她看起來鬆了口氣。

麥克斯只能在九點之前吃早餐。九點過後，他就得等到十二點才能吃午餐。這是麥克斯的規矩，不是他媽媽定的。

「好，我會吃早餐。」麥克斯說。

他媽媽離開房間去弄煎餅，讓麥克斯換衣服。他不會穿著睡衣吃早餐，這也是麥克斯的規矩。

「媽媽昨晚有親我嗎？」麥克斯問。

「有。」我說：「但只有親在額頭。」

我想告訴麥克斯，昨晚那個惡魔人開槍打中我朋友，但我不能說。我不想讓麥克斯知道我會去加油站、小餐館、警察局和醫院。我想他不會喜歡我去過這些地方。他喜歡認為我整晚都坐在他身邊，或至少待在這間屋子的某個地方，以防萬一他會需要我。要是他知道我在這個世界上還有其他朋友，我想他會氣瘋吧？

「她親得很久嗎？」麥克斯問。

這是有史以來第一次，這個問題讓我很火大。我知道對麥克斯而言，知道他媽媽親得久不久這件事有多重要，但媽媽親了多久根本沒那麼重要。和手槍、鮮血，還有躺在救護車裡的朋友比起來，根本就不能比，而且他不該每天都問我。難道他不知道，媽媽親孩子親得很久，並不是壞事嗎？

「沒啊。」我說，就像我每次說的那樣。「超短的。」

但這一次，我說的時候，臉上沒有微笑。我皺起了眉頭，是從咬緊的牙縫中吐出來這句話。

麥克斯沒有注意到。他從來不注意這些事情。他仍舊看著那塊遮住窗戶的塑膠板。

「你知道是誰打破我的窗戶嗎？」麥克斯問。

我知道，但我不知道應不應該告訴麥克斯。我不知道這件事是不是像他媽媽親太久那樣，我應該要說謊。我仍然很氣他只擔心自己到底被親多久，所以即使我想做出對他而言是正確的事情，我也不想這麼做。我不想傷害麥克斯，但我現在也沒有什麼想幫他的心情。

我花了太久時間去想答案。

「你知道是誰打破我的窗戶嗎？」麥克斯又問了一次。

他討厭一個問題得問兩次，所以現在他也生氣了。

我決定誠實回答，不是因為我認為這對麥克斯而言是最好的事，而是因為我很生氣，不想去思考什麼才是正確的。

「是湯米・史溫登。」我說：「我聽見你房間窗戶破掉後，跑了出去，看見他逃走。」

「是湯米・史溫登。」麥克斯說。

「沒錯。」我說：「是湯米・史溫登。」

◆

「是湯米・史溫登打破我的玻璃，對我們家丟雞蛋。」

麥克斯吃著煎餅時，對他母親這麼說。他居然告訴她了，我沒想到他會說出來。那他要怎麼解釋？突然間我不再生麥克斯的氣了。我很擔心，擔心他接下來要說出口的事情。我現在好氣自己爲什麼之前那麼笨。

「誰是湯米．史溫登？」麥克斯的媽媽問。

「他是學校裡一個對我很壞的男生，他想殺了我。」

「你怎麼知道的？」他媽媽聽起來不是很相信。

「他告訴我的。」

「他到底說了什麼？」她仍在洗煎鍋，所以我知道她還是不信。

「他說要讓我滿地滾。」麥克斯說。

「那是什麼意思？」

「我不知道，但很糟。」麥克斯直盯著煎餅瞧，因爲他吃東西時就會盯著食物。

「你怎麼知道那很糟？」他媽媽問。

「因爲湯米．史溫登對我說的那些話都很壞。」

他媽媽有好一會兒什麼都沒說，我以爲她就要把這整件事給忘掉了。然後她又開口了：「你怎麼知道是湯米．史溫登丟的雞蛋和石頭？」

「布多看見他了。」

「布多看見他了。」

這一次，是麥克斯的媽媽說了一句聽起來不像問題的句子，但仍舊是個問題。

「對啊。」麥克斯說：「布多看見他了。」

「好吧。」

我覺得自己好像房間裡的大象。這種說法是表示兩個人都知道某件像大象一樣大的事，但沒人要去談論。麥克斯媽媽對他爸爸聊起麥克斯和他的診斷結果時，就很常用這種說法。

我之前一直都搞不懂房間裡有大象到底是什麼意思。

麥克斯和他媽媽吃了一會兒早餐，然後她問：「湯米．史溫登在你班上嗎？」

「不是，他在潘瑞堤老師班上。」

「三年級？」

「不是。」麥克斯聽起來不太高興。他以爲他媽媽該知道潘瑞堤老師沒有教三年級，因爲在麥克斯的世界裡，知道哪些人教哪些年級，可是件很重要的事。「潘瑞堤老師是五年級的老師。」

「喔。」

麥克斯媽媽沒再提起任何關於湯米．史溫登，或是雞蛋石頭，或是滿地滾，或是我的事情，這下糟了。這表示她正在計畫採取某種行動。

我感覺得出來。

16

小迪和莎莉星期六或星期日晚上都沒有回來，而是由一位桃樂絲稱爲艾斯納先生的人在這裡工作。我之前從沒見過艾斯納先生，但桃樂絲在他身邊時很緊張，他們彼此幾乎沒講過話。

艾斯納先生讓我聯想到麥克斯的校長。帕瑪校長負責掌管學校，穿的衣服比大多數的老師花俏，但我可不認爲如果眞要她去接手管理一間教室的話，她會有能力去教那些小朋友。

艾斯納先生也是一樣。他打著領帶，像小迪一樣從顧客手裡拿過錢，在Twinkie架子上擺滿蛋糕，但你就是知道他對自己在做的事情想太多，而不是只是在做事而已。

小迪沒有死。我會知道，是因爲像保利和大塊頭丹這樣的常客在星期六進來加油站裡，問起小迪。反正他們都會來，因爲他們是常客，但即使是大塊頭丹都比平常逗留得稍微久一些，問起小迪怎麼樣了？艾斯納先生不太常和他們閒話，所以他們很難逗留。一切都感覺不一樣了。變得不對了。

小迪在一個叫做「I See You」[11]的地方，我想那個地方會有人仔細照顧你，確保你不會死掉。桃樂絲說還不知道小迪能不能撐過去，我想那是指她有可能會死掉。

[11] 「I See You」與加護病房ICU（Intensive Care Unit）同音。

不知道小迪會不會回來加油站，我會不會再見到她？我希望能見到她。我覺得每個人都在消失了。

17

我很擔心麥克斯。今天是星期一，我們要回學校去上課了。

我認爲麥克斯的媽媽已經爲今天做好了安排。她很擔心湯米．史溫登，我是害怕她可能會讓事情變得更糟。我只希望湯米．史溫登在星期五晚上已經報了仇，麥克斯從此就安全了。麥克斯便便在他頭上之前，就因爲刀子的事情讓他惹上一堆麻煩，所以說不定湯米認爲他對麥克斯的報復還不夠。他說不定的確是這麼想，但如果麥克斯媽媽插手的話，情況只會更糟。

父母們就像麥克斯，他們不知道要如何保持低調。

葛思克老師今天很好玩，她寫了一個故事，關於身爲感恩節的火雞會有什麼感覺，然後讀給全班聽。她在教室裡走來走去，一面讀，一面發出火雞叫聲，連麥克斯都在笑了。不是微笑，但也差不多。葛思克老師正在用腳刮地板，拍著手臂假裝是翅膀，大家的目光都在她身上。

派特森老師來到教室門口，打手勢要麥克斯過去找她。她花了一會兒工夫才讓麥克斯注意到她，因爲葛思克老師實在表演得太好笑了。我以爲會見到麥克斯皺起眉頭，因爲葛思克老師的故事還沒說完，但他見到派特森老師時睜大了眼，看起來很興奮。我實在搞不懂。

我其實想留下來和葛思克老師在一起，看看接下來她要做什麼，但我還是跟著麥克斯與派特森老師穿過走廊，往學習中心的方向走去。但我們到了該左轉的地方時，麥克斯和派特森老師卻繼續往前走，而麥克斯什麼都沒說。這比麥克斯願意離開葛思克老師更讓人驚訝，因爲麥克斯不喜歡改變，但要往學習中心的話，這絕對是不同的走法。這改變也很笨，因爲那表示我們得繞過大禮堂，再走過體育館，等於走了兩倍的路。

接下來我們停在上星期我見到麥克斯與派特森老師通過的那面雙扇大門。我們現在在大禮堂後面，走廊兩邊沒有教室或辦公室，但派特森老師仍然在開門前左右張望了一下。然後她把一隻手放在麥克斯背上，輕輕把他往外推。麥克斯正獨自走出那扇門，但派特森老師要他走快點，這讓我很緊張，彷彿她要麥克斯快點走過大門，免得被人看見。

事情不對勁。

我試著想跟上去，但麥克斯走向通往停車場的水泥通道時，轉過頭看著我。我現在人也在學校外面了。他看著我，然後來回搖頭。我知道這是什麼意思，這是想都別想的意思。

他不要我跟著他。然後他揮揮手要我回去。

他要我回到學校裡。

我幾乎總是照著麥克斯的話去做，因爲那多少算是我的工作。他需要我的幫助，所以我就提供幫助。有幾次他曾要求自己一個人就好，像是他在讀書或是便便時。其實有很多次他都希望自己一個人就好。但這次不同，我就是知道。麥克斯不應該離開學校，而且更絕對不應該從學校側門走到停車場。

事情不對勁。

我照麥克斯的吩咐走回去，但站在那面大門旁的牆邊，這樣才能偷看。麥克斯和派特森老師在停車場裡，正走進兩排停好的汽車中間。我想那些是老師們的車子，因爲小孩又不能開車，一定是的。然後我看見麥克斯和派特森老師停在一輛藍色的小車子旁。派特森老師又張望了一下四周，那種樣子就像是要確定沒人在旁觀看。然後她打開車子後門，麥克斯上了車。派特森老師再度張望了一下之後，才坐上汽車前座：是有方向盤的那邊，開車的人會坐的那一邊。

她要開車把麥克斯帶走了。

但她沒有。車子沒有動，他們只是坐在汽車裡。麥克斯坐在後面，派特森老師坐在前面。我想派特森老師正在說話吧？麥克斯一直低著頭，他不是要躲起來，我想他是在看著座位上的某樣東西。他看起來很忙，正在做某件事。

過了一會兒，派特森老師走下車，再度張望了一下，確保沒有人看到。我知道她在想什麼。太多人不知道我正瞧著他們，所以我知道什麼時候他們會鬼鬼祟祟，派特森老師就是在鬼鬼祟祟。她替麥克斯打開車門，他也下了車，然後兩人一起走回學校的那面雙扇大門。派特森老師用一把鑰匙打開那道大門，他們又走了進來。我往走廊裡走了幾步，離開大門邊，坐下來背靠著牆，這樣麥克斯就會認爲我一直都待在這兒，沒有偷看。

我要讓他以爲我不知道他和派特森老師去了哪裡，更重要的是，我要讓他以爲我不介意。我不要讓他懷疑我很擔心，因爲下次派特森老師帶他去她的車上時，我也要跟著去。

如果派特森老師下次再把麥克斯帶到她的車上（我想她一定會），和這次就會不一樣了。我不知道會發生什麼事，但不會就這樣而已，一定會更糟糕，我就是知道。只是和麥克斯待在車上五分鐘的話，派特森老師不會違規，但是會有其他事情即將要發生。

我無法解釋，但比起湯米．史溫登，我現在更擔心派特森老師。更要擔心多了。

18

我們正坐在荷根醫生的辦公室裡。荷根醫生人很聰明。麥克斯來這裡已經很久了，她還沒有試著想讓他開口說話。她也坐在辦公室裡，看著他玩那些塑膠和金屬片，她稱之爲刺激思考的新式玩具。從她敘述的口氣，我聽得出來新式並不是這些玩具的眞正名字，但我不懂那是什麼意思。

我知道新是什麼意思，但什麼是新式？

麥克斯愛死了這些玩具，麥克斯的媽媽會說他很專注，表示他不再去注意周圍環境。麥克斯常常很專注，這樣很好，因爲這表示他很快樂，但也表示他忘記了其他所有一切事情。麥克斯一專注起來，就像這世界只有一件事存在。自從他坐在咖啡桌前的地毯上，開始玩起這些玩具後，我想他的頭一次都沒抬起過。

荷根醫生很聰明，她讓麥克斯一直玩下去，偶爾問一些問題，到目前爲止，她的問題只得到「是」、「不是」或只有一個字的答案，所以麥克斯已經回答了大部分的問題。

這招也很聰明。如果荷根醫生只想試著讓麥克斯開口說話，沒用上那些刺激思考的玩具和保持安靜，麥克斯說不定會閉緊嘴——當麥克斯不願對休姆老師說話時，她就是這樣形容他。但麥克斯已經漸漸習慣了荷根醫生，只要她等得夠久，最後他說不定就願意和她說話了。尤其是，如果她不會讓麥克斯感覺她在死盯著他不放，而且把他說的每一個字都記錄下來。大人大部分時候和麥克斯接觸時，一開始都放慢速度，但最後都會失去耐性，把事情搞砸。

荷根醫生很漂亮，我想她比麥克斯的媽媽還要年輕，而且穿得也不會太花俏。她穿著裙子、普通上衣與球鞋，好像她要去公園走走一樣。這招也很聰明，因爲她看起來就像一個普通女孩，不像眞正的醫生。

麥克斯很怕醫生。

最棒的是，她還沒有問起任何一個關於我的問題。一個都沒有。我之前還在擔心她可能會一直問麥克斯關於我的事情，但她不但沒問，反而似乎對麥克斯最喜愛的食物（義大利麵）、最喜愛的冰淇淋口味（香草），比對我更有興趣。

「你喜歡上學嗎？」荷根醫生問。

荷根醫生告訴麥克斯，可以叫她愛倫，但對我來說這實在太奇怪了。麥克斯還沒遇上得叫她名字的時候，所以我不知道他會不會這樣叫，但我猜他也會喊她荷根醫生——要是他記得她名字的話；要是她之前告訴他時，他有在聽的話。

「算喜歡。」麥克斯說。

他從嘴角伸出舌頭，瞇著眼，盯著兩塊玩具，想找出把兩片組合在一起的方法。

「你最喜歡學校哪裡？」

麥克斯有十秒沒答話，然後他說：「午餐。」

「這樣啊。」荷根醫生說：「你知道爲什麼午餐是你最喜歡學校的地方嗎？」

瞧瞧她有多聰明？她不去問麥克斯爲什麼他最喜歡午餐，直到她知道麥克斯知道爲止。如果麥克斯無法解釋爲什麼他最喜歡學校的地方是午餐，他只要說不知道就好了，也不用因爲不知道答案而覺得自己很笨。如果荷根醫生問了一個問題，讓麥克斯覺得自己很笨，麥克斯大概永遠都不會對她說話了。

「不知道。」麥克斯說，而荷根醫生看起來一點也不驚訝。

我也不感到驚訝。但我想我知道爲什麼麥克斯會最喜歡午餐。我想是因爲那是上學時間他唯一能獨處的時候。沒人去煩他，沒人告訴他要去做什麼。他坐在午餐桌尾，完全獨自一人，看著書，每天吃著同樣的東西：花生醬與果醬三明治、燕麥棒和蘋果汁。接下來在學校會怎樣，沒人預料得到。你永遠不知道會發生什麼事情，一切都在不斷改變，老師和其他小朋友總是讓麥克斯感到驚訝，但午餐永遠都是一樣的。

這只是猜測而已。我不知道爲什麼麥克斯最喜歡午餐，因爲我不認爲他知道。有時候你能感覺到，但就是不知道爲什麼會有那種感覺，就像我對派特森老師的感覺。我一見到她，就知道我不喜歡她，但我無法解釋原因。那時候我就是知道。現在既然她和麥克斯有了祕密，我更不喜歡她了。

「麥克斯，誰是你最好的朋友？」荷根醫生問。

麥克斯說「堤摩西」，只要有人問他最好的朋友是誰，他都這麼回答，即使我知道我才是他眞正的最好朋友。但麥克斯知道如果他說出我的名字，大家就會問他一堆問題，然後告訴他，我是不存在的。堤摩西是一個小男生，麥克斯在學習中心時會見到他，有時候他和麥克斯一起學習。麥克斯說堤摩西是他最好的朋友，是因爲他們不打架。他們兩個都不喜歡和其他小孩子一起改善學習問題，所以每次老師把他們安排在一起，他們就會試著想辦法一起自己忙自己的事。

休姆老師有次告訴麥克斯的媽媽，說麥克斯的好朋友們總是不理他，實在令人難過。但休姆老師不懂，當麥克斯獨自一人的時候，其實很快樂。只因爲休姆老師和麥克斯的媽媽，還有大部分的人和朋友在一起時最快樂，並不表示麥克斯也需要朋友才會快樂。麥克斯不喜歡其他人，所以當人們不理會他時，他最快樂。

就像我和食物的關係一樣。我不吃東西，我從沒遇到一個會吃東西的幻想朋友。有天晚上我去醫院走走，因爲醫院永遠不會關門，我和蘇珊待在一起，她是一位不再用嘴巴吃東西的女士。有一根吸管插到她的肚子裡，護士用那根吸管餵她布丁。蘇珊的姊妹們會來探望她，她們待在蘇珊病房外的走廊時，她的胖姊姊會說蘇珊不能再吃東西，實在令人難過，因爲食物帶來太多樂趣了。

「不對，才沒有呢！」我說，但沒人聽見。

這是眞的。不管蘇珊的胖姊姊怎麼說，我很高興我不用吃東西。吃東西對我而言，實在有夠麻煩。即使食物很好吃，你還得擔心錢夠不夠去買菜煮飯、不要把食物燒焦，還得注意要吃對分量，才不會變得像蘇珊姊姊那麼胖。再加上一堆時間要花在煮飯洗碗、切芒果削馬鈴薯皮，還有向侍者要牛奶而不是奶精。還有吃東西嗆到或對某種食物過敏的危機。這一切看起來好複雜。我不介意食物嚐起來到底有多好吃，因爲實在不値得花那麼多工夫。也許蘇珊也是這樣覺得，現在她用肚子吸管吃東西，要比每天晚上煮晚餐看起來容易多了。但即使她不這麼覺得，我仍然是這樣想的。如果我現在有機會立刻能吃東西，我會拒絕，因爲我不想養成吃東西的習慣，一開始就沒完沒了，這是葛思克老師最喜歡用的說法。

即使我不吃東西，我仍然很快樂，雖然吃東西有太多樂趣，但不用去擔心要吃什麼，也有樂趣。我想，樂趣還更多。

對麥克斯而言，獨自一個人就很有樂趣。他並不孤單，他只是不太喜歡人群，但他很快樂。

「你最討厭的食物是什麼？」荷根醫生問。

麥克斯停下想了一會兒，他的雙手像是凍結在半空中，然後說：「豆子。」

我會猜是節瓜。我想他忘了節瓜。

「你最討厭學校哪裡？」荷根醫生問。

「體育館。」麥克斯這次回答很快。「還有美術課。還有下課休息。都一樣討厭。」

「你在學校裡最不喜歡的人是誰？」

麥克斯第一次抬起了頭，小臉皺了起來。

「在學校有沒有你不喜歡的人？」荷根醫生問。

「有。」麥克斯說完後，眼神又落回玩具上。

「你最不喜歡誰？」

我現在知道荷根醫生在做什麼了。她是試著要和麥克斯談談湯米．史溫登，而麥克斯即將要打開心門讓她進來了。麥克斯的媽媽知道湯米．史溫登，已經夠糟了。荷根醫生這麼做，可能會讓情況更糟。

「是吳艾倫！」我說，希望麥克斯會照著我說。

「是湯米．史溫登。」但麥克斯卻這麼說，他的頭仍低著，沒有抬起來。

「你知道爲什麼你不喜歡湯米．史溫登嗎？」

「知道。」麥克斯說。

「那爲什麼你不喜歡湯米．史溫登呢？」荷根醫生問，我可以看見她的身子非常輕微地往前傾了傾。這正是她一直在等待的答案。

「因爲他想殺掉我。」麥克斯仍舊懶得抬起頭。

「喔，老天啊！」荷根醫生的口氣裝得很像，彷彿她眞的很驚訝，即使我知道她早就曉得湯米．史溫登這個人了。她說不定從麥克斯媽媽那兒聽過所有關於他的一切。

這次會診是一個巨大的陷阱，麥克斯掉了進去。

荷根醫生等了一下子，才問：「麥克斯，你知道爲什麼湯米．史溫登想要殺掉你嗎？」

如果大人們覺得他們的問題很重要，總是會在提問時加上麥克斯的名字。

「也許吧。」麥克斯說。

「麥克斯，那爲什麼也許你認爲湯米．史溫登想殺掉你呢？」

麥克斯停下了動作。他手裡有一堆刺激思考的新式玩具，而他只是盯著那些玩具瞧。我知道他臉上是什麼表情，那是他要說謊的表情。麥克斯很不會說謊，所以他總要花很長時間去想出一個謊言。

「他不喜歡叫做麥克斯的男生。」麥克斯說。

但他說得太快，聲音聽起來也不一樣，所以我確定荷根醫生知道他在說謊。麥克斯會想到這個點子，說不定是因爲有一次一個五年級生說他名字很蠢。即使眞的有個小孩不喜歡他的名字，我也不認爲這是個好謊話。沒有人會因爲不喜歡某人的名字而想殺掉他。

「還有沒有別的呢？」荷根醫生問。

「什麼？」麥克斯說。

「還有沒有其他理由，讓你認爲也許這個男生想要殺掉你？」

「喔。」麥克斯停頓了一下，說：「沒有。」

荷根醫生不相信。我想要荷根醫生相信麥克斯，但她不相信，我看得出來。我知道麥克斯的媽媽和她談過了。不曉得麥克斯的爸媽是何時決定要把麥克斯送到這裡的。不曉得麥克斯的爸爸這次是什麼時候輸了。

也許是我昨晚在加油站的時候。

但即使麥克斯的媽媽沒有和荷根醫生談過，她還是會知道麥克斯在說謊。麥克斯是全世界最不會說謊的人。

而荷根醫生非常聰明，這更讓我感到害怕。

不知道她下一步計畫是什麼？

不知道我是不是能找到方法，讓她和麥克斯談談派特森老師。

19

我正在跟蹤麥克斯。他又要我在門邊等他，但這次我決定要偷偷摸摸跟他到派特森老師的車子上，看看裡頭究竟在搞什麼鬼？我不管麥克斯說什麼，就是覺得有事情不對勁。

我穿過那面雙扇玻璃大門離開學校時，麥克斯和派特森老師已經往停車場的方向走了一半的路。人行道旁有棵樹，我先走過去躲在樹後。我通常不用像這樣躲起來的，我甚至不記得自己曾經躲起來不讓麥克斯發現，而且其實根本沒人看得見我，所以在某方面來說，除了麥克斯，我總是在躲著所有的人。

這是我第一次要讓所有的人都不要發現我。

人行道前方不遠處還有棵樹，那一棵樹在左邊，離道路有點遠，所以接下來我是跑過去的。如果我跑步時會眞的碰到地面，那我就會踮起腳尖用走的，這樣麥克斯才不會聽見。但我行動的時候，完全安靜無聲，即使對麥克斯而言也是如此，所以跑步過去比較好，因爲這樣沒地方可躲的時間會比較短。

我躲在樹旁偷看，麥克斯和派特森就快要走到車子前了。派特森老師動作很快，其他大人不會要小孩保守祕密，也不會上課上到一半就把他們帶到車上，和這些大人比起來，派特森老師的動作快多了。我打算從這棵樹後頭爬到停車場。我面前有一整排車子，如果我爬過去，就可以躲在這排車子後面，尤其是麥克斯很矮，車子很高，他沒辦法從車子的另一端看過來。我現在這個樣子實在很好笑，因爲我爬過去的時候，身後那兩間教室裡的小小孩都應該能看得見我正在爬過學校前的草地。這感覺眞奇怪，在這麼多張面孔前把我自己藏起來，不讓麥克斯發現。

我聽見車門打開的聲音。麥克斯和派特森老師已經走到了車子前。

我有個主意。我現在正縮在一輛紅色小車子後面，是一大排車子的第一輛，我從車窗偷偷望過去，想要看看麥克斯鑽進了派特森老師的車子沒？我看不太到派特森老師的車子，她的車子停得比較遠，在我這排車子的對面。但我可以穿過眼前這些車子，因爲車子都有車門。這就是我的主意，我不用走到車子旁的走道上，我要用爬的穿過這些車子。

我鑽進紅色車子裡，從座椅上爬過。這輛車裡眞是亂七八糟，前座疊著書和報紙，地上還有空汽水罐和紙袋。這說不定是葛思克老師的車子，讓我想起她的教室是什麼模樣：塞滿了東西，而且亂七八糟，不過我倒是很喜歡。有時候我會想，乾淨整齊的人們實在花了太多時間在計畫上，卻沒有足夠時間去實行。我不信任乾淨整齊的人。

我猜派特森老師是個乾淨整齊的人。

我穿過紅色小車另外一邊的門，又再穿過了五輛車子，直到我蹲在一輛有四道門、而且後面也有一道門的大車子裡。我可以從後車窗見到派特森老師的車子。派特森老師的車頭朝內停放，不像瘋狂的葛斯沃老師每天早上都要花五分鐘倒車入停車格，所有的小朋友都在一旁笑她。這樣很好，因爲這表示她和麥克斯不會往我這邊看過來，正好讓我可以偷偷接近他們。我穿過這輛大車的後車門，穿過兩排車子中間的走道，往派特森老師的車子跑過去。我低著頭，以免麥克斯萬一轉頭的話會發現我。

派特森老師座位旁的車窗是打開的。天氣很暖和，而且她的車子沒有發動，所以她說不定打開窗戶是爲了呼吸新鮮空氣。我想往車子後座看，瞧瞧麥克斯到底在做什麼？從我站著的地方，我能聽見派特森老師的聲音。她正在講電話。我四肢跪在地上，爬到派特森老師坐著的那一邊車門旁，想要聽得更清楚一些。我蹲在車子旁邊，就在車子的前門和後門中間。

「好的，媽媽。」我聽見派特森老師說。

然後停頓。

「好的，媽媽。」她又說：「我好愛妳。」

又停頓。

「不會的，媽媽，我不會惹麻煩。妳是我媽媽，我在上班時間當然可以打給妳，何況妳又在生病。」

再次停頓。

「我知道，媽媽。妳說得沒錯，妳總是對的。」

派特森老師輕輕笑了一下，然後說：「我實在太幸運了，能有這孩子來幫我。」然後她又笑了笑。兩次笑聲聽起來都很假。「他叫做麥克斯。」她說：「他是我遇見最善良、最聰明的小孩。」

她停了一、兩秒之後，才說：「好的，媽媽，我一定會告訴麥克斯，妳有多感激他的幫忙。媽，我好愛妳，希望妳能很快好起來。再見。」

這段對話聽起來沒一個地方正常。我聽過麥克斯的爸媽講電話很多次，從來沒有一次聽起來是像這樣的。一切都很不對勁。她的笑很虛假，她聽電話和不說話的時間太短。她說媽媽的次數太多。她說出來的一切都太完美。

沒有遲疑。沒有結巴。

聽起來就像一年級老師朗讀書本給班上聽。她聽起來完全是說給麥克斯聽的，而不是她媽媽。

我開始往後爬，想再回到車後面，這時麥克斯的車門打開了。我正四肢著地趴在他車門前，車門打開時，車門底部直接穿過我的身子，因爲那是一道門。

麥克斯下車時見到了我，他臉上的微笑變成了皺眉。他的雙眼先是睜大，然後縮成一條縫，兩眼中間冒出小細紋。他生氣了，但是他什麼都沒說，因爲派特森老師的車門也打了開來，下一秒她便下了車。我覺得自己蠢斃了，我就在他們兩人中間，四肢著地跪在地上。我羞窘到沒辦法站起來，只能保持原樣。派特森老師關上車門，伸手去牽麥克斯。麥克斯又看了我一眼，然後拉起她的手。我之前從沒見過派特森老師牽過麥克斯的手，看起來好怪，因爲麥克斯明明最討厭牽手的啊。麥克斯沒有回頭。我站起身，看著他走進學校，消失在走廊裡。他完全沒有回頭。

我望向派特森老師的車內，在麥克斯坐過的位置上，有一個藍色的背包。背包是關上的，所以我沒辦法看到裡面有什麼。除了這個背包，車子裡沒有其他東西，乾乾淨淨，什麼都沒有。

我想的果然沒錯，派特森老師很乾淨整齊。

絕對不能信任她。

20

麥克斯不和我說話。那天回學校後，他甚至沒再看我一眼，坐巴士回家時，我連想坐在他旁邊，他都搖搖頭，用想都別想的表情看我。我們從沒有在巴士上分開坐過。我在麥克斯前方的位置坐下，正好就在司機後面。我想要轉頭看麥克斯，對他微笑，試著讓他也對我微笑，但我辦不到，因爲我知道他不會回應我。

等麥克斯不再氣我了，我得和他談談派特森老師的事情。我仍舊不明白這是怎麼一回事，但我知道這不會是好事，我現在甚至更肯定了。我越是去想麥克斯上課上到一半跑去和那個藍色背包一起坐在車裡，還有派特森老師的電話聽起來根本不像是在眞正講電話，尤其是她和麥克斯手牽手，我就越害怕。

我有好一會兒覺得可能是自己反應過度了。也許就像是那些電視節目，當所有的線索都指向一個兇手時，結果卻是另外一個人，一個令人意想不到的兇手。說不定派特森老師是位善良的女士，她和麥克斯會坐在車子裡，也完全有個好理由，但現在我知道我是對的，我沒有反應過度。我無法解釋爲什麼我知道，但我就是知道。電視上那些主角說不定也有這種感覺，他們認爲自己知道兇手是誰，其實兇手是別人。但這是眞實的人生，沒有電視製作人在我面前撒出一大堆假線索。這是眞實的人生，而眞實的人生裡不可能會有這麼多假線索連續出現。

唯一的好消息，是明天就是星期五，派特森老師幾乎沒有在星期五來過學校。這讓帕瑪校長簡直氣壞了。有次我聽到她和一位女士在談論派特森老師，那位女士又是點頭又是附和，然後說如果派特森老師生病了，當然有權申請病假，之後對話就結束了。我不懂為什麼帕瑪校長不告訴那位穿著套裝的女士，沒有人會每個星期都在同一天生病，但她就是沒說。那位穿套裝的女士離開後，帕瑪校長把一切都怪罪給該死工會⓬。我現在還是搞不清楚該死工會是什麼東西，我問過麥克斯，他也不知道。

所以派特森老師明天大概又會生病，或是假裝生病，那我就有整個週末能讓麥克斯原諒我，然後我們就能談一談。

我害怕了好一陣子，不知道麥克斯會不會有可能不再相信我的存在，因為他氣成那樣，而且拒絕和我說話。但隨即我明白了一件事，麥克斯不可能會對一個不存在的人生氣，所以其實我把這視為是好徵兆。他一定是非常、非常相信我的存在，才會這麼生氣。

也許我早該想個法子讓梅根對葛拉漢生氣，也許那樣就能救葛拉漢一命。

我最近很常想到葛拉漢，想著她怎麼會不再存在了呢？她說過或做過的一切，怎麼會對梅根而言不再有意義了呢？即使對我和梅根，或甚至是狗狗，葛拉漢仍有某種意義，但都不重要了，因為她已經不再存在了。

這是葛拉漢消失後唯一最重要的事實。

麥克斯的祖母過世時，麥克斯的爸爸說祖母會繼續活在麥克斯的心裡，只要他們記得祖母，她就會一直活在他們的回憶裡。麥克斯可以接受這樣的說法，也許能讓他好過一點點，但卻完全幫不了麥克斯的祖母。她走了，即使麥克斯一直讓她活在心裡，她已經不再存在了。她不在乎麥克斯心裡想什麼，因爲她已經無法再去在乎任何一件事了。大家對仍活著的人都擔心得不得了，其實眞正受到傷害的人，是已經死去的人。像祖母和葛拉漢這樣的人。

她們不再存在了。

沒有什麼比這更糟的了。

麥克斯已經一整晚沒和我說話了。他認眞寫作業，打了三十分鐘的電動，讀一本關於世界大戰的書，那本書和他的頭一樣大，然後一句話都沒說就去睡覺了。我坐在他床邊的椅子上，一面等他睡著，一面希望聽見他小小聲說：「布多，沒關係。」但他一直沒說話。最後他的呼吸變得平穩，睡著了。

我聽見門打開的聲音。麥克斯的媽媽回來了。她今晚去看診，所以沒有送麥克斯上床睡覺。她走入房裡，親了一下麥克斯，還把被子拉起來蓋住他的脖子，然後又親了他三次。

她離開了。

我跟了上去。

麥克斯的爸爸正在看棒球比賽，麥克斯的媽媽走入客廳時，他在遙控器上按了靜音鍵，但眼神仍盯著電視螢幕。

「怎麼樣？她怎麼說？」麥克斯的爸爸問，聽起來不怎麼開心。

「她說過程很順利。他們聊了一會兒，麥克斯回答了一些問題。她認爲她最後可以得到麥克

⓬ 原文爲damunion，即爲damn union，此處union指的是教師工會。

斯的信任，讓他敞開心胸，但要花上一點時間。」

「妳認爲麥克斯不信任我們？」

「拜託，約翰。」麥克斯的媽媽說：「他當然信任我們。但那並不表示他什麼都會告訴我們。」

「哪有小孩什麼事情都告訴父母的？」

「那不一樣。」麥克斯的媽媽說：「如果你看不出來的話，我很抱歉。」

但她聽起來一點歉意都沒有。

「解釋給我聽，到底有什麼不一樣？」麥克斯的爸爸說。

「我不覺得自己了解兒子。他和其他孩子不同，他不會回家之後，告訴我們學校發生了什麼事情，他不會和其他小朋友玩，他覺得學校裡有人要殺他，他仍然和他的幻想朋友說話。還有，老天，他幾乎不肯讓我碰他，我得在他睡著後才能親他。爲什麼你看不出來他是這個樣子？」

她越說聲音越大，我想她就要哭出來或是尖叫了，或兩者都是。我想她心裡說不定已經在哭了，只是一直撐著，這樣才能繼續在表面上和麥克斯的爸爸吵架。

麥克斯的爸爸什麼都沒說。那是大人用來表示他們不想說話的沉默。

麥克斯的媽媽又開始說話時，聲音變得平靜溫柔。

「她認爲麥克斯很聰明，比他能表現給我們看到的更聰明，而且她認爲麥克斯將來可以有很大進步。」

「四十五分鐘她就看得出這一切？」

「她一直在看像麥克斯這樣的孩子，她沒有說什麼斷定的話，只是根據她目前爲止所看見、聽見的來推測而已。」

「保險會支付多久？」麥克斯的爸爸問。

我不知道這是什麼意思，但從他的聲音聽得出來，他會這麼問不是想幫忙。

「一開始十次，接下來要看她有什麼進展。」

「我們要部分負擔多少？」麥克斯的爸爸問。

「你是認眞的嗎？我們正在幫兒子一點忙，你卻只擔心他們要收多少費用？」

「我只是想知道而已。」麥克斯的爸爸說，我聽得出來他對自己這麼問感到很懊惱。

「隨便你。」麥克斯的媽媽說：「二十塊美金。滿意了吧？」

「我只是想知道而已，就這樣。」他停頓了一會兒，然後露出微笑，又說：「但如果麥克斯只去見她四十五分鐘，我們要部分負擔的費用是二十塊美金，妳不會納悶她的時薪到底是多少嗎？對吧？」

「她又不是在雜貨店工作。」麥克斯的媽媽說：「她是醫生，拜託。」

「我只是在開玩笑。」麥克斯的爸爸笑了出來。

這次我相信他是眞的在開玩笑。我想麥克斯的媽媽也是。她露出了微笑，下一刻便坐在他身邊。

「她還說了什麼？」麥克斯的爸爸問。

「其實也沒什麼。麥克斯幾乎都回答了她的問題，她說這樣很好。還有他一個人在辦公室裡的時候，似乎並不緊張，她說這不太尋常。但麥克斯仍舊認爲學校裡有人要殺他，就是那個湯米．史溫登。你聽過這名字嗎？」

「沒有。」

「麥克斯說湯米不喜歡他的名字，所以才要殺掉他，但荷根醫生不相信。」

「她不相信湯米．史溫登要殺掉他？還是不相信他不喜歡麥克斯的名字？」

「她不確定。」麥克斯的媽媽說：「但她認爲在湯米．史溫登這件事上，麥克斯沒有完全說實話，這是唯一一次她感覺到麥克斯不誠實。」

「那我們該怎麼做？」麥克斯的爸爸問。

「我明天會打電話去學校問問，麥克斯說不定是誤解了什麼，但我希望一切能平安無事。」

「直升機媽媽現身救援了？」

麥克斯的爸爸以前曾叫過她是直升機媽媽，但我不懂。我知道什麼是直升機，但我從來沒見過麥克斯的媽媽開過直升機，或甚至玩過麥克斯那些直升機玩具，他可是有一大堆呢。

麥克斯的媽媽露出微笑，這讓我更困惑了。以前麥克斯的爸爸說她是直升機媽媽的時候，通常會惹她生氣，但有時候她認爲很有趣，我卻搞不懂爲什麼。

「如果湯米．史溫登眞的威脅過我兒子。」麥克斯的媽媽說：「有必要的話，我會他媽的率領全部空軍火力去轟炸他。我就是直升機媽媽，怎麼樣。」

「妳有時候眞是瘋狂。」麥克斯的爸爸說：「可能還有點神經質，而且有時候還可能反應過度。但麥克斯能有妳這樣的媽媽，實在很幸運。」

麥克斯的媽媽伸手握住麥克斯爸爸的手，捏了一下。有那麼一瞬間，我以爲他們要親吻了，讓我覺得有點尷尬。但他們沒有，麥克斯的媽媽接著說話了：「再看兩次診之後，荷根醫生要見我。你下次要跟我一起去嗎？」

「那會讓我們再多部分負擔一個人的錢嗎？」

這次他們眞的親吻了，所以我移開目光。我眞希望我知道部分負擔是什麼東西。麥克斯的爸爸第一次提到時，麥克斯的媽媽好生氣。但現在卻讓她想要親吻他。

這就是爲什麼我這麼了解麥克斯的感受，因爲有時候我和他一樣困惑。

21

派特森老師今天不在學校。帕瑪校長可能會很生氣，但我鬆了口氣。麥克斯還是不跟我說話，但至少這個週末可以讓我說服他原諒我。

這天過得很不尋常，麥克斯甚至連看都沒看我一眼。我們從葛思克老師的教室出發，一起背乘法（麥克斯兩年前就記住了），然後去美術教室，奈特老師在那裡教麥克斯如何將不同顏色的紙片組合成圖案。麥克斯好像不是很有興趣，因爲他幾乎沒有在注意聽奈特老師的指導，但他通常很喜歡和圖案有關的東西。

他才剛剛在葛思克老師的教室裡吃完點心，現在正往學習中心走去。即使我就走在他身邊，他還是沒有看我一眼。我現在其實有點生氣了，我覺得他實在是反應過度。就像麥克斯的媽媽有時候也會這樣。

我只不過是跟著他到派特森老師的車子旁邊而已。

「麥克斯，放學後你要玩軍隊遊戲嗎？」我問：「今天是星期五，我們明天可以設計一場超級大戰，玩一整天。」

麥克斯沒有回答。

「這太誇張了。你不能一直不理我，我那時候只是想知道你在做什麼。」我說。

麥克斯走得更快了。

我們再次繞著路，往學習中心的方向走去，這是那天派特森老師帶他走過的那一條路。我猜這是條新路，即使要走得比較久。也許麥克斯覺得這條路比較好，因爲這表示他待在學習中心的時間會比較少。

我們到達通往停車場的那面雙扇玻璃大門時，麥克斯停了下來，往外頭張望。他的臉和玻璃靠得好近，他的呼吸都讓玻璃起霧了。他不只是在看，他是在找某一樣東西。搜尋某樣東西。我也跟著去瞧他到底在看什麼，然後他看見了。

我沒看見。

我不知道他看見了什麼，但他看見了某樣東西，因爲他站得更直，鼻子完全貼在玻璃上。現在玻璃上沒有霧氣，因爲他屏住了呼吸。他看見了某樣東西，而且還屏住呼吸。我又看了一次，還是什麼都沒看到，只有兩排車子與更遠處的街道。

「你留下。」麥克斯說。他已經太久沒和我說話，我有點嚇了一跳。

「你要去哪裡？」我問。

「你留下。」他又說了一次。「我馬上就回來。如果你留在這裡等我回來，我保證立刻就回來。」

麥克斯在說謊。就像那天荷根醫生在她的辦公室裡知道麥克斯在說謊一樣，我也知道他現在是在說謊。但麥克斯又和我說話了。他和我說話，而且聽起來不再生氣，所以我又覺得快樂起來。我想要相信他，因爲如果我相信他，一切又會沒事了。麥克斯不會再對我生氣，即使我沒有了葛拉漢、小迪、莎莉或爸爸媽媽，但麥克斯會回到我身邊，那樣就夠了。

「沒問題。」我說。「我留下來。我很抱歉上次沒聽你的話。」

「那就好。」麥克斯說。

然後他左右張望一下，檢查走廊是不是有人走過來。他的動作讓我想起派特森老師，我突然間擔心起來。還有害怕。

麥克斯在說謊，而且事情不對勁。

沒有人出現，於是麥克斯打開那面雙扇大門，離開學校。他走到通往停車場的水泥道上，走得很快，但沒有跑起來。

我又往外頭看。他到底看見了什麼？我看著他前進的方向，還是什麼都沒看見，只有車子和街道，幾棵有著黃、紅色葉子的樹，還有草地。

什麼都沒有。

然後我看見了。

我現在看見了，是派特森老師的車子，就停在一輛銀色卡車的後面，她的車子在那台大卡車後面，根本看不見。她現在車頭朝外，正在把車子開出來。派特森老師之前是倒著車子停入那輛銀色卡車旁的停車格，現在才能車頭朝外把車子開出來，就是在這一刻，我知道有事情眞的很不對勁了，因爲只有葛思沃老師才會笨到倒車停入停車格裡。但派特森老師今天卻這麼做了，感覺很不正常，鬼鬼祟祟，而且早就計畫好了。而且不知道爲什麼，我曉得麥克斯知道這一切。

車子停在麥克斯面前，他打開後車門，上了車。麥克斯在派特森老師的車子裡了。

我穿過玻璃門，跑向水泥道。我大喊麥克斯的名字，喊著要他停下來。我希望自己能早告訴他，他被騙了，我打從心底就是知道他被騙了。我無法解釋爲什麼會知道，但我就是知道，他看不出來，是因爲他是麥克斯，而麥克斯看不見森林裡所有的樹。我找不出任何字眼來說明這一切，於是我只好大喊：「麥克斯！」

車子移動了，正經過一排車子要往馬路上開去，而我追不上。那一定是派特森老師，因爲在車子轉過停車場走道的時候，我看見了她。她正在加速，彷彿她可以從後照鏡裡見到我跑過來，我根本來不及追上那輛車。車子開到這排汽車的盡頭後左轉到馬路上，然後開走了。我一直追到了街上，轉過人行道繼續跑，直到再也看不見車子爲止。我想繼續跑，因爲我不知道還能怎麼辦，可是最後還是停了下來。

麥克斯不見了。

22

我坐在路邊等著。我不在乎麥克斯是不是知道我曾想要追上他。我要一直等下去，直到他回來為止，然後我要告訴他，永遠都不應該再坐上派特森老師的車子。我不是老師，但即使連我也知道，老師不應該在上課時間開車帶著小孩子到處跑。

如果我知道麥克斯很快就會回來，我不會這麼擔心。但我現在擔心極了，有太多事情讓我這麼擔心。

派特森老師今天沒有去學校。

她開車到學校只是為了要接麥克斯。

她倒車停入停車格，這樣才能很快開走。

她把車子停在一輛大卡車後面，這樣學校裡就沒有人能看見她的車子。

她和麥克斯約好了要見面。

麥克斯知道她會來。

她在等他。

他看見她的時候，屏住了呼吸。

沒人見到他們離開。

我一直不斷希望自己只是反應過度，就像電視上的角色，會指控他的朋友犯下可怕的罪行，然後領悟自己錯了。我一定是反應過度了，因爲麥克斯可是和一個老師在一起，即使她違規了，仍然是老師。

但她今天沒來學校，卻還是來把麥克斯接走了。我無法不去想這件事。這就是最糟糕的部分，我會思考。

我聽見一聲鈴響，是第一節課的下課鐘聲。我已經在路邊坐了超過一小時了。麥克斯的班級現在正走在通往學校餐廳的走廊上。不曉得葛思克老師知不知道麥克斯失蹤了。即使她是個好老師，最好的老師，但麥克斯有這麼多老師，說不定葛思克老師以爲麥克斯是和萊納老師，或是休姆老師，或是麥茵老師在一起，也許休姆老師和萊納老師以爲麥克斯是和葛思克老師在一起。

也許派特森老師就是知道麥克斯的老師們會這麼想，才會挑今天來接他。

這讓我更加擔心了。

我很難不去擔心，因爲試著不去擔心，反而提醒我自己應該要擔心。當你坐在人行道上，等著你的朋友回來，你很難去忘記你一開始爲什麼會坐在人行道上。

每次有車子經過，每次有小鳥啾啾叫，每次有下課鐘聲響起，我便越來越擔心。每一輛車、每一聲鳥叫、每一次鐘響，在距離我上次見到麥克斯的這段時間內，一次又一次地出現。每一次都讓人覺得這段時間彷彿有永遠那麼久。

麥克斯離開後，已經響了四次鈴聲，表示麥克斯已經離開了兩小時。我開始猜想，不知道學校是不是有後門，只是我從來不知道。說不定有條路通過後面的樹林，直通到停車場，說不定派特森老師會用這條路送麥克斯回來，因爲在那裡不會有人見到他們在一起。就在我想著是不是應該站起來，去找找學校的後門，或是回學校裡看看麥克斯是不是已經回來了，我聽見廣播系統傳出麥克斯的名字。廣播系統在學校內和外面的運動場都能聽見，儘管我在這棟學校建築的另外一邊，我還是能聽見麥克斯的名字被廣播著。是帕瑪校長的聲音。

「麥克斯．迪蘭尼，請立刻向你的班級報到。」

麥克斯沒有回來。或是他回來了，正往葛思克老師的教室走去。我想著要不要繼續待在路邊，像之前答應過麥克斯那樣繼續等著，但既然帕瑪校長知道麥克斯失蹤了，我回學校裡去等他，也許會好一點。

我也想知道到底發生了什麼事情。

葛思克老師、萊納老師與休姆老師站在葛思克老師的教室裡。教室裡一個小孩都沒有，我想他們是去上音樂課了，他們星期五下午都有音樂課。三個老師看起來都一臉擔心的模樣，她們站在教室門口，我走進去時，以爲她們正直視我。有那麼一瞬間，我以爲她們能看見我。

我走進教室裡。如果我能照鏡子，如果我有倒影，我想我的表情也會和那三位老師一樣。

然後帕瑪校長很快走了進來，問：「他還沒出現嗎？」她看起來也一臉擔憂。

「沒有。」葛思克老師說。

我從沒聽過葛思克老師這麼嚴肅過，她才只說了兩個字呢。她說：「沒有。」但我聽得出來她從來沒有這麼擔心過。

「他會去哪裡？」休姆老師也很擔心。

很好。我想。她們是應該都要擔心。

「好吧，妳們留在這裡。」帕瑪校長說完後離開了教室。

「他會不會逃走了？」休姆老師問。

「麥克斯不是會逃跑的孩子。」葛思克老師說。

「老實說，朵娜，我不認爲他在學校裡。」休姆老師說。

朵娜是葛思克老師的名字。小孩子絕對不許叫老師的名字，但老師們隨時都可以叫彼此的名字。

「他不會隨便離開學校的。」葛思克老師說，她說得確實有點道理。麥克斯絕對不會離開學校，除非有老師設計騙他離開學校，而事情正是如此。

我是唯一知道事發經過的人，卻無法告訴任何人。我只能告訴麥克斯，但他不在這裡，因爲他是不見的那個人。

帕瑪校長的聲音再度出現在廣播裡。

「各位教職員工，請注意一下四周。葛思克老師班上的麥克斯．迪蘭尼在學校某個地方迷路了，我們要確保他能回到教室。如果你們見到麥克斯，請立刻打電話到辦公室。還有，麥克斯，如果你能聽見我的聲音，請回到教室。如果你被困在哪個地方，請大聲求助，我們會找到你。小朋友們，不要擔心，學校很大，小朋友有時候會不太認得路。」

最好是這樣啦。我這麼想。

「我不認爲他在學校裡，我想我們得報警。」休姆老師說。「他住的地方不遠，也許他已經走回家了。」

「沒錯。」萊納老師說：「我們應該打電話給他的家長。他可能正在回家的路上。」

「麥克斯不會離開學校。」葛思克老師說。

帕瑪校長回來了，她臉上居然那麼平靜。

「我要艾迪和克里斯去檢查地下室，還有打開所有的櫃子。學校餐廳員工正在廚房找人。溫蒂和雪倫正在學校外頭到處找這孩子。」

「他不見了。」休姆老師說：「我不知道他是怎麼不見的，也不知道原因，但他不在學校。他不見太久了，我們在講的可是麥克斯啊。」

「我們還不確定。」帕瑪校長說。

「她說得沒錯。」葛思克老師的聲音輕柔了些，不像之前聽起來那麼肯定了。她聽起來嚇壞了。

「我相信麥克斯不可能沒聽到那些廣播。」

「妳認為他離開學校了？」帕瑪校長問。

「沒錯。我不知道他是怎麼不見的，但我想他不在學校了。」

我就說葛思克老師很聰明。

23

整個學校都處在一種叫做封鎖的狀況下，這表示沒有人能離開學校，直到警官讓他們離開爲止，即使是老師，還有帕瑪校長也一樣。這實在很怪，因爲只有我知道是派特森老師帶走了麥克斯，但我也是唯一能離開學校的人。我覺得自己才應該是被封鎖的人，但我卻是唯一沒有被封鎖的。

即使我知道麥克斯發生了什麼事，我仍然不知道派特森老師把他帶到了哪裡，就算我知道，我也還是不知道該怎麼辦才好。我什麼都不能做。所以我就和其他不曉得發生什麼事情的人一樣，不知道該怎麼辦——只除了我說不定是最擔心的人。

大家都很擔心。葛思克老師很擔心，休姆老師和帕瑪校長也是。但我想我比所有人都還要擔心，因爲我知道麥克斯發生了什麼事。

連警察都很擔心。他們彼此互瞄，低聲交談，這樣才不會被老師們和帕瑪校長聽到。但是我聽得見。我可以站在他們身邊，每一個字都聽得清清楚楚，但我卻沒辦法讓他們聽見我說的每一個字。我是唯一能幫助麥克斯的人，但沒有人聽得到我說話。

我出生的時候，曾想要讓其他人聽到我說話，像是麥克斯的爸媽，因爲我不知道他們聽不到，我還以爲他們假裝沒聽到。

我記得有天晚上，麥克斯和他媽媽出門了，我和麥克斯的爸爸待在家裡。我害怕和麥克斯一起出門，因爲那時候我從沒離開過家裡，所以我和麥克斯的爸爸整晚都一起坐在沙發上。我整個晚上對他又叫又喊，以爲如果我喊得夠久的話，至少他會看我一眼，要我安靜。我乞求他聽我說話、和我說話，但他只是盯著棒球比賽，彷彿我不存在。然後，我在大叫的時候，他大笑了出來。有那麼一瞬間我以爲他是在笑我，但他一定是在笑電視裡那個男人說的話，因爲電視裡的另外一個人也正在笑。於是我便明白了一件事：我正在對著麥克斯爸爸的耳朵尖叫，所以他是不可能聽到電視上的人在說話才對。就是那個時候，我明白了沒有人能聽見我，除了麥克斯。

之後我遇見了其他幻想朋友，終於發現他們能聽到我說話。至少那些能聽見聲音的幻想朋友們可以，因爲不是所有的幻想朋友都能聽到聲音。

有一次我遇見一位幻想朋友，不過是個有著兩隻眼睛的蝴蝶結。我那時甚至不知道她是幻想朋友，直到她對我眨眼，像是她在試著對我發送訊息。她看起來就像小女孩頭上的小蝴蝶結，粉紅色的蝴蝶結，所以我才知道她是女生。但她聽不見我說的話，因爲那個小女孩從沒想像過她可以聽得見。即使小孩子會忘記給幻想朋友耳朵，大部分還是會想像他們的幻想朋友能聽得見，於是這些幻想朋友便可以聽見聲音。但這個小蝴蝶結卻不能，她只是對我眨眨眼，於是我也對她眨眼。她也很害怕，我能從她的眼神，還有她眨眼的方式看出來。但即使我試過，仍然沒辦法告訴她一切都會沒事的。我只能眨眼，但即使只是這樣你來我往地眨眼，似乎讓她稍微不再那麼害怕了。也稍微不再那麼孤單了。

但也只是稍微而已。

如果我是一個小小的、聽不見聲音的蝴蝶結，夾在一個幼稚園小朋友的頭上，我也會害怕。

小小的粉紅色蝴蝶結女生隔天就消失了，即使我認爲不再存在是最悲慘的事情，但我想那個小小的粉紅色蝴蝶結女生消失後，說不定還比較快樂，至少她不再害怕了。

◆

警察認爲麥克斯從學校逃走了。他們圍成一圈低語時是這麼說的。他們認爲葛思克老師沒說實話，麥克斯說不定是在上午提早離開教室，而不是在葛思克老師說的那個時間，所以他們現在還找不到麥克斯。

「她只是找不到那個孩子的行蹤。」其中一個警察說，圈子裡的其他人都點點頭。

「如果眞是這樣，我們就無法知道那孩子已經走了多遠。」另外一個警察說，其他人再度點頭。

警察不像小孩，他們似乎總是同意彼此的意見。

警察局長說他已經派警官和社區志工（志工只是用來稱呼其他人的花俏字眼）到學校後方的樹林去找人，並且也到附近街道上尋找麥克斯。他們去敲每一戶人家的門，詢問是否有人見過麥克斯。我想過要不要也跟著到外面去找人，但我現在要留在學校裡。即使我沒有被封鎖，我也要留在封鎖區裡。我要等麥克斯回來。派特森老師沒辦法永遠把他藏起來的。

我只希望警察能找出是派特森老師帶走麥克斯的。我不斷地想，要是電視上的警察，早就推論出這一點了。

過去幾天我見過一堆警察。先是湯米．史溫登打破麥克斯房間的窗戶後，來到家裡的警察；

接著是一堆警察和一位女警來到小迪中槍和莎莉發作的加油站；現在學校裡到處都是警察和女警。一大堆警察，但沒有一個看起來像電視上那些警官，所以我擔心他們都很笨。眞實世界裡的警察都比電視上的警察矮一些、胖一些、體毛要多一些。有一個警察甚至耳朵裡也有毛，不過女警沒那麼多毛。那是一個很年輕的男警察。我在電視上從沒見過看起來這麼正常的警官，那些製作電視節目的人以爲他們在唬弄誰啊？

他們以爲在唬弄誰啊？這是葛思克老師常常問的問題，大部分是針對那些說把功課忘在廚房桌上的壞男生。她會說：「伊森．伍茲，你以爲你在唬弄誰啊？我又不是昨天才出生。」

我想去問派特森老師，她以爲她在唬弄誰啊？但看起來她正在唬弄所有的人。

學校被封鎖，惹得帕瑪校長很不高興。警察搜尋完學校後，我聽見她對辛普森老師這麼說。帕瑪校長認爲麥克斯逃走了，所以她不明白爲什麼整個學校得封鎖這麼久的時間？警察已經搜完了每一間教室、每一處衣櫃，甚至是每一間地下室，他們知道麥克斯不在這裡。我想他們只是謹愼而已。警察局長說如果一個小孩子能從學校消失，那其他人也會消失。

「說不定是有人帶走了這孩子。」帕瑪校長想抱怨的時候，警長對她這麼說：「如果眞是這樣，學校裡應該有人知情。」

我不認爲他眞的相信是有人帶走了麥克斯，他只是謹愼而已。他只是在假設萬一的情況。所以帕瑪校長才會這麼生氣，她不認爲會有萬一。她認爲麥克斯只是出去走走還沒有回來罷了。警察局長也是這麼想的。

我不斷想著，警察每浪費一分鐘去搜尋地下室和森林、去敲別人家的門，我就又多失去了麥克斯一分鐘。

我不認爲麥克斯死了。我甚至不知道爲什麼這個念頭不斷在腦海出現，因爲我不相信他會死。我認爲麥克斯還活著，而且沒事。他說不定只是坐在派特森老師車子的後座，身邊是那個藍色背包。我認爲他沒事，但我也一直在想著他沒有死。我希望自己可以停止去想他沒有死，只去想他還活著就好。

但如果麥克斯死了，我會知道嗎？或者我只會「呼」的一聲消失，甚至不知道發生了什麼事？我一直屏住呼吸，等著那「呼」的一聲，但如果我一下子就消失了，我根本就不會知道。我就只是「呼」地消失了。前一刻我還存在，但下一刻就不在了。所以等待這種事情發生實在很蠢，但我就是無法要自己不去想。

我不斷希望著，也許派特森老師帶走麥克斯是有理由的。也許他們去買冰淇淋吃，結果迷路了；又或許她是帶麥克斯去郊遊，忘了告訴葛思克老師；又或許她帶麥克斯去見她母親。也許他們隨時就會把車停在馬路邊，然後麥克斯就會回來了。

只是我不認爲派特森老師昨天是在和她母親講電話。

我甚至不認爲派特森老師有母親。

不曉得麥克斯的媽媽知道了這件事沒有？還有他爸爸。大概已經知道了。也許他們正在森林裡找麥克斯。

帕瑪校長走進教室。葛思克老師又在朗讀巧克力冒險工廠⑬給全班聽了，通常我很喜歡聽她朗讀故事，但麥克斯錯過了這段故事，他最喜歡聽葛思克老師朗讀故事給全班聽了。而且維露卡・索爾特⑭才剛滑入垃圾槽道裡消失不見了，我不認為葛思克老師現在應該朗讀小孩子消失不見的故事。

葛思克老師停下了朗讀，抬起頭看著帕瑪校長。

帕瑪校長說：「葛思克老師，我可以和班上同學說兩句話嗎？」

葛思克老師說可以，但她揚起了眉毛，代表她很困惑。

「小朋友們，我確定你們都聽到了我們不久前廣播呼叫麥克斯・迪蘭尼到辦公室，各位也知道學校目前被封鎖了。我相信你們都有很多問題，但沒什麼好擔心的，我們只是要確定找到麥克斯。我們想他大概逛出了學校，或是提早被人接走，但忘了告訴我們。就是這樣而已。所以我在想，有沒有人知道麥克斯可能去了哪裡？他今天有沒有和誰說什麼？提到他會提早離開學校？」才剛不久前，也就是小朋友們看到警車停在學校門口，帕瑪校長要老師們「開始進行封鎖規定，直到更進一步通知為止」的時候，葛思克老師已經問過了他們，但她還是讓帕瑪校長再問了一次。

布萊安娜舉起手，說：「麥克斯常去學習中心，也許他今天去的時候迷路了。」

「謝謝妳，布萊安娜。」帕瑪校長說：「現在正有人在那附近找麥克斯。」

「為什麼會有警察來？」發問的人是艾瑞克，他沒有舉手。艾瑞克從來都不舉手。

「警察來這裡幫我們找麥克斯。」帕瑪校長說：「警察很會找失蹤的小孩。我確定麥克斯很快就會出現，不過他今天有沒有對誰說了什麼？任何事情都行？」

小朋友們搖搖頭。沒有人聽到麥克斯說過什麼，因爲沒有人和麥克斯說過話。

「好吧。小朋友，謝謝你們。」帕瑪校長說：「葛思克老師，我可以和妳談一下嗎？」

葛思克老師放下書，走到教室門邊去見帕瑪校長。

我跟了上去。

「妳確定麥克斯什麼都沒對妳說？」帕瑪校長問。

「沒有。」葛思克老師聽起來很不高興。要是我也會不高興，因爲警察局長已經問過葛思克老師這個問題兩次了。

「妳確定他離開教室的時間嗎？」

「我很確定。」葛思克老師聽起來更不高興了。

「好吧。如果孩子們想到任何事情，讓我知道。我要去看看能不能解除封鎖狀態了，街上已經有一堆家長等著要接孩子了。」

「家長們已經知道了嗎？」葛思克老師問。

「警察已經挨家挨戶敲了兩個小時的門，家長會也正組織志工去鄰近地區搜尋。兒童失蹤警

⓭ Charlie and the Chocolate Factory，英國作家Roald Dahl於一九六四年所作，爲著名兒童文學，二〇〇五年改拍爲電影，台灣譯名爲：「巧克力冒險工廠」。

⓮ Veruca Salt，故事裡一位被寵壞的英國小女孩，只要想要的東西，爸爸不買給她，便會大發雷霆，並用盡一切手段得到。

報[15]已經發出去了，現在外面有一輛新聞直播車，六點之前一定會來更多輛。」

「喔。」葛思克老師聽起來沒那麼不高興了，她聽起來就像一個剛被處罰的小孩。葛思克老師從沒聽起來像這個樣子過。她聽起來很害怕，而且很困惑，讓我有點嚇到。

帕瑪校長轉身離去，留下葛思克老師站在門邊。我跟著帕瑪校長來到走廊，想聽聽她要對警察局長說什麼，而且我不想聽到討厭的維露卡．索爾特接下來發生了什麼事。

我不介意她有多討人厭。消失的小孩已經不再那麼有趣了。

帕瑪校長經過大廳，轉向辦公室時，學校的一扇前門打開了。警察站在門邊拉著那扇門。派特森老師走了進來。

我停下腳步。

我簡直不敢相信，派特森老師正走進學校裡。我等著麥克斯跟在她身後，但警察關上了門。

麥克斯沒有回來。

[15] 原文爲Amber Alert，Amber爲American's Missing: Broadcasting Emergency Response的縮寫，直譯爲美國失蹤人口：廣播緊急回覆。此警報由負責調查的警察機構決定，可透過商業廣播電台、衛星電台與電視台向全國發佈，內容通常包含針對被綁架者、綁架嫌疑犯等等的描述。

24

「凱倫，我眞不敢相信新聞的報導。」派特森老師說：「怎麼會這樣？」

帕瑪校長和派特森老師在大廳裡抱在一起。

帕瑪校長正抱著派特森老師，而麥克斯人不在這裡。

我想過要不要跑去派特森老師的車上，看看麥克斯是不是還在後座，但最後決定放棄。派特森老師說她不敢相信麥克斯失蹤的新聞報導，既然她就是把麥克斯弄不見的人，我知道她在說謊。麥克斯已經不在她車子的後座上了。

有那麼一瞬間，我以爲麥克斯死了，難過得不得了，以爲我下一刻也要死了。然後我記起來，我現在仍存在著，所以麥克斯一定還活著。

是這樣的：如果麥克斯死了（但他並沒有）而我還活著，那就表示麥克斯死掉，或麥克斯不相信我的存在之後，我也不會消失。

我不想要麥克斯死掉，我也不認爲他死了（因爲他的確沒死），但如果他死了，而我沒死，那就表示了一件事。當然，麥克斯死掉是我這輩子最難過的事，但這同時也顯示出一件對我而言很重要的事。我不是說我要麥克斯死，因爲我不希望他死，而他也還活著。但如果他死了，而我還繼續存在，那我可發現了一件了不得的事。

我會一直去想他可能已經死了，是因爲我看了太多電視。

警察局長從角落出現的時候，派特森老師和帕瑪校長正好結束了擁抱。她們擁抱了很長的時間，我想她們現在不討厭對方了，即使在麥克斯消失前，她們就不喜歡對方。而且我也認爲帕瑪校長把該死工會全忘了。她們看起來就像知己，站在大廳中央，甚至更像一對好姊妹。

「妳是露絲．派特森嗎？」警察局長問。

我不知道他到底是不是警察局長，不過今天負責統籌這一切的是他，而且他有個大肚子，所以看起來很像是個警察局長。他的眞實姓名是鮑伯．諾頓，不是電視節目裡的警官會有的那種名字，這讓我覺得他找到麥克斯的機會不是很樂觀。

派特森老師轉過身，說：「是的，我就是。」

「我們可以到帕瑪校長的辦公室談談嗎？」

「當然可以。」

派特森老師聽起來很擔憂。警察局長說不定以爲她是擔心麥克斯，但我認爲她是擔心被發現。也許她正試著把擔心被抓到的語氣裝得很像是擔心麥克斯不見了。

派特森老師和帕瑪校長坐在其中一張長沙發上，警察局長坐在咖啡桌對面的另外一張長沙發上，他大腿上放著一本黃色記事本，手裡拿著一支筆。

我坐在警察局長旁邊。即使他不知道，但我和他是一國的。

「派特森老師。」警察局長說：「妳是麥克斯的輔導老師，對嗎？」

「是的，我花很多時間和麥克斯在一起，但我也輔導其他學生。」

「妳沒有整天都和他在一起？」警察局長問。

「沒有。麥克斯是個聰明的孩子，不需要整天輔導。」

派特森老師一面說，帕瑪校長便一面點頭。我從沒見過帕瑪校長在派特森老師身邊這麼同意過她的說法。

「可以請問一下妳爲什麼今天沒上班嗎？」警察局長問。

「我去看診了。事實上，是去兩個診。」

「妳在哪裡看診？」

「第一個地點在街尾。」派特森老師指著學校前方。「那間診所不用預約，裡頭有物理治療中心，我今天早上因爲肩痛去做物理治療。然後我去法明頓大道上的診所看診，校長打電話給我時，我人就在那。」

「帕瑪校長說妳缺席了很多工作，尤其是在星期五，是因爲要去做物理治療的關係嗎？」

派特森老師看了帕瑪校長一秒鐘，然後轉回頭看著警察局長，露出微笑。

她偷走了麥克斯，人就坐在警察局長面前，居然還在微笑。

「沒錯。」她說：「我是說，有時候我身體不舒服，有時候我得去看診。」她停頓一下，深呼吸一口，然後說：「沒人知道這件事，但我患有紅斑性狼瘡，這讓我過去幾年來在健康上一直有不小的問題，一週五天的工作量，有時候對我來說實在難以負荷。」

帕瑪校長小聲地倒吸了一口氣，說：「露絲，我完全不知道。」

她伸出手放在派特森老師的肩膀上，麥克斯煩躁不安時，麥克斯的媽媽就會這樣去碰他，如果麥克斯願意讓她碰的話。帕瑪校長居然也像這樣去觸碰派特森老師。麥克斯不見了，然後派特森老師說她有某種叫做紅斑性狼瘡的東西，突然之間帕瑪校長就想要抱抱她、拍拍她的肩膀了。

「沒關係。」派特森老師對帕瑪校長說：「我不想讓別人擔心。」

「妳有沒有什麼線索能告訴我們，也許能幫我們找到麥克斯？」警察局長聽起來不是很高興，但我卻很高興他這樣。

「我實在想不出來。」派特森老師說：「麥克斯從來不會無故逃跑，但他總是很好奇，而且問很多關於森林的問題。可是我無法想像他會一個人跑到那裡去。」

「逃跑？」警察局長問。

這次換帕瑪校長說話了：「學校裡某些特殊需求的孩子，會有逃跑的傾向。如果他們跑到了校門口，有時候就會跑到街上，但麥克斯不會這樣。」

「麥克斯從來沒有逃跑過？」警察局長問。

「沒有。」派特森老師說：「從來沒有。」

她居然這麼鎮定。也許紅斑性狼瘡會讓人變得很會說謊。

警察局長低頭看著他的黃色記事本，然後清清喉嚨。我不知道我是怎麼知道的，但我看得出來他就要問出重要的問題了。更尖銳的問題。

「麥克斯今天應該要從葛思克老師的教室到學習中心，但他根本沒有到學習中心去。他通常是自己一個人走這條路的嗎？」

「有時候是。」派特森老師說，但這不是眞的。我總是陪著他走到學習中心。「如果我在學校，我會來接他，但他不需要有人護送。」

「我們想讓麥克斯變得更獨立。」帕瑪校長說。「所以即使露絲人在學校，我們有時候也會讓麥克斯在學校大樓裡自己走一走。」

「但每個星期五我固定要在學習中心輔導麥克斯，所以通常我會帶著他到學習中心，因爲我也得去那裡。」派特森老師說。

「妳想麥克斯有可能提早離開葛思克老師的班級嗎？」

「也許吧。」派特森老師說：「他沒辦法看懂只有長短針的時鐘。朵娜有準時送他離開教室嗎？」

「她說她有。」警察局長說：「我只是在猜想，她會不會不小心提早把他送走，或是有沒有可能麥克斯沒有告訴她。或是她沒注意時，他就離開了教室？」

「有可能。」

「她在說謊！」我忍不住大喊。葛思克老師從來不會提早把小朋友送走。若眞有什麼問題，也是她根本就忘記把他們送走，因爲她太忙著整理書本和教課，而且麥克斯絕對不會沒經過允許就離開教室。絕對、絕對不會。

派特森老師越是說謊，我就越驚恐，她實在是太會說謊了。

「那麥克斯的父母呢？」警察局長問：「關於他們，有沒有什麼是我應該知道的？」

「什麼意思？」

「他們是怎麼樣的父母？他們相處得好嗎？他們準時送麥克斯上學嗎？他看起來被照顧得很好嗎？像這類的事情。」

「我不懂。」派特森老師說：「你認爲是他們對麥克斯做了什麼嗎？我以爲他今天在學校。」

「他的確是，很有可能是他只是出去走走，隨時都可能會出現，在誰家後院玩盪鞦韆，或是躲在森林裡。但如果麥克斯不是出去走走，而是有人把他帶走了，多半都是小孩子認識的人，最常見的就是家庭成員。妳能想到有誰可能會想帶走麥克斯嗎？他的父母有沒有可能涉案？」

派特森老師沒有像其他人那樣很快回答這個問題，警察局長注意到了這一點。他身子和我同時往前傾。他認爲他就要聽到重點了，我也這麼認爲。但警察局長以爲他將聽到一件重要的眞相。

我則認爲那會是一個重要的謊言。

「我一直很擔心麥克斯在學校的情況。」她的話聽來好像正在提起一個很重的背包，每一個字都很重，卻又很輕。

「麥克斯是個非常敏感的孩子，他一個朋友都沒有。小朋友偶爾會找他麻煩。有時候他會不曉得自己正在做什麼，所以很不安全，像是衝到學校巴士前，或是忘記自己對堅果過敏。如果我是麥克斯的家長，我不知道自己會不會想送他來公立學校，這樣太危險了。我沒辦法想像一對盡責的父母會把像麥克斯這樣的孩子送去上學。」

派特森老師停了停，看著自己的鞋子。我不認爲她明白自己剛剛說了什麼，因爲她重新抬起頭時，她似乎很意外見到的是警察局長。

「但我不認爲他們會做任何傷害麥克斯的事。」她說。

轉得太快了。我想。

派特森老師不喜歡麥克斯的爸媽，我以前不知道，但現在知道了，而且我認爲她不想讓任何人知道這一點。

「他的父母有沒有什麼特殊的舉止讓妳感到擔憂？」警察局長問：「除了送麥克斯來公立學校以外？」

派特森老師頓了頓，然後說：「沒有。」

警察局長又問了派特森老師其他問題，像是學習中心的老師們、麥克斯的同學，以及麥克斯每天見到的人，其實人數並不多。她說她想不出來學校裡有誰會帶走麥克斯。

警察局長只是點頭。

「我要請妳和我的一名警員走一趟麥克斯通常去學習中心的那條路，看看能不能喚起妳的記憶。如果妳想到什麼線索，請讓我知道。那名警員也會要妳提供一些連絡資料，問妳幾個問題，看看麥克斯每天還可能會和哪些人有接觸，好嗎？」

「沒問題。」派特森老師說：「我回答完他的問題之後，可以回家嗎？至少回去一下子。物理治療和看診讓我很累，我想休息。或是，如果你比較希望我留在學校的話，也許我可以在教職員室的沙發上躺一下。」

「不用，妳可以回家。如果我們有需要的時候會連絡妳。如果麥克斯今天傍晚沒出現，我們可能會需要再和妳談談。有時候人們不明白他們可能知道些什麼，而那正是能幫助我們的關鍵。」

「我一定盡力協助。」派特森老師從沙發上站起，然後停住，問：「你們會找到他，對嗎？」

「希望如此。」警察局長說：「就像我說過的，我想他說不定一小時內就會出現了，他只是到別人家的後院去玩耍了。所以，是的，我想我們會找到他。」

我知道我會找到麥克斯。

我要跟著派特森老師回家。

25

麥克斯的爸媽正站在校長辦公室的櫃台後方。是我先看見他們的，因爲我第一個走出校長辦公室。接著派特森老師見到了他們，但我想她沒認出來。我想她甚至不認得他們。她偷走了他們的兒子，還告訴警察他們是不盡責的父母，然後居然連他們是誰都不知道。我想麥克斯的爸媽也不知道她是誰。他們知道她的名字，但他們從未當面見過，直到現在。他們會和像麥茵老師、萊納老師與葛思克老師這樣的人見面討論。

但不會和派特森老師見面。他們從來沒有和輔導老師開過會。

派特森老師沒有停下來和他們說話，她走到校長室左邊的側門，那裡有一個警察正在等她。是個老男人，脖子上有一個棕色斑，他看起來不像能阻止壞人逃跑，即使那個壞人是派特森老師——她眞的就是。

帕瑪校長接著走出辦公室，看見了麥克斯的父母。

「迪蘭尼先生，迪蘭尼太太。」她的聲音聽起來很訝異。她走到櫃台前，打開那扇將一般人與辦公人員隔開的旋轉門。「快請進。」

一般情況下麥克斯的媽媽是老大，但她現在看起來卻沒那麼能作主了。她的雙手顫抖，臉色蒼白，看起來毫無生氣，有點像是洋娃娃。我知道這聽起來很蠢，但連她的捲髮看起來都沒那麼捲了。她看起來不像往常那樣機伶，而像是嚇壞了。甚至是饑渴，我想是渴望得到消息。

看來現在麥克斯的爸爸才是老大，他摟著麥克斯媽媽，在辦公室四處張望，葛思克老師點名時也會這麼看來看去。要看看誰在這裡，誰沒有到。

他們通過櫃台，走向帕瑪校長的辦公室，但我想如果不是麥克斯的爸爸推著麥克斯的媽媽走過去的話，她根本不會移動。

「你們有什麼消息嗎？」還沒走到帕瑪校長的辦公室裡，麥克斯的爸爸就這麼問。

他聽起來也像是作主的人。他的話就像是箭一樣，直直射向帕瑪校長，而且你感覺得出來這些箭力道十足。他不只是在問問題而已，他是在對著帕瑪校長大喊爲什麼把麥克斯弄丟了！即使他並沒有眞的大喊，他只是問了有沒有任何消息而已。

「到我辦公室裡來。」帕瑪校長說：「諾頓警長正在等著，他可以回答你們所有的問題。」

「麥克斯不見的時候，諾頓警長人可不在這裡。」麥克斯的爸爸說。

更多的箭，而且很鋒利。

「拜託，請先進來。」帕瑪校長說。

我們走進帕瑪校長的辦公室，這一次麥克斯的父母坐在幾分鐘前派特森老師與帕瑪校長才剛坐過的那張沙發上。我眞希望自己能告訴他們，他們坐著的地方，幾分鐘之前，那個偷走麥克斯的人就坐在那裡。

帕瑪校長走到警察局長仍坐著的那張沙發旁。我已經沒有地方坐了，所以我站在麥克斯父母坐著的沙發旁。即使這裡現在不像之前因爲有壞人在而分成了兩邊，我還是覺得分成了兩國，而我想要和麥克斯的父母站在同一邊。

警察局長站起身去握麥克斯父母的手，他自我介紹後，大家都坐了下來，除了我以外。

「迪蘭尼先生，迪蘭尼太太，我是諾頓警長，負責搜尋你們的兒子，讓我告訴你們目前爲止的進展。」

麥克斯的媽媽點點頭，但麥克斯的爸爸卻沒有，他完全沒有動作。我想他是故意的。如果他動了，或如果他甚至只是點點頭，這房間裡就不會分成兩邊了，大家都會在同一邊，變成同一國了。

他連半公分都沒動。

警察局長告訴麥克斯的父母，搜索學校的進展，還有哪些人正在搜尋附近社區。他說他們是根據「麥克斯逃走，並且很快就會被找到」的假設來執行，聽起來好像他眞的希望麥克斯是逃走的，而且很快就會被找到，不然他就不知道該怎麼辦了。

「麥克斯從來沒有逃跑過。」麥克斯的爸爸說。

「是沒有。」警察局長說：「但他的老師們認爲有這個可能，而且比起其他情況，這是最有可能的。」

「像什麼？」麥克斯的爸爸問。

「抱歉，我不懂你的意思？」警察局長說。

「你剛講的其他情況是什麼？」

警察局長停頓了一會兒。他再度開口時，話說得很慢：「這個嘛，他比較可能是自己從學校逃跑，而不是被誘拐。」

他說出誘拐時，麥克斯的媽媽發出一聲細微的嗚咽。

「迪蘭尼太太，我不是要嚇妳。就像我說的，我預計我的電話隨時會響，說他們發現麥克斯在別人家的後院玩耍，或是在鄰居屋子後的一小片樹林裡迷路了。但如果他沒被找到，我們就得調查他被人帶走的可能性。如果眞是如此，我也已經開始預備往這方面著手。我們目前正在同步探索這兩種可能性，預防萬一。」

「有沒有可能他跑了出去，然後在街上被人帶走了？」

帕瑪校長問了這個問題，我可以從她和警察局長臉上的表情看得出來，他們兩人都希望要是她沒問出口就好了，至少別在麥克斯的父母面前。她看著快哭出來的麥克斯媽媽說：「對不起，我不是故意要嚇妳的。」

「不太可能。」警察局長說：「如果麥克斯決定要跑出去，同時又有一個孩童誘拐犯正開車經過學校，這未免太過巧合。但我們仍在調查所有的可能性，面談所有與麥克斯有過接觸的教職員工，想找出是否有人最近與他接觸過。」

「爲什麼麥克斯是一個人？」麥克斯的媽媽問。

這是個好問題，如果這個問題眞的是一支箭，大概已經直直射入帕瑪校長的兩眼中間，但這問題聽起來像果凍一樣軟，背後什麼力氣都沒有。連麥克斯的媽媽看起來都像是果凍了，她整個人晃來晃去，感覺很虛弱。

「麥克斯的輔導老師今天沒來上班，而且麥克斯自己走到學習中心很多次了。」帕瑪校長說：「事實上，他的個人教育計畫裡，其中一項就是要更獨立，譬如在學校裡四處走動和遵守時間表，所以他一個人從教室到學習中心，對他來說很常見。」

「那就是你們認爲他不見的時候嗎？」麥克斯的父親問：「從他的教室到學習中心這段時間？」

「沒錯。」警察局長說得很快，可能是想讓帕瑪校長閉嘴，所以把她接下來能講的話全接了下來。「麥克斯最後被人見到，是在他平常的教室裡。他沒有走到學習中心，但因爲他的輔導老師今天沒來上班，學習中心的老師們才會沒注意到麥克斯並沒有來，因爲就是那位輔導老師負責在學習中心輔導麥克斯。而他的導師，葛思克老師，則以爲你們的兒子已經在學習中心，所以麥克斯才會不見了兩小時之後，才有人發現。」

麥克斯的爸爸伸手梳過頭髮，只要他想阻止自己說出壞事的時候，他就會這麼做。他和麥克斯的媽媽吵架時常常這樣，通常就是在他甩上紗門離開之前。

「我們想從你們身上得到一些資訊。」警察局長說：「像是和麥克斯平常有接觸的人，他們的名字。他有沒有認識新朋友？每天習慣做什麼？以及任何我們可能需要知道的醫療資訊。」

「你之前說你認爲你們隨時會找到他。」麥克斯的媽媽說。

「是的，我知道，我現在也這麼認爲。現在有超過兩百個人正在搜尋這個區域，媒體也正替我們把消息傳遞出去。」

警察局長正還要說些什麼，有人敲門了，然後一位女警探頭進辦公室裡，說：「派特森老師準備要回家了，除非您還需要她留下。」

「剛走那一趟沒什麼線索嗎？」

「沒有。」

「我們有她的連絡資料？」

「有的。」

「那好吧，她可以走了。」他說。

「你要讓壞人走掉了！」我大喊，但沒人聽得到。

這就像麥克斯的爸爸或莎莉，看著電視上的警探因爲錯誤判斷而讓壞人離開的時候，對著電視大叫一樣。只是在電視上，壞人通常都會被抓到。這是現實世界，我不認爲電視上的規矩在這裡適用。像湯米．史溫登和派特森老師這樣的壞人，在現實世界是可以贏的。麥克斯只有我，但我卻一點忙都幫不上。

「好吧，那我送她回去。」女警說。

那表示我也該走了，即使我很想留在這裡，陪著麥克斯的媽媽。唯一能幫助她的方法就是去找回麥克斯，但現在離開她似乎不對，她看起來好虛弱，彷彿她人只有一半在這裡。

但是我還是得找到我的朋友。

我穿過校長辦公室的門，再次進入外頭的大辦公室，我沒看見派特森老師，對諾頓警長說派特森老師準備要離去的那位女警，正坐在祕書小姐通常坐著的那張辦公桌前講電話。我不知道派特森老師在哪裡，但我知道她在哪裡停車，我擔心她可能已經走到停車場了，正當我要走出辦公室時，我聽見女警說：「你告訴她現在可以走了，但得留下她的電話，以防萬一我們需要找她。」她對電話另外一端的人說。

很好，派特森老師還沒有離開。

但我仍然要在她到停車場之前，先上她的車，所以我跑了出去。

我曾認識一個能瞬間移動的幻想朋友。他要到一個地方，不是用走的，而是可以在一個地方消失，然後出現在另外一個地方，只要他之前去過那個地方就行。我以前認爲這招棒透了，因爲這就像上一秒他不再存在，但下一秒又存在了。我問他不再存在是什麼感覺，因爲我想知道會不會很痛，但他不懂我的問題。

「我沒有不存在啊。」他說：「我只是從一個地方消失，出現在另外一個地方而已。」

「但你重新出現的前一秒裡，你的確不存在了，那是什麼感覺？」

「什麼感覺都沒有。」他說：「我只是眨眨眼，就到了新地方。」

「但你的身體要從原來的地方消失時，有什麼感覺？」

「什麼感覺都沒有啊。」

我感覺得出來他開始生氣了，所以我沒再問下去。我那時有點羨慕他能這樣瞬間移動，只是他和芭比娃娃一樣高，而且眼睛是藍色的——是整個眼睛都是藍色的，完全沒有眼白，就好像他戴著一副深藍色的太陽眼鏡，所以他幾乎看不見東西，尤其是在陰天，或是老師關燈要放電影的時候。而且他沒有名字，這在幻想朋友中不算少見，但還是令人有些難過。他現在不在了。麥克斯還在念幼稚園的那年聖誕假期，他就不見了。

我眞希望自己現在也能瞬間移動。但我辦不到，只好跑過走廊，順著今天派特森老師偷走麥克斯的時候、我和他一起走過的那條路跑下去，一路跑回那面雙扇玻璃大門前，麥克斯就是在那裡離開學校的。

派特森老師的車子不在停車場裡。我在停車場走道來來回回跑了好幾次，還是找不到。但只有一條路通往停車場，只有這一條走廊，和這一面雙扇玻璃大門，而且我知道派特森老師一定還沒到，因爲我是一路跑過來的，而派特森老師不會用跑的，因爲這會讓她看起來很可疑。

然後我想到了。她有兩部車，她開另外一輛車回學校，那輛車裡沒有藍色背包和麥克斯在車子裡的證據，像是他的頭髮，或是運動鞋上的泥土，或是指紋等。所有科學家能用來證明麥克斯曾坐在後座上的東西。一定是這樣。她開另一輛車回學校，以防萬一警察要檢查她的車子。這是暗中耍手段，派特森老師是我見過最會暗中使手段的人。她隨時就會從那面大門走出來，上去一輛不一樣的車子。一輛我從沒見過的車子，也許正是我面前這輛。

我四處張望，看看能不能在停車場裡找到新車，或是我沒見過的車子。然後我看見了。不是我之前沒見過的新車，而是派特森老師的舊車，有著藍色背包、麥克斯的頭髮和他鞋子上泥土的那輛車。車子在學校前的圓形廣場裡，停在正中間，就在學校大門口。即使小朋友在學校裡，停在圓形廣場裡也是違規的。我知道這一點，是因爲有時候帕瑪校長會廣播，要把車停在圓形廣場的人立刻移開車子。她說立刻的語氣讓停車的人知道她很不高興。她大可以說：「請將您的車子從圓形廣場移開。不管您是誰，我們很不樂見您把車停在那裡。」但她卻是說立刻，聽起來語氣好像比較溫和，又同時沒那麼溫和。

但停在圓形廣場的人總是學生父母或是代課老師，因爲其他老師知道這個規定，派特森老師也知道。所以爲什麼派特森老師把車停在圓形廣場裡？廣場裡也有警車，但警察是可以違規的。

然後我看見麥克斯父母的車子也停在圓形廣場內，就停在派特森老師的車子後方，但接下來他們的車子就不是停在派特森老師車子的後方了，因爲她的車子開始移動。車子繞到廣場後方，開往街上。

我開始跑，盡可能地快跑，但最快也只能到麥克斯想像我能跑多快的速度，其實並沒有那麼快。我想大喊：「停車！等一下！妳不應該停在圓形廣場裡的！」但她永遠都聽不到，因爲她的車窗是關上的，而且車子已經開得那麼遠了，而我是幻想出來的，只有幻想朋友，還有我的朋友，也就是她偷走的麥克斯，才能聽到我說話。

我跑過馬路，沒有看雙向來車或是走行人穿越道，然後我跑過學校前方草坪，跑到圓形廣場的另外一邊，但派特森老師的車子已經開上了街，然後右轉。我眞希望自己能瞬間移動。我閉上眼，試著想像派特森老師車子的後座，那裡有著藍色背包，還有麥克斯的頭髮、他鞋子上的泥土，但一秒鐘後，我張開眼睛，我還是跑在學校前的草坪上，派特森老師的車子已經開到了一條斜坡下，即將消失在一處轉角。

我放慢了腳步，然後停下來。我站在學校前方的草坪上，正好在兩棵樹下。黃色和紅色的葉子在我周圍掉落。

我失去麥克斯了。

又一次。

26

諾頓警長告訴麥克斯的爸媽，他還沒有放棄在附近區域找到麥克斯的希望，但他正在「將調查重心轉往其他方向」。

這表示他不認爲麥克斯是逃走的了。

他派一位女警帶著麥克斯的父母到教師休息室再回答一些問題，然後他要脖子上有棕色斑的警官打電話到漢堡王和安泰公司，確定麥克斯的爸媽在他不見時，的確正在上班。他得確認不是麥克斯的爸爸或媽媽偷走了麥克斯。我並不訝異，警察總是得先從父母開始調查。

在電視上，父母好像總是壞人。

那名警官回到辦公室，告訴諾頓警長，麥克斯的爸媽整天都在工作，而且「就在衆人眼前」，這表示他們不可能開車到學校、偷走麥克斯，再開車回去，卻沒有人發現他們不見了。

警長看起來鬆了口氣。

我猜是因爲去搜尋一個偷走小孩的陌生人，要比發現是爸爸或媽媽偷走自己的小孩好多了。但我也從電視上知道，會傷害和偷走小孩的人，通常不是陌生人，的確，在今天就是這樣。派特森老師不是陌生人，她只是很聰明。

大概在警察解散離開前二十分鐘，警長解除了封鎖狀態，小朋友們穿上外套，排隊等巴士。但今天排隊的隊伍很短，許多小朋友被父母接走了，那些父母咬著指甲、不停轉著結婚戒指，走得比平常還要快，彷彿綁架犯就藏在學校前面那些草坪的樹後面，等著要拐走更多小孩。

狗狗與珀兒排隊上巴士要回家前，我試著想和狗狗說幾句話，但我只有幾分鐘時間，因爲珀兒的巴士很快就要來了。

「派特森老師偷走了麥克斯。」我對狗狗說。

我們正坐在珀兒的教室裡，看著她從櫃子裡把一些文件移到背包裡。事實上，狗狗是站著的，但我和狗狗說話時得坐在地板上，因爲他是一隻狗。

「她把麥克斯偷走了？」他問。

狗狗每次講話看起來都很奇怪，因爲狗應該不會說話的，而且他看起來很像是眞的狗。他說話的時候，舌頭會從嘴巴掉出來，讓他沒辦法把話說清楚。而且他常常抓癢，即使就我所知道的，根本沒有幻想跳蚤這種東西。

「沒錯。」我說：「麥克斯走出學校到她的車上，然後她把車開走了。」

「所以她沒偷走麥克斯，也許他們只是去兜兜風。」

「對啦，但我認爲麥克斯不知道到底發生了什麼事。我想派特森老師騙了他。」

「爲什麼呢？」狗狗問：「爲什麼老師要像這樣騙小孩？」

這是另一個我不喜歡和狗狗說話的原因，他不像我了解這麼多事情。珀兒只有一年級，狗狗幾乎從沒離開過她身邊，所以他沒機會見識大人的世界。他不會在晚上去加油站或醫院，也不和珀兒的父母一起看電視。他太像珀兒了，他根本沒聽過像老師偷走小孩這種事情。

「我不知道派特森老師爲什麼要騙他。」我不想解釋什麼是壞人。「但我想派特森老師不喜歡麥克斯的父母，也許她認爲他們是壞人。」

「爲什麼麥克斯的父母會是壞人？他們是父母啊。」

懂了吧？

我眞希望葛拉漢在這裡，我好想她。我想我是唯一想念她的人。如果梅根想念她的話，葛拉漢仍會存在。不知道梅根還記不記得葛拉漢？

無論如何，我想我消失後，沒有人會記得我，就像我從來沒有存在過，沒有證據能證明我存在過。當葛拉漢要消失時，她說她唯一感到難過的，是她不能看著梅根長大。如果我消失了，我會感到難過的，是不能看著麥克斯長大，但我也會因爲無法看見自己長大而難過。

可是如果你消失了，就無法感到難過了，因爲消失的人不會感到傷心。

他們只能被記住，或是被遺忘。

我記得葛拉漢，所以她在不在依舊重要，她還沒有被忘記。但卻沒有像葛拉漢這樣的人來記住我。

警察替麥克斯的父母叫了中國菜，諾頓警長才剛送過來。

「我們還有些問題要問，但應該很快就會結束。你們可以再多留一個小時嗎？然後我們會派幾位警員送你們回家。」

「只要你們需要，要我們留多久都可以。」麥克斯的媽媽說。

她聽起來像是想要整晚都留在這裡。我不怪她，只要她不回家，她就能一直抱著麥克斯隨時都會被找到的希望。回家就表示他們知道今晚不會找到麥克斯了。

除非他們去派特森老師家，不然他們是找不到麥克斯的。

脖子上有棕色斑的警官和諾頓警長離開了，諾頓警長說要給麥克斯的父母一點獨處和吃東西的時間。

我沒有離開。沒有了麥克斯，我只剩下麥克斯的爸爸和媽媽了。

門一關上，麥克斯的媽媽就開始哭，不是像幼稚園小朋友第一天上學時那樣放聲大哭，只是小小聲的哭，一直吸鼻子，很多眼淚，就這樣而已。麥克斯的爸爸摟著她，什麼話都沒說，我也不知道為什麼。他們就只是一起坐在那裡，也許他們實在太難過了，連話都說不出來。

我也好難過，但如果可以的話，我想說話。

我會告訴他們，我覺得自己有多笨，居然讓派特森老師一個人溜走了。我覺得自己好笨、好有罪惡感，而且還差勁透了。我會告訴他們我有多擔心，因為今天是星期五，直到下星期一下午之前，我都無法搭上派特森老師的車子。我會告訴他們，我有多害怕派特森老師星期一不會再來學校，那我就永遠都無法再找到她或麥克斯了。

如果我能對麥克斯的父母說話，我會告訴他們，是派特森老師騙了麥克斯，把他從學校偷走，而且還說謊，結果現在麥克斯有了麻煩。如果我可以把這一切都告訴他們，那麥克斯就能得救了。只要我能碰觸到他們的世界，讓他們知道這一切就好了。

所以這就是為什麼我一直在想著奧斯華，在醫院的那個男人，那個我永遠都不想再見到的兇巴巴的幻想朋友。

但我現在可能必須要去見見他了。

27

今天晚上有兩個警員在家裡，他們是不睡覺的警員。我在警察局見過這種警員，他們可以整晚都醒著，因爲警察局永遠不打烊。

他們正坐在廚房裡，喝咖啡，看電視。屋子裡出現兩個陌生人和我們待在一起，實在很奇怪，尤其是麥克斯不在。麥克斯的爸媽一定也覺得很奇怪，因爲他們今天晚上很早就回臥室了，沒有坐在客廳裡看電視。

麥克斯的爸爸想出門去找麥克斯，但諾頓警長要他回家睡一下。他說：「我們有巡邏警車和志工在附近區域走動，你們得好好休息，明天才能幫助我們。」

「如果麥克斯在哪裡受傷了怎麼辦？」麥克斯爸爸的聲音裡有著怒氣，但那是人們害怕的時候才會有的怒氣，聽起來更緊張和倉促，就像是假裝成大嗓門與漲紅臉頰的模樣來掩飾恐懼。「要是他滑倒撞到頭，昏倒在樹叢裡，你們的巡邏警車看不到怎麼辦？要是他摔進沒蓋好的排水溝蓋，自己爬不上來怎麼辦？要是他現在正躺在街邊的水坑裡，流血流得快死掉了怎麼辦？」

麥克斯的媽媽又開始哭了，麥克斯的爸爸停了下來，不再說麥克斯要死掉了或已經死了。

「那些都是我們已經考慮過的狀況。」諾頓警長說。

即使麥克斯爸爸幾乎是在大喊了，諾頓警長的聲音依舊平靜。他知道麥克斯爸爸很氣他，他甚至可能早就知道麥克斯爸爸並不是眞正在生氣，只是害怕而已。他的名字雖然還是諾頓警長[16]，但我想他比我之前想像的還要聰明。

「我們已經清查過學校附近五公里內的每一個排水溝蓋，現在正擴大半徑範圍。沒錯，麥克斯的確有可能困在我們人員很難找到他的地方，但我會確保每一個在搜尋他的人都知道這一點，並且翻遍每一塊石頭。」

麥克斯爸爸說得沒錯，麥克斯被困在一個沒人能看見他的地方，但我想就算他們再怎麼努力尋找，也找不到的。

於是麥克斯的爸媽回家了，在他們告訴警員咖啡壺、廁所、電話和電視遙控器在哪裡之後，便說要上床睡覺了。

麥克斯的爸媽上床睡覺前並沒有看電視，我想不起來上次他們晚上沒有看電視是什麼時候了。麥克斯的媽媽沖完澡了，現在正坐在床上梳頭髮。麥克斯的爸爸也坐在床角，手裡把玩著手機。

「我沒辦法不去想他一定有多害怕。」麥克斯的媽媽已經停下了梳頭髮的動作。

「我知道。」麥克斯的爸爸說：「我不斷想著他被困在某個地方，也許他被困在一間廢棄屋的地下室，也許他在森林裡找到一個洞穴，結果發現出不來了。不管他在哪裡，我一直想著他一定有多孤單、多害怕。」

「我只希望有布多陪著他。」

⑯ 布多先前對諾頓警長認爲麥克斯只是迷路走失的看法不以爲然，但此刻對諾頓警長的表現卻改觀了。

我聽見麥克斯媽媽說出我的名字時，小小聲地叫了一下。我知道她認爲我是幻想出來的，但有那麼一瞬間，我幾乎感覺她認爲我是眞實存在的。

「我還沒想到那一點。」麥克斯的爸爸說：「只要能讓他覺得好一些，不那麼害怕，什麼都好。」

麥克斯的媽媽哭了，接著麥克斯的爸爸也哭了，但他是在心裡面哭。你看得出來他在哭，但你也看得出來，他不認爲你知道他正在哭。

「我一直在想我們哪裡做錯了？」麥克斯的媽媽仍在哭。「我一直在想，這多少都是我們的錯。」

「別再想了。」麥克斯的爸爸說，我看得出來他已經哭完了，至少現在哭完了。「那該死的老師弄丟了麥克斯，然後他說不定出去走走就迷路了，接下來他看到了什麼東西，感到好奇，結果被困在某個地方。我們要擔心的已經夠多了，別再怪自己了。」

「你不認爲是有人帶走他？」

「我不認爲是這樣。」麥克斯的爸爸說：「我沒辦法相信是這樣。不，他們會在井底找到麥克斯，或發現他被困在廢棄屋的地下室裡，或是被鎖在人家後院的庫房裡。妳也了解麥克斯，他說不定已經聽到大家在喊他的名字，但沒有回答，因爲他不喜歡和人說話，也不喜歡大叫。他會又溼又冷，而且嚇壞了，但他會沒事的。我是這麼相信的，打從心底這麼相信。」

麥克斯爸爸的話聽起來讓人很滿意。他們湧起了希望，我想他眞的相信了他自己所說的一切，連麥克斯的媽媽也開始相信了。有那麼一瞬間，連我也相信了。我想要相信就是這麼一回事。

麥克斯的爸媽彼此擁抱，一直沒分開。幾秒鐘過後，我覺得繼續坐在他們身邊怪怪的，所以離開了。反正他們大概很快就會睡了。

我今晚不想去加油站。小迪和莎莉不會在那裡，我也無法忍受去想起所有我曾擁有過的人消失在生命中。葛拉漢。小迪。莎莉。麥克斯。加油站曾是我最喜歡的地方，但現在不是了。

我也不能留在這裡。至少不能整晚都待在家裡。坐在麥克斯父母的房間裡讓我很不自在，我也不想一個人坐在麥克斯的房間裡，更無法坐在客廳或廚房，因爲警員就在那裡，他們正在看電視，節目裡有一個男人在對一堆人說話，那堆人認爲他很好笑，但看電視的人卻不覺得有那麼好笑。

再說，我們家裡有陌生人也很奇怪。

我得找個人談談，可是能讓幻想朋友找到同伴說說話的地方不多，特別是在晚上。

但我知道有一個地方。

28

兒童醫院就在一般醫院的對面，但自從我遇見那個兇巴巴的幻想朋友之後，我就不再去一般醫院了。有時候，我只要來到兒童醫院就會很緊張，因爲離成人醫院那麼近。

但兒童醫院是找到幻想朋友的最佳地點，甚至比學校還棒。學校裡都是小朋友，但他們幾乎都把幻想朋友留在家裡，因爲身旁有老師和其他小朋友的時候，很難和幻想朋友說話或玩耍。他們可能在上幼稚園的第一天把幻想朋友帶來，但除非是像麥克斯這樣的人，不然小朋友很快就發現和一個別人看不見的人說話，這可不是交朋友的好方法。就是在這時候，大部分的幻想朋友便消失了。

是幼稚園殺死了他們。

但兒童醫院一直以來就是找到其他幻想朋友的好地方。麥克斯升上一年級之後，我開始來這裡，因爲麥克斯的一年級老師柯洛普老師說醫院永遠不會關門。那天她正教班上小朋友什麼是911，這是遇到緊急事件時，你可以撥的電話號碼。

如果我可以撥電話號碼，今天派特森老師偷走麥克斯的時候，我就會撥那個號碼了。柯洛普老師說你們隨時都可以撥911，因爲救護車和醫院一直都是開著的。於是有天晚上，我決定不去加油站，而去了像是有六個加油站那麼遠的兒童醫院。

在兒童醫院的小朋友總是生著病。有些只病了一、兩天，他們從腳踏車上摔下來撞到頭，或是得了一種叫做肺炎的病，但也有小孩已經住在醫院很長一段時間，因爲他們病得眞的很嚴重。這些小孩子裡有很多人，尤其是病得很重的那幾個，都有幻想朋友，大概是因爲他們需要幻想朋友陪伴。有些孩子又蒼白又瘦弱，而且沒有頭髮，有些會在半夜小聲哭泣，這樣才不會有人聽見，替他們擔心。生病的小孩知道自己病了，病得很嚴重的小孩知道自己眞的病得很嚴重，他們全都好害怕。所以當他們的父母回家了，只留下「嗶嗶」叫的機器和閃燈陪著他們的時候，很多人會需要幻想朋友來作伴。

醫院裡的電梯對我來說實在是很難對付，因爲我就是無法穿過電梯門。我可以穿過玻璃門、木頭門、臥房門，甚至車門，但我無法穿過電梯門。我想這是因爲麥克斯害怕電梯，他絕對、絕對不會走進電梯裡，所以他大概沒把電梯門想成是一般的門。對他來說，電梯門更像是陷阱門。

但我要去十四樓，對我而言，搭電梯去比較容易，不然十四層樓可是要爬很多層樓梯的。但那表示我得確認電梯裡有足夠的空間，因爲儘管人們看不到或感覺不到我，但如果人太多的話，他們還是會撞到我，把我擠扁到角落裡。

這樣講不太對。我不是撞到他們。我撞到的是「他們」這個概念，這表示我感覺得到他們，但是他們感覺不到我。但有好幾次電梯裡擠滿了人，我被擠到角落裡，擠到我開始覺得這一定就是麥克斯在電梯裡的感受了。動彈不得，完全被困住，令人窒息，即使我並沒有眞的呼吸。我看起來在呼吸，空氣也到處都是，但我呼吸的只是「空氣」這個概念。

身爲幻想朋友是一件很奇妙的事情。你不可能窒息，你不可能生病，你不可能摔倒撞破頭，你不可能得到肺炎。唯一能殺死你的，是一個不再相信你的人，比起那些窒息啦撞到啦和肺炎全部加起來，還更常發生。

我等著一個穿著藍色衣服的人來按下按鈕，她就跟在我後面走進醫院。我得等人來用電梯，因爲我沒辦法按下告訴電梯有人正在等著的按鈕。接下來我得希望這個人要去的樓層，接近我要去的樓層。穿著藍色衣服的女人按下了十一樓，不算太壞。如果沒人上電梯，我也可以在十一樓出來，然後爬樓梯到十四樓。

我們到十一樓前都沒有人上電梯，於是我踏出電梯，去爬最後三層樓梯。

十四樓的樓層形狀像是蜘蛛，中間有一個圓圈，所有的醫生都在圈裡工作，從圓圈往外延伸出四條走廊。我來到走廊上，往中心圓圈的方向走，通過走廊兩邊那些打開著的病房房門。這是兒童醫院的另外一個好處，醫生不會把通往小朋友病房的門一路都關上，所以無法穿過門的幻想朋友不會被困在裡面過夜。

已經很晚了，走廊很安靜。整層樓都很安靜，大部分的病房都暗著。有一堆女醫生在中間的圈圈裡，在櫃台後坐著、站著，在記事簿上寫字和寫下號碼，然後在呼叫鈴響時走去病房，她們就像永遠不需要睡覺的警員，可以整晚都不睡，但她們看起來不像很想整晚都醒著。

其中一隻蜘蛛腳的另外一端，是一間房間，裡頭有長沙發、舒服的椅子，還有很多雜誌和遊戲。這裡是生病的小孩在白天玩耍的地方，到了晚上，就是不用睡覺的幻想朋友碰面的地方。

我以前認爲所有的幻想朋友都不睡覺的，但葛拉漢說過她晚上會睡覺，所以也許有些幻想朋友今晚和他們的人類朋友一起睡在病房裡。

我想像葛拉漢睡在梅根身邊的模樣，於是又想哭了。

今晚這間休息室裡有三個幻想朋友，不算很多，他們看起來就很像幻想朋友。有一個男孩看起來很像人類，只除了他的腿和腳都好小，而且毛茸茸的，他的頭對他的身體而言又太大了。他看起來很像葛思克老師桌上那個頭很大的紅襪隊搖頭娃娃，但他有耳朵、眉毛和手指，這讓他看起來比大多數的幻想朋友更像人類。但他的頭太大了，不知道他走起路來會是什麼樣子。坐在大頭男孩身旁的是一個和汽水罐差不多高的女孩，她有黃色的頭髮，卻沒有鼻子和脖子。她的頭直接貼在身體上，就像雪人一樣。她不會眨眼。

第三個是一根小男生大小的湯匙，有一雙又圓又大的眼睛、小小的嘴巴，和棍子一樣的手臂和腿。他全身都是銀色的，沒有穿衣服，但他不用穿衣服，因爲除了他的手和腳之外，他看起來就像一根湯匙。

事實上，我甚至不確定這根湯匙是男生還是女生，有時候幻想朋友兩者都不是。我想那可能就只是一根湯匙吧。

我一走進去，他們就停止說話，盯著我瞧。但他們並沒有看著我的眼睛，大概是因爲他們以爲我是人類。

「嗨。」我說，然後那根湯匙嚇得倒抽一口氣。大頭男孩跳起來，他的頭晃來晃去，就像葛思克老師那個大頭娃娃。

那個小小的女孩沒有動，甚至連眼都沒有眨一下。

「我以爲你是眞的。」湯匙驚訝到他聽起來像是被自己的話嗆到了。他有男生的聲音，所以我想他是個男生。

「我也是！」大頭男生聽起來很興奮。

「我不是人類啦，我就像你們一樣，我叫做布多。」

「哇喔，你看起來好像眞的人類。」湯匙一直盯著我瞧。

「我是眞的，就像你們一樣。」

每次我和新的幻想朋友說話，都會有同樣的對話。他們總是很驚訝我不是人類，而且他們總是說我看起來有多像眞的人類。然後我就得提醒他們，他們也是眞的。

「當然。」湯匙說：「但你看起來好像眞的人類。」

「我知道。」我說。

沉默了一會兒之後，湯匙說：「我叫做湯匙。」

「我叫克魯特。」大頭男孩說：「她叫夏天。」

「嗨。」那個小女孩用好微細的聲音說。她只說了一聲「嗨」，我就能察覺她很難過，比我見過的任何人都還要難過。甚至超過麥克斯的爸爸，當麥克斯接不好球的時候。

也許，就像我還是對葛拉漢的消失感到的那樣難過。

「你有人在這裡嗎？」湯匙問。

「什麼意思？」

「你有人類朋友在醫院裡嗎？」

「喔，沒有。」我說：「我只是來看看的。我有時候會來這裡，這是個能找到幻想朋友的好地方。」

「沒錯。」克魯特一面搖著頭，他的頭就一面上下搖擺晃來晃去。「我和艾瑞克已經在這裡一個星期了，我從沒見過這麼多的幻想朋友。」

「艾瑞克是你的人類朋友？」我問。

克魯特的頭上下晃了一下，表示沒錯。

「你活了多久？」我問。

「從夏令營開始。」克魯特說。

我往回數夏天開始的月份，然後我問：「五個月？」

「我不知道，我不會數月份。」

「那你呢？」我問湯匙。

「這是我的三個年⓱。」湯匙說：「托兒所、幼稚園，還有現在一年級。那是三年，對嗎？」

「沒錯。」我很驚訝湯匙活這麼久了，因爲看起來不像人類的幻想朋友通常不會存在很久。

「三年是很長的時間。」我說。

「我知道。」湯匙說：「我從沒遇見比我活得更久的。」

「我快到六了。」我說。

⓱ 原文Spoon說的是「This is my three year.」正確文法應爲「This is my third year.」應是他沒有學會或不知道英文裡序數（第三年：third year）的表達方法，只會用單純的數字。

「六什麼？」克魯特問。

「六年。」我說：「麥克斯現在是三年級，他是我的人類朋友。」

「六年？」湯匙問。

「沒錯。」

有好一會兒，沒人說話，他們只是盯著我瞧。

「你離開了麥克斯？」說話的是夏天，她的聲音好小，但卻讓我感到很訝異。

「什麼意思？」我問。

「你把麥克斯留在家裡？」

「其實不是。麥克斯不在家，他離開了。」

「喔。」夏天沉默了一會兒，又問：「你爲什麼沒有跟著麥克斯呢？」

「我沒辦法，我不知道他在哪裡。」

我正要解釋麥克斯發生了什麼事，夏天又說話了。她的聲音很小，但不知爲什麼聽起來卻也很大聲。

「我永遠都無法離開葛蕾絲。」她說。

「葛蕾絲？」我問。

「葛蕾絲是我的人類朋友，我永遠無法離開她，連一秒都不行。」

我再次張開嘴，想要解釋麥克斯怎麼了，但夏天先說話了。

「葛蕾絲要死了。」

我看著夏天。我張開嘴巴想說些什麼，但一句話都沒說。我不知道該說什麼。

「葛蕾絲要死了。」夏天又說了一次。「她有白血病。那種病很可怕，就像人類裡最嚴重的流感。現在她要死了。醫生告訴媽咪，葛蕾絲要死了。」

我還是不知道該說什麼。我試著想說些能讓她覺得好過點的話，或是能讓我好過點，但在我開口之前，夏天又說話了。

「所以不要離開麥克斯太久，因爲他有一天可能也會死。在他還活著的時候，不要錯過和他一起玩耍的機會。」

我突然明白夏天的聲音並不是一直都這麼小聲，或這麼悲傷。她的聲音如此小聲、悲傷是因爲葛蕾絲要死了，但夏天曾經微笑過、快樂過。我現在就能看見那個快樂版的夏天，就像影子一樣，圍繞著悲傷版的她。

「我是說眞的。」她說：「人類朋友不會永遠活著，他們會死去。」

「我知道。」我說。

我沒告訴她，我現在心裡能想到的只有麥克斯就快死了。

我反而把一切有關麥克斯的事情告訴了夏天、湯匙和克魯特。我先開始形容麥克斯的外表，然後他有多愛樂高玩具和葛思克老師，他發作時的樣子，他多出來的便便，他的父母，他和湯米．史溫登那場戰鬥。然後我告訴他們派特森老師的事情，還有她對麥克斯做了什麼，她怎麼樣騙了麥克斯，又怎麼樣騙了除了我之外的所有人。

從他們聽我說話的方式，我看得出來湯匙最明白我在說什麼，但夏天最明白我的感受。她很替麥克斯感到害怕，我想，幾乎就像我一樣害怕了。克魯特也在聽，但他讓我想到狗狗，我不認為他全部都懂，他只是試著想要跟上大家。

「你得找到他。」我解釋完後，湯匙這麼說，他說話的聲音，就像麥克斯對玩具士兵說話一樣，他不只是說話而已，而是在下命令。

「我知道。」我說：「但我找到他之後，不知道該怎麼辦。」

「你得幫助他。」夏天的聲音不再那麼小聲了，但依舊溫柔，只是聲音變大了。

「我知道。」我又說了一次。「但我不知道該怎麼做。我沒辦法告訴警察或麥克斯的父母，麥克斯在什麼地方。」

「我不是說去幫警察。」夏天說：「我是說去幫助麥克斯。」

「我不懂。」我說。

「首先你得找到他。」湯匙說。

克魯特的頭一面晃來晃去，一面從我看到夏天，再看到湯匙，再看回我身上。

我想他只是很勉強在聽著。

「你得去幫助他。」夏天的聲音現在聽起來很不高興，甚至是生氣了。「你得幫他回到媽咪和爹地身邊。」

「我知道，但如果我沒辦法告訴警察或他父母，那實在是——」

「你一定要這麼做。」夏天說。

即使她說話依舊小聲，但感覺起來卻像在尖叫。聲音聽起來都一樣，但已經一點都不小聲了。那聲音好巨大，夏天感覺起來也好巨大。她依舊是汽水罐大小，但現在好像變大了。

「不是去幫警察。」她說：「你得去救麥克斯。你知道你有多幸運嗎？」

「什麼意思？」我問。

「葛蕾絲要死了。她就要死了，我卻無法幫她。我可以坐在她身邊，試著讓她微笑，但我救不了她的命。她就要死了，然後永遠不見了，而我卻無法幫她。我救不了她，可是你可以救麥克斯。」

「我不知道該怎麼做。」我說。

我低頭凝視這個說話很小聲的小小女孩，但我現在卻覺得自己才是渺小的那個人。夏天彷彿知道所有的答案。我說不定是這個世界上活得最久的幻想朋友，但這個小女孩知道一切，我卻什麼都不知道。

就是這個時候，我明白她可能知道這個問題的答案。

「葛蕾絲死後，妳會怎麼樣？」

「你是在擔心麥克斯可能會死嗎？」她問：「那個老師會弄死他？」[18]

「說不定。」只要一想到這點，我就覺得很難受，但我知道這是事實。不去想那些事情，並

---

⑱ 原文爲「That teacher will die him?」也是小孩常見的文法錯誤，應爲「That teacher will make him dead?」或是「That teacher will kill him?」。會有幻想朋友的小孩多半是六歲前的幼兒，文法自然不是很正確，連帶他們的幻想朋友所使用的文法亦有相同錯誤。

不會讓那些事就變成假的。

「你是在擔心麥克斯，還是擔心你自己？」夏天問。

我想著要不要說謊，但是我不能。我知道這個說話很小聲的小小女孩什麼都知道。

「都有。」我說。

「你不能光擔心你自己。」她說：「麥克斯可能會死，你得去救他。你救了麥克斯，說不定就能救你自己，不過那不重要。」

「葛蕾絲死掉後，會怎麼樣？」我又問了一次：「妳會怎麼樣？」

「那不重要。」夏天說。

「爲什麼？」我問。

「是啊，爲什麼？」湯匙問。

克魯特上下晃著頭，表示他也有同樣疑問。我們都想知道。

夏天沒說話，於是我又問了一次。我很害怕開口問她。我現在有點怕夏天了。我無法解釋原因，但我就是怕她。我害怕這個說話超小聲的小小女孩，但我還是得問。

「葛蕾絲死掉後，妳也會死嗎？」

「我想是這樣。」她看著自己小小的腳。然後她抬起頭看著我，說：「我希望是這樣。」

我們互相凝視了好長一段時間，然後她終於又開口了。

「你會去救麥克斯嗎？」她問。

我點點頭。

夏天露出微笑。這是我第一次見到她微笑，但只持續了一秒鐘，笑容就消失了。

「我會去救麥克斯。」我說。然後，因爲我認爲這句話很重要，尤其是對夏天，於是我又說：「我保證。」

湯匙點點頭。

克魯特上下晃了晃頭。

夏天又露出了微笑。

29

我和一個男人一起搭電梯，他推著一部有輪子的機器。他在四樓停下，所以我決定走出電梯。這部電梯雖然是向下，但並不表示電梯不會改變心意，又重新往上。我以前看過電梯這樣做過，這部電梯也會這樣。

我走出電梯往右轉，樓梯就在角落。我轉彎時，見到牆上的牌子，上頭列了一排字，還有指向左右兩邊的箭頭。我不是很會認字，但我認得出上面的一些字。

←等候室

←401-420病房

→421-440病房

→廁所

在廁所下面有三個字母ICU，還有一個向右指的箭頭。

我把那三個字母看成是一個單字，然後大聲唸出來。

「艾可?艾可——你?」⓳

然後我注意到所有字母都是大寫，這表示這不是一個字，而是每個字母都代表一個字，是那此字開頭的第一個字母，這是我在一年級學會的。

我大聲唸出這些首字母「ICU」。我盯著那幾個字母瞧了一會兒，然後又讀了一次：「I See You」[20]。

我花了一點時間去回想在哪裡聽過這些字。然後我想起來了。小迪中槍後就是到「I See You」這個地方，只是那地方不是「I See You」。

原來是ICU。

小迪可能會在這裡，就在這棟大樓裡，在這層樓，右邊的方向。

於是我往右走。

走廊左右兩邊都有門，我邊走邊看著門旁的小牌子，尋找有沒有寫著ICU，或是這三個字母開頭的牌子。

我在走廊底找到了這些字。有兩扇門把走廊擋了起來，門上的牌子上寫著加護病房（Intensive Care Unit）。

是ICU。

我不知道加護是什麼意思，但我猜那房間是給被手槍打中的人使用的。

我穿過那兩扇門，裡頭的房間很大，正中央有一個很長的櫃台，有三個醫生坐在櫃台後面，

---

⑲ ICU若要發音，音似「艾可」，文中布多知道U可能代表YOU，所以又唸作「艾可－你」。

⑳ 見第十六章註解。

都是女生。只有辦公桌上的燈是開著的，其他地方都沒開。房間裡並不算黑，但很昏暗。這房間裡有好多、好多機器，底下都有輪子。這些機器讓我想到小消防車，安安靜靜擺在那裡，但都隨時準備好出動。

房間的角落掛著從天花板垂下的浴簾，這些簾子包住了一半的房間，有些是關起來的，打開的簾子後面有空空的床。

有兩片關起來的簾子，小迪可能就在其中一片裡面。

我走到第一片簾子前，想要穿過去，但卻不行。我被簾子擋住了，即使我撞上了簾子，它還是沒有動。

麥克斯不認為浴簾是門，至少他把我想像出來的時候，不是這麼想的。即使麥克斯不見了，可是我覺得他就在這裡，在浴簾前把我攔了下來。即使我們是分開的，但我覺得我們仍在一起。

感覺起來就像在提醒著我，他還活著。

我蹲下去，從浴簾和地板間的空隙爬進去，簾子後有一個女孩躺在床上，但她不是小迪。她是個小女孩，看起來像是狗狗班上的一年級新生。她正在睡覺，她的手臂上和毛毯下有著管線，連接到她上方的小小機器。她的頭用白色毛巾包了起來。她的眼睛又黑又紫，下巴和眉毛上貼著OK繃。

她只有一個人。沒有母親或父親坐在她床邊的椅子上。沒有醫生模樣的人在替她檢查。

我想著麥克斯，他今晚也是一個人嗎？

「她什麼時候會醒過來？」

一個看起來幾乎和床上小女孩一模一樣的小女生就坐在我右邊的一張椅子上。我從簾子底下爬進來的時候沒看到她。我看著她的時候，她站了起來。

我很驚訝她沒有像大部分的幻想朋友那樣，誤以爲我是人類。也許她會知道我是幻想出來的，是因爲我是從簾子底下爬進去，而其他人會直接走進去。

「我不知道她什麼時候會醒過來。」我說。

「爲什麼其他人不和我說話？」

「誰？」我往四周張望。有那麼一瞬間，我以爲有人躲在簾子後，一個我沒注意到的人。

「其他人。」她又說了一次。「我問他們，她什麼時候會醒過來，但沒人和我說話。」

我懂了。

「妳知道她的名字嗎？」我指著躺在床上的小女孩。

「不知道。」

「妳什麼時候遇見她的？」我再次指著那個小女孩。

「在車子裡。」她說：「在那場意外之後。在車子撞上另外一輛車子之後。」

「妳在車子裡之前，是在什麼地方？」我問。

「我不知道。」她看起來很困惑，而且有點不好意思。

她盯著自己的鞋子瞧。

「這個小女生什麼時候睡著的？」我問。

「我不知道。」她看起來依舊很困惑。「那時候有人把她帶走。我等在門邊，她回來時就是睡著的。」

「妳有和她說過話嗎？」我問。

「有，在車子裡。媽咪和爹地沒有回應她，所以她要我幫忙。我陪著她，和她說話，我們等到帶著機器的人來把她帶出去。那機器發出好大的聲音，還會發出火花。」

「還好妳離開了車子。」我說。

我不想讓她感到害怕，但我的問題開始讓她越來越害怕了，可是我還有幾個問題要問。

「妳離開車子後，見過媽咪和爹地了嗎？」

「沒有。」她說。

「妳叫什麼名字？」我問。

「我不知道。」她現在聽起來很難過，我想她大概要哭了。

「聽好，妳是一個很特別的朋友，是幻想朋友。這表示只有她能看見或聽見妳。她在車子裡的時候嚇壞了，她需要妳，所以妳才會存在。但一切都會沒事的，妳只需要等到她醒來就好了。」

「爲什麼你能看見我？」她問。

「因爲我和妳一樣，我也是幻想朋友。」我說。

「喔。那你的小女孩呢？」她問。

「我的朋友是個小男孩，他叫做麥克斯，但我現在不知道他在哪裡。」

她瞪著我瞧，什麼都沒說，我等在那兒，因爲我也不知道要說什麼。我們就這樣盯著對方，床邊的機器發出「嗶嗶」和「嗡嗡」的聲音。我們之間的沉默好像有永遠那麼久之後，我終於開口了：「我弄丟他了，但我正在找他。」

她還是盯著我瞧。這個小女生只存在了一天，但我知道她正在想什麼。

她認為我是個壞朋友，因為我搞丟了麥克斯。

「我得走了。」我說。

「好吧。她什麼時候會醒過來？」

「很快。」我說：「等下去就對了，她很快就會醒過來的。」

在她能說出任何話之前，我從簾子底下爬了出去。幾步遠的地方有另外一片關起來的簾子，但我知道小迪不在那後面。這裡是兒童醫院。在成人醫院說不定也有加護病房，小迪說不定就在那兒。

不知道麥克斯是不是就像簾子後面的那個小女生，只有孤單一個人？她沒有媽咪或爹地坐在病床旁的椅子上。也許他們死了。也許他們也受傷了。

也許他們死了。但我不這麼認為，因為那簡直太悲慘了，我連想都不敢想。

至少她還有幻想朋友。她也許還沒有名字，但她就等在床邊，所以那個小女生並不孤單。

我不斷想著麥克斯的媽媽的話：「我只希望有布多陪著他。」

但我不在麥克斯身邊。

那個小女孩今晚有全新的幻想朋友陪著她，但麥克斯卻一個人在某個地方。他還活著，因為我還存在，而麥克斯死掉這件事太可怕了，我連想都不敢想。

可是他只有孤單一個人。

30

麥克斯的媽媽一直哭個不停，那不是悲傷的哭泣，而是嚇壞了的哭泣，讓我想到小嬰兒找不到母親時的哭聲。

只是這一次是母親找不到她的小孩。

麥克斯的爸爸抱著她，什麼都沒說，因爲沒有什麼好說的。他沒有掉淚，但我知道他內心又在哭泣了。

我曾認爲這世界上最糟糕的三件事是：

一、湯米・史溫登

二、多出來的便便

三、不再存在

現在我認爲這世界上最糟糕的三件事是：

一、等待

二、什麼都不知道

三、不再存在

現在是星期天晚上，這表示明天我就能去學校找派特森老師和麥克斯了。只要派特森老師回學校的話。

我想她會的，不然她會看起來很可疑。如果派特森老師是電視節目裡的壞人，她星期一就一定會去學校，她甚至可能會提供警察局長協助，幫忙尋找麥克斯。

我猜她一定會，因爲她私底下那麼聰明。

我整個週末都在找麥克斯，但我現在覺得只是在浪費時間。我不知道派特森老師住在哪裡，但我不能整整兩天都只是坐在家裡，什麼事情都不做，而且我也不能再把時間花在跟在警員身邊，因爲他們之中有太多人一直大聲說出自己的懷疑，說不曉得麥克斯是不是死了（但他們在麥克斯父母面前從不會這樣說）。

我開始在別人家裡尋找麥克斯，希望其中一棟屋子會是派特森老師的家。我知道葛蕾迪老師和帕柔佐老師住得離學校很近，她們有時候會一起走路去學校，所以我想也許大部分的老師都住在學校附近（儘管我知道葛思克老師住在很遠的地方，在河的另一邊，所以她有時候會遲到）。於是我從離學校最近的屋子開始找起。我在附近社區繞著圈圈，就像麥克斯把石頭投進湖裡引起的漣漪。

麥克斯不會游泳，但是他喜歡把石頭丟進水裡。

我知道像這樣的找法，不太可能找到派特森老師的屋子，但我總得做些什麼。但這樣做一點好處都沒有。我沒有找到麥克斯或派特森老師，只找到沒有把小孩弄丟的父母。一家人圍繞在晚餐桌上坐著，在後院用耙子把落葉耙在一起，爲了錢而爭吵，清理地下室，還有看電視裡的電影。他們看起來都好快樂，他們好像都不知道派特森老師可能有一天會開車到學校，把他們家的小孩偷走。

怪物不是什麼好東西，但走起路來或是說起話來不像怪物的怪物，才是最可怕的。

我想過要不要回醫院去見湯匙和夏天，但我怕夏天會很生氣，因爲我還沒找到麥克斯。

我不知道我爲什麼要怕一個只有汽水罐大小的女孩，但我就是怕。不是怕她會傷害我，而是像麥克斯怕會讓葛思克老師失望的那種怕法，即使他一直讓葛思克老師失望，自己卻根本不知道。

我也怕發現夏天的人類朋友已經死了，然後她也死了。

我的意思是她消失了，不再存在了。

◆

昨天晚上我順路去了加油站，想看看小迪是不是回來了。

她沒回來，莎莉也沒回來，但我想我再也看不到莎莉了。被子彈打中也許能殺死一個人，可是我不認爲那會讓一個人無法回去工作。但像莎莉這樣的發作，可能就會讓人無法回去工作，連向老朋友打招呼都辦不到。

我想加油站從此以後都不會再像從前一樣了。昨天晚上有三個人在那裡工作，但我一個也不認識。保利過來買了刮刮樂彩券，我看得出來他也有同樣的感覺。他甚至沒有留下來刮彩券，他站在櫃台前，想了一下，就低著頭離開了。

這裡不再是我們的地方了。

但也不是一個新的地方。

這裡對任何一個人而言都不再特別了。現在在這裡工作的人，就只是工作而已。昨晚有一個在這裡工作的女孩，看起來很像需要再上兩次或三次多出來的大號。她的臉全縮成一團，而且看起來好嚴肅。其他兩個都是老人，彼此幾乎不說話。大家只是在工作，不再鬼混。不再看櫃台後的電視，不再知道客人的名字，和客人聊幾句。不再有小迪要莎莉認眞工作。

我不知道以後是不是還會再回到這間加油站。我很想再見到小迪，也許哪天會在ICU見到她吧，如果我能鼓起勇氣到成人醫院的話。但我想，就算是小迪，也無法讓加油站回到從前的樣子了。

◆

明天早上我得一大早就離開，我擔心巴士不會停在我們這一站，因爲麥克斯不會站在樹邊，一隻手一直摸著樹，這樣他才不會不小心晃到馬路上。那是我的主意，但是他把這個主意告訴他媽媽，說他能自己等車時，他說那是他想出來的。

我不在乎。我就是他想出來的，所以在某種方面來說，我的主意也就是他的主意。

必要的話，我可以走路到學校，就像上個週末，我也是走路去找麥克斯，但我一直都是搭巴士去學校，如果我明天能搭上巴士，我會覺得是種好運，感覺就像我正在告訴全世界，我就坐在巴士上，因為我知道麥克斯很快就會回來。

我明天有一連串的事情要做。我整晚都在想著這些事情，把它們都記下來。有時候我真的、真的好希望我能握住鉛筆，寫些東西。我這次得更加小心。上星期五，我就是不夠小心，所以才會讓派特森老師的車子開走了，我卻沒有跟上去。所以我得確定明天到底該做什麼事才對。

我的待辦事項清單很短：

一、麥克斯的媽媽一醒來，我就要離開家裡。
二、走到薩福伊家，和他們家的小孩一起等巴士。
三、搭巴士到學校。
四、直接到派特森老師停車的停車場。
五、等派特森老師。
六、派特森老師一停好車，就鑽進車裡。
七、不管怎麼樣都不離開車子。

我只希望派特森老師明天會來學校。要是派特森老師不來學校的話，我試著想列出還能做些什麼，但我想不出來。

如果她沒回學校，我想麥克斯就會永遠不見了。

31

車子後座已經看不到藍色背包了。我現在正坐在上次見到藍色背包的位置上。

星期四。我上次見到這個背包是星期四。

不過是四天前，感覺起來卻像是四十天前。

在第一堂課的鐘聲響起前，派特森老師就把車停進了停車場裡。她把車子停在平常停車的地方，然後走進學校，彷彿這天是個平常的上課日。一個綁架犯正走在學校的走廊裡，除了我之外，沒有人知道。我一直在想，她是不是正在計畫很快再偷走另外一個小孩？她是不是也在騙其他小朋友，就像她騙麥克斯那樣？

她想要麥克斯，是因爲那是麥克斯，還是她在收集小孩子？

這兩種理由都讓我嚇壞了。

我的待辦事項清單上寫著不論發生什麼事情，都要待在車上。但上課的時間很長，而且現在還很早，第一堂課的下課鐘聲甚至還沒響起呢。我想派特森老師不會提早離開，因爲那樣看起來很可疑。而且是我列的清單，所以只要我想的話，我就可以更改。這又不像是不准在走廊亂跑，或是防火演習時不要吵鬧，或是在不准吃花生的餐桌上吃花生醬[21]。這是我定的規矩，所以只要

[21] 美國學校針對會對花生或堅果類過敏的小孩設有peanut-free table（無花生製品類食物專用餐桌），或是nut-free table（無堅果食品類專用餐桌），桌上立有標示，不能在此餐桌上食用任何含有花生或堅果類製品的食物。

我想的話，就可以隨時打破。所以我要打破規矩了。

我只是想看看學校裡頭發生什麼事情。

我想去見葛思克老師。

有一個男人坐在大廳裡的辦公桌後，以前大廳裡從來沒有辦公桌，也從來沒有人坐在大廳裡的辦公桌後。他沒有穿制服，但我看得出來他是警察。他看起來很嚴肅，也很無聊，就像在警察局裡整夜工作的那些警員。

一位女士才剛從前門走進來，那名警員對她揮手，要她走到桌前，在寫字板上簽名。她在簽名的時候，他還要她解釋爲什麼今天會在這裡。

她帶著一盤杯子蛋糕。

他一定是個不怎麼樣的警察，即使是幼稚園小朋友都知道這位女士爲什麼會在這裡。

我穿過走廊來到葛思克老師的教室，我走進去時她正在上課。光是在走廊聽見她的聲音，就讓我覺得好過了一些。

她站在教室前面，正講著一艘叫做五月花號的船。她把一張展開的地圖掛在黑板前，拿著一把長尺用力敲著地圖，問大家北美洲在哪裡？我知道答案，因爲麥克斯很喜歡地圖。他喜歡用想像的軍隊在眞的地圖上進行想像的戰爭，所以我知道所有六大洲、海洋和許多國家的名字。

麥克斯的桌子是空的，那是教室裡唯一的一張空桌子，今天沒有其他人缺席。如果今天有其他人缺席就好了，這樣麥克斯的桌子就不會顯得那麼空了。

應該要有人請病假在家的。

我坐在麥克斯的桌子前，他的椅子拉出了一截，所以我可以坐進去，不會覺得被「桌子」和「椅子」的概念擠扁。葛思克老師已經不再敲地圖了。吉米回答了北美洲在哪裡，一堆小朋友似乎鬆了口氣，因爲他知道答案。他們很怕被葛思克老師問到北美洲在哪裡，而且他們也看得出來這種問題即使是笨蛋也應該能答得出來。現在她正在拿一張五月花號的圖片給小朋友看，只是那張圖看起來像是有人把這艘船砍成了兩半。我們可以看到船裡面是什麼樣子。小小的房間裡塞滿了小桌子、小椅子和小小的人。

五月花號可眞是艘大船。

葛思克老師的目光從圖片上移開，看著全班，說：「想像你正要永遠離開你的家鄉了，就像這些清教徒一樣。你正要航行到美國，你只能帶一個小行李箱，你會在裡面裝什麼呢？」

一堆人馬上舉手。這是每一個人都能回答的問題。這個問題不會再有人需要吉米來回答，即使是剛才一直沒在注意聽的人也能舉手回答這個問題，而且聽起來不會像笨蛋。葛思克老師常常問這樣的問題，我想她是要所有的小朋友都能有話說，而且她很喜歡讓小朋友覺得他們也是故事裡的一部分。

小朋友開始回答了。麥利克說「很多很多內褲」的時候，葛思克老師笑了出來。然後蕾萊恩說：「我要帶手機充電器，我們去度假的時候，我老是忘了帶。」

我很驚訝葛思克老師在笑。我好生氣。葛思克老師的舉止就像葛思克老師，她的表現不像是兩天前才弄丟了一個學生，警察還試圖要怪罪她。事實上，我想她比以前更像葛思克老師了。她像是誇張兩倍的葛思克老師，她根本就是在教室裡跳來跳去，好像她的鞋子著火了一樣。

然後我明白了。

葛思克老師是在表演，裝得像是葛思克老師。她帶著微笑，問很棒的問題，四處揮舞著她的那把長尺，因為不是只有她感到難過或是擔心麥克斯。其他小朋友也很擔心。他們有很多人對麥克斯並不是很熟，而且很多人對他很壞，有些是故意的，有些是不小心的，但是他們都知道麥克斯不見了，他們一定很擔心，而且嚇壞了，說不定甚至也會難過。葛思克老師知道這一點，所以即使她說不定是整間學校裡最擔心、最害怕的人，她還是為了小朋友假裝成誇張兩倍的葛思克老師。她很擔心麥克斯，但她也很擔心教室裡其他二十個小朋友，所以她在他們面前做了一場表演。她正試著要把這天變成他們有史以來最正常、最棒的一天。

我好愛葛思克老師。

我可能比麥克斯更愛她。

我真高興我走進了教室裡，光是看著葛思克老師，就讓我好過多了。

我走回派特森老師的車子裡。我想順路去校長辦公室前，看看帕瑪校長今天在做什麼。我想看看警察局長是不是會坐在她的長沙發上。我想看看麥克斯的父母今天有沒有回到學校裡來回答更多問題。我想走到教職員室，看看其他老師是怎麼說麥克斯的。我想看看休姆老師和麥茵老師，還有萊納老師，是不是和我一樣擔心。我要找到派特森老師，看看她今天表現正不正常，或是她有沒有對小朋友說謊，就像她對麥克斯那樣。但我最想的，還是花更多時間待在葛思克老師的教室裡。

但如果葛思克老師今天可以裝成平常的樣子，我就能等在車子裡，直到派特森老師回來。

等待是這個世界上最糟糕的三件事之一，但等待很快就會結束。只要我坐在派特森老師的車子裡等著，我就會找到麥克斯。

32

派特森老師打開車門，坐上駕駛座位。最後一堂下課鐘聲在五分鐘前響起，學校前的圓形廣場裡仍停著巴士，等著載滿小朋友。但派特森老師不是負責小朋友的老師，所以不用擔心他們怎麼回家，或是會不會被保姆、叔叔或是祖母接走。她甚至不用擔心他們有沒有朋友能一起玩，或是午餐吃得夠不夠，或是冬天有沒有暖和的外套穿。

這些事情只能靠像葛思克老師這樣的老師，所以像派特森老師這樣的老師在最後一堂下課鐘響後，就可以離開。這對像派特森老師這樣的老師來說一定是好事，但他們不知道小朋友有多愛葛思克老師。

如果你一個星期只教小朋友一小時，他們是不會喜歡你的。

或如果你把他們偷走的話，他們更不會喜歡你。

派特森老師啓動車子，轉向左邊，離開了圓形廣場，這樣她才不會卡在那些巴士後面。如果巴士車頭那小小的停車牌子亮起時，車子是不准開過巴士旁邊的。

我記得那天麥克斯從兩輛巴士中間衝出去，幾乎要被某個開車經過圓形廣場、卻沒有遵守停車牌子規定的駕駛撞上。

葛拉漢那天也在。葛拉漢和麥克斯都在，但好像已經是很久以前的事了。

派特森老師只是開著車，沒有打開收音機，沒有打電話，沒有唱歌或是哼歌，或甚至自言自語。她的雙手一直放在方向盤上，就只是開車。

我看著她，想著要不要爬到前座，坐在她身旁，但我沒有這麼做。我從來沒坐在前座過，而且我不想坐在她身邊。我想跟著她，要她帶我去找到麥克斯，這樣我才能救他，但我不要坐在她旁邊。

即使我沒遇到夏天，我也會去救麥克斯。我愛麥克斯，我是唯一能救他的人。但我想著要救麥克斯時，仍舊很常想到夏天。我想著我對她做的承諾。不知道為什麼，我就是會一直去想。

派特森老師開車時，我等著線索出現。我在等她說話。我曾單獨和麥克斯的爸媽待在車子上，我也曾單獨和許多許多人待在房間裡，他們都以為房間裡沒有別人，然後就開始做起一些事。大家最後總會做起一些事情，他們會打開收音機或是哼歌或是呻吟，或是看著貼在擋風玻璃上的那面小鏡子整理頭髮，或是在方向盤上打鼓似地敲著手指。有時候他們會自言自語。他們列出一堆事情，或是抱怨某個人，或就只是抱怨，或是對著旁邊正在開著另外一輛車的人說話，好像那些人可以透過玻璃和金屬聽到他們說話。

有時候他們很噁心，會在車子裡挖鼻屎。車子裡好像是挖鼻屎最好的地方，因為身邊沒有人，而且可以在到家前把鼻屎弄掉，但還是很噁心。麥克斯挖鼻屎的時候，他媽媽會吼他，但麥克斯說有些鼻屎是面紙弄不出來的，我想他一定沒錯，因為我見過麥克斯的媽媽也在挖鼻屎，只是她從來不會在身邊有人看著的時候挖。

我是這樣告訴麥克斯的。

「挖鼻屎就像是便便。」我對他說：「你得私底下做。」

麥克斯現在還是會在有人的時候挖鼻屎，但已經不像以前那麼常做了。

派特森老師沒有挖鼻屎。她沒有抓頭，甚至沒有打哈欠或是嘆氣，或是吸鼻子。她的眼睛一直看著前方，只有在車子轉彎要打方向燈的時候，雙手才會離開方向盤。她對開車這件事很認眞。

我想她對一切都很認眞。葛思克老師會說她是一絲不苟的傢伙，這讓我更害怕了。認眞的人做事很認眞，不會犯錯。葛思克老師說凱蒂．馬茲克是一絲不苟的傢伙，因爲她拼字測驗總是考一百分，而且不用別人幫忙就能解開所有數學問題，即使是班上其他人都沒有辦法靠自己解開的問題也一樣。

如果凱蒂．馬茲克長大後要當綁架犯，她一定會做得很好。

我猜凱蒂．馬茲克有天也會像派特森老師這樣開車，眼睛看著路，雙手放在方向盤上，嘴巴閉得緊緊的。

如果派特森老師是要開車回家（我想她的確是要開車回去），我擔心她已經對麥克斯怎麼樣了。她人在學校的時候，是怎麼把麥克斯塞起來藏一整天的？

她可能用繩子綁住麥克斯，那就糟糕了。麥克斯不喜歡被強迫著不動。他不會在睡袋裡睡覺，因爲太緊了，他說讓他擠得很難受。他也說高領衫讓他透不過氣，即使並沒有，但不知道爲什麼，他的脖子就是擠得很難受。他不會走進衣櫃裡，即使衣櫃的門打得大開，而且從來不會把毯子拉起來蓋在頭上。他一次身上只穿七件衣服，鞋子不算在內。絕對不會超過七件，因爲超過七件就太多了。「太多了啦！」他大喊：「太多了！太多了！」

這表示天氣冷的時候，麥克斯的媽媽只能讓麥克斯穿上內褲、褲子、上衣、外套、兩隻襪子和一頂帽子。絕對不會戴手套或連指手套。即使她把襪子或帽子和內衣拿掉（我有時候會想，要是她可以的話，一定會這麼做），麥克斯還是不要戴，因爲他不喜歡自己的手被包在手套裡。所以麥克斯的媽媽在他所有的外套口袋裡都縫上一層絨毛，麥克斯只要把手放進口袋裡，就能讓雙手保持溫暖。

如果派特森老師把麥克斯綁起來，或是把他鎖在衣櫃裡或箱子裡一整天，那眞的是糟透了。我很氣自己之前居然沒有想到這一點，但又很慶幸之前沒有想到，因爲那只會讓我更擔心。

也許有人在幫助派特森老師。也許派特森老師已經結婚，那她的丈夫也偷走了麥克斯。也許那是他的主意。也許派特森老師告訴她丈夫，比起麥克斯原來的父母，他們會是更好的父母，所以派特森先生一直假裝是麥克斯的爸爸，照顧他一整天，這比把麥克斯綁起來，或是把他鎖在壁櫥裡要好多了。但這樣還是很糟，因爲麥克斯不喜歡陌生人或陌生的地方，或是新的食物，或是不同的上床睡覺時間，或是任何不一樣的東西。

派特森老師打開會閃爍的箭頭，但前面沒有路能轉彎了，只有一些房屋，其中一棟一定是她家。麥克斯就在其中一棟屋子裡。我幾乎要坐不住了，我終於就快要找到麥克斯了。

她開車經過三條車道後終於右轉，前面有一條很長的車道，在斜坡頂端有一棟藍色的屋子，屋子很小，但看起來很完美，就像書裡或雜誌裡的圖片。屋子前的草坪上有四棵大樹，但草地上一片葉子都沒有，連樹上都沒有一片葉子。葉子沒有從屋子的排水管裡冒出來，也沒有堆在屋子角落。前門的門廊上有兩籃花，就像家長們每年在學校裡賣的那種花。花籃裡有小小的黃色花朵。也許派特森老師是上個星期拍賣時從那些家長手裡買來的。每一朵小小的黃花看起來都完美極了。她的車道也很完美，沒有任何裂縫或補釘。屋子後面有一個池塘，我想那是個很大的池塘，我可以從屋子的角落看見一點邊緣。

她把車子開上斜坡時，拿起遙控器，按下一個按鈕。車庫的門打開了，她把車開進車庫裡，然後關掉車子[22]。一秒鐘後，我聽見車庫的門在「嘎嘎嗡嗡」作響，車庫門正在關上。

我在派特森老師的家裡了。

我又在腦海裡聽見夏天的聲音，要我保證把麥克斯救出來。

「我知道。」我說。

派特森老師聽不見我。只有麥克斯能聽到我，很快他就會真正聽見我的聲音了。他就在這棟屋子裡的某個地方。他就在附近，我就要找到他了。我不敢相信自己做到了這一步。

派特森老師打開車門，下了車。

我下了車。

該去找我的朋友了。

「該去救麥克斯了。」我說。

我試著要聽起來很勇敢，但其實我並不勇敢。

---

[22] 原文爲「turn off the car」，布多以爲車子和電燈或其他電器用品一樣，是可以「關掉」的。

33

我沒有等派特森老師。她在車庫的一間小房間裡停下來，脫下外套和圍巾。房間裡頭有掛鉤可以掛東西，有沿著地板整齊排好的靴子和鞋子，還有洗衣機和乾衣機，但麥克斯不在這裡。我走過她身旁，先進去客廳。

客廳裡面有椅子、長沙發、壁爐，和一台掛在牆上的電視，還有一張小桌子，上面有書和擺在銀色框框裡的相片，但麥克斯不在這裡。

我右手邊是一道走廊和樓梯，我轉身走過去，上去二樓。我一次爬兩階，其實我現在不需要擔心了，因爲我終於在派特森老師的家裡，但我還是一次爬兩階，我覺得每一秒都很寶貴。

階梯頂端有一條走廊和四道門，其中三道門是開著的，一道門是關起來的。

左邊第一道門是開著的，那是一間臥室，但不是派特森老師的臥室。裡面什麼用品都沒有，只有一張床、一張梳妝台、一個床頭櫃和一面鏡子。只有傢俱，沒有用品。梳妝台上什麼都沒有，地板上也什麼都沒有。門上的掛鉤沒有掛著睡袍或外套。床上有太多枕頭，根本就是枕頭山。這間臥房就像麥克斯的爸媽在二樓走廊盡頭的那一間房，他們叫做客房，但麥克斯的爸媽從來沒有過客人。也許是因爲麥克斯不喜歡有客人在家過夜。那就像一間展示用的臥房，只拿來看，從來不會使用。就像放在博物館裡的臥房。

床邊有一個衣櫃，所以我去檢查了一下。我穿過衣櫃門，進到一個黑暗的空間裡。因爲太暗了，什麼都看不到，我輕聲說：「麥克斯，你在這裡嗎？」

他不在。我甚至在輕聲說出他的名字前就知道了。

既然麥克斯是唯一能聽見我的人，我不知道我為什麼要小聲說他的名字。麥克斯的媽媽會說我看了太多電視，她說不定是對的。

走廊左邊的第二道門也是開著的，那是一間浴室。這間浴室看起來也像是展示用的而已。一間放在博物館裡的浴室。裡面也沒有用品，洗臉盆上和地板上什麼都沒有。毛巾全都完美地掛在架子上，馬桶蓋子是蓋上的。我想這是客人用的浴室，即使我從來沒聽過什麼客人專用浴室。

我繼續在走廊裡往前走，來到那道關起來的門。如果麥克斯在樓上，我想他會在一間關上門的房間裡。我穿過那道門，但麥克斯不在這間房間裡。這是一間嬰兒房，有一張嬰兒床、一個玩具箱、一張搖椅，和一個上頭擺著一籃尿片的五斗櫃。地板上有積木、一輛藍色的小火車，還有一個塑膠的小農場，裡面有小小的人和小小的動物。

麥克斯不會喜歡這個塑膠小農場，因為那些人看起來不像真的人，只是有著臉的小木棍而已，他不喜歡這樣的玩具，他喜歡的是逼真的玩具。但這些小小的農場動物和小小的人就站在小小的塑膠穀倉外面，所以這個房間裡的小寶寶一定很喜歡這個玩具。

然後我明白了。派特森老師有小寶寶，我真不敢相信。

房間裡也有一個衣櫃，是有著滑門的長衣櫃，其中一道門是開著的，裡面有些架子，塞滿了小小的鞋子、小小的上衣和小小的褲子，還有小小的、捲成球狀的襪子。

但麥克斯不在裡面。

派特森老師有個小嬰兒，這看起來不太對勁。怪物是不應該有小孩的。

我離開這間嬰兒房，進入走廊另外一邊的房間。這間是派特森老師的臥房，我一走進去就知道了。裡面有一張床、一張梳妝台，另外還有一台掛在牆上的電視。床鋪好了，但沒有疊著一堆枕頭，而且床頭櫃上擺著一瓶水和一本書。床邊有一張小桌子，擺著時鐘、一疊雜誌和一副眼鏡。這間房間裡有用品，不像那間客房。

這間臥室附有一間浴室，還有一個完全沒有門的大衣櫃，這個衣櫃幾乎要和麥克斯的臥室一樣大了，裡面有好多衣服鞋子和皮帶，但麥克斯還是不在裡面。

我大喊：「麥克斯！你在這裡嗎？你聽得到我嗎？」以防萬一我沒看到他。

沒人回答。

我離開派特森老師的臥室，停在走廊上，抬頭往上看，不曉得天花板上是不是有活動門可以通往閣樓。麥克斯的爸媽就有一扇連著樓梯的活動門，你只要拉一條繩子，活動門就會打開，接著樓梯就會展開，你就能爬進閣樓裡。這裡沒有活動門，也沒有閣樓。

我走回樓下。

我沒走回客廳，而是往左轉。有一條走廊通往左邊，直通到廚房，在走廊對面還有另外一間客廳，裡頭有長沙發、單人軟椅、小桌子、檯燈和另外一座壁爐，還有一座放滿書的書架，但麥克斯不在這裡。

我走過客廳，左轉來到餐廳，裡面有一張長長的桌子，幾把椅子。有一張小桌子上擺著更多相片，還有擺在托盤裡的瓶子。我又左轉，走進廚房。裡面很多廚房用品，但麥克斯不在這裡。

一樓是客廳、另外一間是客廳、餐廳、廚房，就這樣。到處都找不到麥克斯。也看不到派特森老師。

我重新繞一次這間屋子，這次腳步更快，我找到一間第一次沒看到的浴室，因爲浴室門是關著的，還在前門旁邊找到一個專門掛外套的壁櫥。

麥克斯都不在裡面。

然後我在通往廚房的走廊上找到了我要找的那道門。通往地下室的門。

派特森老師和麥克斯在地下室。我就知道。

我穿過那扇門，走下樓梯。階梯燈和階梯底部的房間燈是打開的。階梯盡頭的房間鋪上了地毯，看起來像另外一間是客廳，正中央有一張好大的綠色桌子，桌子旁沒有椅子，有一張小網子沿著桌面展開，看起來像一個小小的網球場，像是給洋娃娃玩的網球場。這下面也有長沙發、椅子和電視，但麥克斯不在這裡。

派特森老師也不在這裡。

房間的另外一頭有一道門開著，我走過那道門，來到一間看起來很像是一般地下室的房間。地板是石頭鋪成的，角落有些又大又髒的機器。一個是暖爐，加熱屋子用的，一個是水管機器，但我不知道哪個是哪個。有一張桌子，桌子上方的牆壁掛著榔頭、鋸子和螺絲起子，排得整整齊齊，就像派特森老師的衣櫃和草坪。到處都很乾淨整齊，只有擺在床頭櫃上的那瓶水，是整棟屋子裡看起來最不搭的。

就這樣了。這底下沒有其他衣櫃或樓梯或任何東西了。

麥克斯不在這裡。派特森老師也不在這裡。

我又找不到她了，而且還是在她自己的屋子裡。

我跑上通往廚房的樓梯，大喊麥克斯的名字。我跑到車庫去檢查派特森老師的車子是不是還停在那裡。車子還在，引擎正發出「滴答、滴答」的聲響，車子關掉後有時候會發出這樣的聲音。她的外套仍掛在洗衣機旁邊的掛鉤上。

也許她在外面。我怎麼會這麼笨，因為我不可能在派特森老師家裡卻還找不到她的人啊，但我仍覺得應該要感到驚恐。有事情不對勁，我就是知道。就算派特森老師在外面，麥克斯又在哪裡？

我把手舉到面前，仔細檢查，想看看是不是能看穿手掌。

我的手仍然很完整，我沒有在消失，麥克斯一定沒事。他在某個地方，而且沒事。派特森老師知道麥克斯在哪裡，所以我得找到她，最後我就會找到麥克斯。

我走出去。我穿過餐廳裡那兩面玻璃滑門，來到屋子後面的露天平台上。露台上的階梯通往一小塊草地，再往下走幾階就來到了池塘。這是一個很長、很窄的池塘。我可以看見池塘對面的那些屋子，我也可以透過樹叢看見派特森老師家左右兩邊屋子裡的燈光。派特森老師的鄰居住得離她不是很近，但我想她絕對不會把麥克斯帶出來。

在階梯底下有一座立在水面上的平台，還有一艘小船停靠在平台旁，是一艘腳踏船。我們去年夏天去波士頓的時候，麥克斯的媽媽曾試著想讓麥克斯去玩腳踏船，但他不要。他幾乎要發作了，直到他媽媽終於不再勉強他去試試看。那是僅有的幾次我認爲麥克斯的媽媽可能要哭了，因爲所有其他的小孩都和父母在船上玩得好開心，但麥克斯卻不要。

派特森老師不在平台上。這裡有一張桌子，旁邊有一把傘，還有一堆椅子，但是麥克斯不在這裡，派特森老師也不在。

我從平台的一邊跳下去，繞著屋子跑。我一面跑一面看再一面跑，直到繞完了整棟屋子，又回到平台前，再次盯著池塘。天空的太陽已經很低了，所以所有的影子都拉得很長，陽光照得水面閃閃發光。

我用盡這輩子所有的力氣大喊麥克斯的名字。我喊了一次又一次，一次又一次。樹林裡的鳥回應了我的呼喚，但牠們不是在回應我。只有麥克斯能聽見我，而麥克斯沒有回應我。

我覺得自己又再一次失去了我的朋友。

34

我回到屋子裡。我一定是錯過了某個房間、某間衣櫃或櫥櫃。我站在餐廳裡，再次大喊麥克斯的名字。我的聲音沒有回音，因爲這個世界聽不到我的聲音，只有麥克斯能聽見。如果這個世界能聽見我的聲音，那麼我的聲音就會被重複，不斷重複再重複。我就是這麼大聲地在喊麥克斯的名字。

我再次走過一樓，這次放慢速度，從餐廳開始繞圈子，到廚房、到客廳，最後回到餐廳。我在有電視的客廳裡停下，看著銀色框框裡的相片。三張相片裡都是同一個小男嬰。其中一張相片裡，他在地上爬，另外一張則是扶著浴缸邊緣站著。他有著棕色頭髮、大大的眼睛和胖嘟嘟的臉蛋，三張相片裡他都在微笑。

派特森老師居然會有小寶寶，還是一個小男生。我大聲說出來，好讓這件事更像眞的：「派特森老師有一個小男生寶寶。」我又說了一次，因爲我還是不相信。

我忍不住想：派特森老師的小孩呢？在托兒所嗎？

然後我想到了。派特森老師去上班的時候，她的小孩就待在鄰居家裡。也許派特森老師剛剛是去鄰居家把她的小孩帶回來。

一定是這樣，我就知道。我人在樓上或是地下室的時候，派特森老師離開了屋子，但她沒有開車。她去了鄰居家，或是在這條街上的托兒所，要把她的小孩帶回來。總之是個很近的地方。

也許她每天都去接小孩，然後走路回家，因為新鮮空氣對小寶寶很好，而且她可以問小寶寶他今天過得怎麼樣，即使他沒辦法回答，因為母親都是這個樣子。

我現在覺得鬆了口氣。我不知道麥克斯在哪裡，但只要我跟著派特森老師，就會找到他。只要我沒追丟她，一切都會沒事。也許麥克斯在另外一間屋子裡，和派特森老師的丈夫在一起。也許派特森老師和她丈夫在佛蒙特州有間度假屋，就像只要有人聽，桑蒂．麥考米克就很愛講的那一間，也許麥克斯現在就在那裡。在很遠的地方，警察根本不會去那裡找人。

派特森老師這樣做眞是聰明。

把麥克斯帶到那麼遠的地方，這樣警察就永遠找不到他了。

把麥克斯遠遠帶離她不信任的父母，還有她認為麥克斯不該去的學校。

但那沒關係。如果我跟在派特森老師身邊，她最後就會帶我找到麥克斯，即使他人在佛蒙特州，我還是會找到他。

我把手舉起來檢查，我覺得很過意不去，但我提醒自己，我是為了麥克斯才這樣檢查的，即使其實我知道，我更多是為了自己而檢查。我的手仍很完整，我沒有在消失。麥克斯沒事，他在某個地方，但是沒事。

我決定一面等派特森老師回來，一面再次在這棟屋子找人。我覺得自己像是電視上在尋找線索的警察，我現在正是在找線索，能帶我找到麥克斯的線索。

我注意到之前在廚房沒注意到的一個壁櫥，即使我知道麥克斯不在裡面，我還是往裡頭看了一下。這實在是個藏小男生的蠢地方，況且，如果麥克斯在壁櫥裡的話，他早就聽到我在喊他了。裡頭很黑，但我可以在黑暗中看見罐頭和盒子的輪廓。這是食品儲藏間。

我找到更多派特森老師兒子的相片，有擺在兩座壁爐架子上的，也有擺在客廳小桌子上的。我沒找到派特森老師的相片，一開始我覺得很奇怪，然後我明白了，說不定派特森老師就是照這些相片的人。麥克斯的爸爸也會做同樣的事。在許多麥克斯的相片裡，他都沒有出現，因爲他總是在相機後面，而不是在相機前面。

派特森老師家裡的用品並不多。沒有成堆的雜誌，沒有裝著水果的碗，地板上沒有玩具，洗衣機旁邊沒有裝髒衣服的籃子，水槽裡沒有碗盤，廚房桌上也沒有空的咖啡杯。這間屋子讓我想起麥克斯的爸媽之前想賣掉我們家的時候，家裡就是這個模樣。麥克斯那時在讀幼稚園，麥克斯的爸媽決定換一間大一點的房子，以防萬一麥克斯有了弟弟或妹妹。於是他們在前院的草坪上插上一塊很大的牌子，有點像是價格標籤，只是上面沒有標價錢，然後大家就會知道這間房子想要賣掉。還有一位叫做梅格的女士會在家裡沒人的時候，帶著陌生人來屋子裡，這樣他們才能到處看一看，決定是不是要買下來。

麥克斯討厭搬家這個主意。他討厭改變，換房子可是一個很大的改變。他發現有陌生人來過家裡後，發作了幾次，所以麥克斯的爸媽最後不再告訴他有人來過家裡。

我想這就是我們從未搬過家的原因。他們擔心如果搬到了新房子，麥克斯可能會永遠發作下去。

每次有陌生人來家裡看房子，麥克斯的爸媽就會把所有的報紙和雜誌塞到廚房抽屜裡，把地板上所有的衣服都扔進衣櫃裡。他們還會把床鋪好，其實他們從來不鋪床。他們得讓屋子看起來像是一直都很整齊乾淨，這樣陌生人才會看到完美的屋子，像是只有完美的人住在裡頭。

派特森老師的屋子就像這樣，看起來隨時準備好讓陌生人進來參觀。但我不認爲派特森老師想賣掉房子，我想她本來就是這樣。

我再次檢查樓上和地下室，尋找我第一次沒看到的壁櫥，或是任何麥克斯可能會在哪裡的線索。我找到更多派特森老師寶寶的相片，還有一個在樓上走廊的壁櫥。但麥克斯不在裡面。

我在地下室找到三個櫥櫃，但都又黑又髒，而且小到麥克斯沒辦法躲在裡面。我在裡頭找到裝著釘子的箱子，一堆磚塊，裝滿衣服的塑膠收納箱，還有除草機，但還是找不到派特森老師和麥克斯。

沒關係，派特森老師隨時都會從前門走進來的。即使我知道麥克斯不會和她在一起，那也沒關係，只要找到派特森老師就夠了，她會帶我找到麥克斯。

我站在餐廳裡，透過玻璃滑門看著外面池塘的時候，終於聽見了有人開門。

樹上投下來的影子現在伸入了池塘裡，水面漣漪上的橘色光芒幾乎要消失了，今天的太陽已經低到沒辦法再讓東西閃閃發亮了。我轉過身，走進廚房，走向通往前門的走廊，這時我發現剛才聽見的開門聲並不是從前門發出來的。

是地下室的門。

派特森老師正從地下室的門走出來，她要從地下室走到廚房。

我幾分鐘前才在地下室，檢查過櫥櫃，只找到幾箱釘子。兩分鐘前派特森老師不在地下室的啊，現在她卻從通往地下室的門走出來，而且正在關上那道門。

我從來沒有這麼害怕過。

35

我的第一個念頭，是派特森老師是幻想朋友，只是我之前不知道。也許她可以像我這樣穿過門，然後不知道用什麼方法回到家裡，走到地下室，我卻完全沒聽見她的動靜。

但我馬上就知道這想法實在太荒謬了。

可是她一定很特別，因爲她在地下室，我卻沒看見她。也許她可以隱形，或是也許她可以縮小身體。

我知道這也很荒謬。

我看著她打開冰箱，拿出一些雞肉。她把平底鍋放在爐子上，開始煮雞肉。雞肉發出嘶嘶的聲音後，她開始煮飯。

雞肉和飯是麥克斯最喜歡的餐點。麥克斯吃的東西不多，但他總是會吃雞肉和白米飯。他喜歡沒有鮮豔顏色的食物。

我要再去地下室一次，去找我之前一定是錯過的壁櫥或樓梯。說不定派特森老師在地下室下面還有一間地下室。說不定地板上有一道我之前沒看到的門，因爲我通常不會在地板上找門。

但我很怕再次離開派特森老師，所以我在旁邊等著。她正在替麥克斯做晚餐，我知道。她做好晚餐後，我就會跟著她。

派特森老師煮飯時不會弄得一團亂。她用完砧板後，用水沖乾淨，放在洗碗機裡。她把米倒進玻璃碗後，把裝米的盒子放回食物儲藏間。如果派特森老師沒有偷走麥克斯的話，麥克斯的媽媽會很喜歡她。她們兩個都喜歡保持整潔。麥克斯的媽媽說：「隨手清理乾淨。」但麥克斯的爸爸還是把碗盤堆在水槽裡，整晚都不管。

派特森老師迅速把一個紅色托盤放在流理台上，即使托盤看起來很乾淨，她還是用紙巾擦了擦。她在托盤上放了兩個紙盤子、兩個塑膠叉子，還有兩個紙杯。

麥克斯喜歡用紙盤和紙杯吃東西，因爲他知道紙盤和紙杯很乾淨。麥克斯不信任別人或是洗碗機能把他的盤子、叉子和杯子清洗乾淨。麥克斯的爸媽不會每次都讓他用塑膠或紙餐具吃飯，但偶爾會，尤其是麥克斯的媽媽想讓他吃點新食物的時候。

但派特森老師怎麼會知道麥克斯喜歡紙盤子和塑膠叉子？她從來沒有到我們家吃過飯啊。然後我明白了，派特森老師這三天都和麥克斯在一起，所以她才知道麥克斯不信任洗碗機。

派特森老師把飯和雞肉放在那兩個紙盤上，然後在兩個紙杯裡都倒入蘋果汁。

麥克斯最喜歡的飲料就是蘋果汁。

她端起托盤，走向通往地下室的樓梯，我也跟了過去。

走到樓梯盡頭之後，派特森老師往左轉，走入地下室鋪著地毯的地方，也就是放著裝有網子的綠色桌子與電視的地方。

在地毯下的某個地方有一道門，我就知道。麥克斯說不定就在我的腳底下，在地下室裡的地下室。

派特森老師走過這間房間，經過那張綠色桌子，來到一面掛著一幅鮮花畫作的牆，那幅畫上面有一個架子。我等著她彎下腰去拉開地毯，但她卻伸出手，把那個架子上的一樣東西推進牆壁裡。那東西發出「喀噠」一聲，然後牆面的一部分移動了。派特森老師一直按著那東西，直到牆面上有足夠的空間讓她進去。她也真的進去了，接著一秒鐘後牆壁很快就滑了回去，那個架子又再「喀噠」響了一聲，彈回原處，祕密門和會滑動的牆壁部分就看不到了。牆上有壁紙，牆壁和那道祕密門大約位置的中間，有一處很小的接縫被壁紙的圖案遮住了。那道門被隱藏了起來。即使我知道門就在那裡，我卻再也看不到門的輪廓。那是一道超級祕密的門。

麥克斯就在這道超級祕密門後面。

我走了過去，終於要見到麥克斯了。我想走進門裡面，卻沒辦法穿過去，我撞上了那道門，往後摔倒在地板上。我沒辦法看見牆上的門，所以我一定是走錯了地方。我移到左邊，再試一次，這次走得比較慢，以防萬一我又走錯了地方，但我又撞上了牆。我這樣試了三次，結果每次都撞上牆。

那裡有一道門，但那道門就像醫院裡的電梯門一樣。麥克斯把我想像出來的時候，他沒想像過，會有一道看起來像是牆壁的超級祕密門，也算是一種門，所以我沒辦法穿過去。

麥克斯就在這道不算是門的門後面。我唯一能進去的方法，就是要看派特森老師會不會再打開這道門。

我一定要等。

我坐在綠色桌子上，盯著那面牆。我不能離開，也不能做白日夢。派特森老師開門的時候，牆上會有足夠的空間讓她出來，這表示我得在她完全出來前盡快擠進去。如果我動作太慢，就沒辦法過去了。

我等著。

我盯著那幅畫裡的鮮花，等著畫移動。我試著只去想那道現在是一面牆的門，但我開始想知道牆後面是什麼樣子？牆後面一定有一個房間，而且一定大到能讓派特森老師和麥克斯一起吃晚餐。但那是在地底，而且沒有窗戶，說不定還上了鎖，麥克斯一定覺得自己被困住了，那表示他可能在發作中。或說不定他發作過，但現在已經恢復了。

我想見麥克斯，但我很害怕見到他在這面牆後被關了三天之後的樣子。即使他沒有發作，也一定不會好到哪裡去。

我等著。

那面牆終於移動了。我從桌子邊跳起來走過去。牆面打開了，派特森老師從開口走了出去，她通過開口之後又往回看，讓我有足夠的時間能鑽過去。

我想她是在回頭確認麥克斯沒有想要跟上來，但我錯了。我看了一眼在牆後面的房間，馬上就知道我錯了。

麥克斯沒有想要逃跑。

我簡直不敢相信我的眼睛。

36

燈光好刺眼。也許只是因爲我站在昏暗燈光的地下室等待牆面移動等太久了，不過這間房間比任何一間我能想像到的地下室都要明亮。

我的眼睛適應了燈光後，看見房間塗上了黃色、綠色、紅色和藍色的油漆，讓我想到米巧德老師的幼稚園教室，教室白板上有巨大的毛毛蟲爬過，他的學生用手指畫畫，畫滿了所有的牆壁。這讓我想到一箱蠟筆，箱子裡只有八種或十種顏色，這個房間就像是那些顏色爆炸了一樣。裡面有一張賽車形狀的床，塗成紅色和金色，床頭板上甚至伸出一個方向盤。還有一個櫃子，每一個抽屜都漆成了不同的顏色。房間遠處有一道門，上頭用歪歪曲曲的紅字寫著男孩們。有一張書桌，上面堆了好高一疊畫圖紙，甚至還有更高一疊的方格紙，那是麥克斯最喜歡的一種紙，很適合用來畫地圖或策劃戰爭攻略。在天花板上有鐵絲吊著三架模型飛機，到處都是玩具士兵、坦克車、玩具卡車和飛機。床上方的架子上擺著狙擊兵。一排坦克車擺在懶骨頭椅子上，好幾縱隊的士兵正在行進，要穿越房間中央。床上有一座機場，枕頭上擺著高射砲圍住機場。我從士兵和坦克車相隔的位置就能看得出來，不久前才剛發生過一場戰爭。

我想是綠軍打敗了灰軍，灰軍看起來一點機會都沒有。

這間房間比我想像的要大，簡直要大得太多了。火車軌道繞著整個房間，在床底下消失，又從另外一邊冒出來。我沒看見火車，說不定是停在床底下。

櫃子上有幾十個，也許數百個星際大戰公仔娃娃站在那兒，房間一邊還有星際大戰太空船，照著麥克斯喜歡的模樣那樣擺著。X-wing戰機需要跑道才能起飛，所以這些戰機前面沒有停靠其他太空船。千年鷹號可以直接起飛，所以四周圍繞著鈦戰機和雙艇式行雲車。帝國士兵與雲都士兵站在每一輛太空船旁邊，等著麥克斯的命令起飛。

除了在玩具店裡，我從沒見過這麼多星際大戰的東西。麥克斯也沒有。他說不定是全班收集星際大戰東西最多的人，但這房間裡的收藏讓他家裡那些收藏看起來根本沒什麼。

這裡有六架X-wing戰機。麥克斯自己有兩架，即使那樣也算很多了。

床對面的牆上掛著電視，電視底下還有一堆DVD，堆得幾乎和麥克斯一樣高，高得像是隨時會塌下來。DVD上頭停著三輛綠色直升機，有狙擊手守著周邊。那些狙擊手站在《星艦戰將》的DVD上頭，麥克斯很喜歡那部電影。

地板上鋪著深藍色的地毯，上面到處都是星星、行星和月亮。地毯很新、很厚，我眞希望能像麥克斯那樣讓腳趾頭陷在地毯裡，但我的腳只碰到了「地毯」這個概念，所以我的腳趾頭沒有陷在地毯裡，只是停在地毯上方。

床邊有一台糖果機。

派特森老師車上的藍色背包就擱在床上，背包是打開的，我可以看見背包開口底下冒出樂高玩具的一角。

樂高玩具能讓麥克斯在後座時非常專注。能讓他暫時分心，直到派特森老師帶他回來爲止。

在房間正中央有更多樂高玩具，幾千塊不同顏色和大小的樂高玩具，即使連我都從來沒見過。有大樂高和小樂高，還有機械樂高，就是那種需要電池的樂高，也是麥克斯最喜歡的。這裡的機械樂高多到麥克斯做夢都沒想過。這些樂高玩具根據大小和顏色分成一疊疊，我馬上就知道是麥克斯堆出來的，它們看起來就像是麥克斯會疊出來的樣子，像地板上的那些士兵排得整整齊齊，每一疊之間的距離都一樣。

而坐在這幾疊樂高玩具中間，背對著我、像是樂高玩具將軍的人，就是麥克斯。

我找到他了。

37

我不敢相信，我和麥克斯就在同一個房間裡！我沒有馬上喊他，而是又等了一秒鐘，就那麼看著他，好像他媽媽在他晚上睡著後偷偷溜進來，親完他之後那樣看著他。我以前從來不了解爲什麼她就只是那樣看著麥克斯，但現在我懂了。

我想一直就這樣看下去。

之前我好想念麥克斯，但我不知道自己有多想念他，直到現在。現在我知道想念一個人到了無法形容的地步，是什麼滋味了。我得發明一些新的字來形容。

最後，我喊了他：「麥克斯，我在這裡。」

麥克斯尖叫起來，我從沒聽他尖叫得這麼大聲過。

他的尖叫沒有持續很久，只有幾秒鐘，但我確定派特森老師隨時都會跑過來看看出了什麼事。不過接下來我就恍然大悟：我在牆的另外一邊等待時，聽不到派特森老師和麥克斯的聲音，而更早之前我在大喊麥克斯名字的時候，他也聽不見。

我想這是一間隔音房間。

電視上有很多隔音的房間，大部分是在電影裡，但有時候也會出現在電視節目裡。

麥克斯尖叫時沒有轉過頭看我，這現象不妙，這表示他可能會發作。這也表示他現在正在發作了。我走到麥克斯身邊，但沒有去碰他。他的尖叫聲開始變小之後，我說：「麥克斯，我在這裡。」——完全就是他開始尖叫之前我說過的那句話。我的語氣很溫柔，說得很快。我一面說，一面移動，我站到他的面前，我和他中間隔著那堆樂高大軍。我可以看得出來他正在建一艘潛水艇，而且螺旋槳蓋好後，看起來也許眞的能旋轉呢。

「麥克斯。」我又一次說：「我在這裡。」

麥克斯不再尖叫了，他現在呼吸得很用力，麥克斯的媽媽說這叫換氣過度，聽起來就像他剛剛才跑完一千六百多公里的比賽，現在正想要緩過氣來。有時候麥克斯發作後就會停止。我又說：「麥克斯，我在這裡，沒事的。我在這裡，沒事的。」

這時候最糟糕的就是去碰麥克斯，對麥克斯大叫也不會是好方法，那就像更把他推進他內心裡那個因爲發作而動彈不得的世界。所以我沒這麼做。而是輕輕地、很快地說了一次又一次。我用我的聲音去接近他，就像扔給他一條繩子，求他抓住。有時候這招有用，我可以在他最後終於要發作之前，把他拉出來，有時候卻沒有用。但我只知道這是唯一能改善情況的方法。

這招有用了。

我看得出來。

麥克斯的呼吸緩慢下來，但即使他發作了，他的呼吸也會緩下來。我可以從他的眼神看得出來，他沒有發作。他的眼裡見到了我。他的眼睛見到了我的眼睛。他沒有消失。他又重新出現了，回到這個世界裡。他的眼睛在對我微笑，我知道他恢復了。

「布多。」他的聲音聽起來很高興，我也好高興。

「麥克斯。」我回應他。

我忽然覺得自己像麥克斯的媽媽。我想跳過那一堆堆樂高，摟住麥克斯的脖子，用力抱緊他。但我做不到。麥克斯說不定很高興那一堆樂高把我們隔開，所以他的眼神才能對我微笑，不用擔心我可能會碰到他。

麥克斯知道我在正常情況下從來不會碰他，但他可能認為這次會不同，因為我們從來沒有分開過三天這麼久。

「你還好嗎？」我坐在麥克斯面前的地板上，讓那幾堆樂高玩具擋在我們之間。

「很好。」麥克斯說：「你剛嚇壞了我。我以為再也見不到你了。我正在建一艘潛水艇。」

「嗯，我剛剛就看到了。」我說。

接下來我就不知道要說什麼了。我試著想出最適合的話，像是該說些什麼才能把麥克斯救出去。我覺得自己應該要暗中低調想辦法查出他是怎麼被騙來的才對，但接著我想到，我應該只要查清楚現在到底是怎麼回事就好。這件事可嚴重了，不只是沒帶作業而說謊，或是在學校餐廳裡亂扔雞塊那麼簡單。

這件事甚至比湯米．史溫登還要嚴重。

我決定不要裝得低調。我決定不要在蒼白月光下與魔鬼共舞。葛思克老師認為學生在說謊時，就會這麼說。她說：「伍茲同學，你正在蒼白月光下與魔鬼共舞㉓，給我小心點。」

我現在正在蒼白月色下與真正的魔鬼共舞著，而且我沒有時間能浪費了。

「麥克斯。」我試圖讓自己的聲音聽起來像是葛思克老師：「派特森老師是壞人，我們得離開這裡。」

我其實並不是眞的知道該怎麼做，但我知道，如果麥克斯不同意，我什麼都不能做。

「她不是壞人。」麥克斯說。

「她把你偷走了耶。」我說：「她騙了你，把你從學校偷走了。」

「派特森老師說我不能去學校，她說學校對我來說是不安全的地方。」

「那不是眞的。」我說。

「是眞的。」麥克斯的聲音聽起來像是有點不高興了。「你知道，如果我留在學校，湯米．史溫登會殺了我。艾拉和珍妮佛老是要碰我的身體、碰我的食物，小朋友也嘲笑我。派特森老師知道湯米．史溫登和其他小朋友的事情，她說學校對我來說不是好地方。」

「你的爸媽認爲學校對你來說很安全，而且他們是你的爸媽啊。」

「爸媽不是什麼都知道，派特森老師這麼說的。」

「麥克斯，你被關在地下室，這樣很糟耶！只有壞人才會把小孩子關在地下室。我得救你出去。」

麥克斯放輕了聲音，說：「如果我對派特森老師說我很高興的話，她也會高興。」

我不明白麥克斯的意思。我還沒來得及開口，他又說了：「如果派特森老師高興，她就不會碰我或傷害我。」

㉓ 此句出自一九八九年蝙蝠俠第一集中小丑（由Jack Nicholson飾演）的名言：Have you ever danced with the devil in the pale moonlight? 就是這句話讓主角蝙蝠俠確認了小丑是殺害雙親的兇手。在月色下與魔鬼共舞，一切行徑都清清楚楚，頗有不打自招的意味。

「派特森老師這樣對你說的？」

「沒有，但我是這樣想的。」麥克斯說：「我想，如果我要逃跑，她可能會非常生氣。」

「麥克斯，我不這麼認爲。我不認爲她想要傷害你，她只是想要把你偷走。」

可是我一面說，也一面想著麥克斯是不是說對了？麥克斯不是很了解人，但有時候他比所有人都還要了解人。他也許不懂爲什麼在班上吸手指會讓他看起來很蠢，但那天葛思克老師的媽媽死掉時，只有他知道她很傷心。麥克斯馬上就知道了，即使葛思克老師掩飾得很好，其他的小朋友也都不知道，直到隔天葛思克老師才告訴他們。所以我不知道麥克斯對派特森老師的看法是不是也沒有錯？也許她比我想像的還要更像魔鬼。

「你不想離開嗎？」我問。

「這地方很好啊。」麥克斯說：「有很多好東西。而且你在這裡。你保證永遠都不會離開，好嗎？」

「我保證。但你的爸媽怎麼辦？」

我還想說更多。我想列出所有如果麥克斯繼續被關在這裡，他會想念的事情，但我辦不到。我明白在麥克斯的人生中，他唯一會想念的大概就是他的爸媽。他沒有朋友，他的祖母去年死了，他的另外一個祖母住在佛羅里達州，從來沒見過他。他的阿姨和舅舅在他身邊時總是很緊張、很安靜，他的表兄弟姊妹都避開他。他有的只是爸爸媽媽、他的東西，還有我。他的那些東西可能就和他的爸媽一樣重要。這麼說很令人難過，但這也是實話。如果麥克斯得在他的樂高和玩具士兵，或是他媽媽和他爸爸中間選一樣，我不知道他會選哪一個。

我想麥克斯的媽媽也知道這一點。他爸爸說不定也知道，只是他騙自己說那不是真的。

「我可以再見到爸爸和媽媽。」麥克斯說：「派特森老師告訴我的。有一天會的，但不是現在。她要照顧我，保護我的安全，讓我遠離學校。她叫我是她的小傢伙。」

「那她兒子呢？」我問：「你見過她兒子了嗎？」

「派特森老師沒有兒子了。他死了，她告訴我的。」

我沒有說話，只是等著。

麥克斯低頭看著他的潛水艇，想把合適的樂高積木放在還沒完成的那一面。過了一分鐘後，他再度開口：「他會死，是因爲他的爹地照顧得不夠好。所以他死了。」

我想著要不要問派特森老師的丈夫現在人在哪裡？但我沒有開口。不論他人在哪裡，他都不在這裡。我現在知道了，他和這件事無關。

「你喜歡這裡嗎？」我問。

「這房間很好。」麥克斯說：「有很多好東西。我剛來的時候，這裡一團糟，不過派特森老師讓我把這裡整理好了。原本所有的樂高玩具和星際大戰的東西都放在玩具箱裡，所有的士兵都還在原來的箱子裡，全都被塑膠和其他東西包住。還有那些DVD也在箱子裡。現在都擺對地方了。她還給我一個小豬撲滿和一堆零錢，這樣我就有錢可以放在裡面了，零錢多到幾乎要裝不進撲滿了。」

麥克斯指著書桌，書桌角落有一個小小的金屬小豬撲滿，有著金屬腳、金屬耳朵和金屬豬嘴巴，看起來很舊，沒什麼光澤。

「那是派特森老師小時候的小豬撲滿。」麥克斯似乎知道我正在想什麼。

派特森老師讓麥克斯自己整理好這間房間，這招很厲害。我猜整理房間幫助麥克斯度過了第一天。麥克斯離不開他的樂高玩具，除非這些玩具都被分類好然後堆在一起。而且他念幼稚園的時候，就習慣在回家前把樂高創意教室裡的樂高玩具都整理好，不然他會整個晚上都想著這件事。我猜麥克斯在這裡的第一天忙得很，所以沒有發作。

「麥克斯，如果你會怕派特森老師，那這裡就不是好地方。」

「只要她高興，我就不怕她。而且現在你在這裡，我覺得好多了。只要你在這裡，一切都會沒事。我告訴派特森老師我需要你，然後她說你可能會過來，結果你眞的來了。現在我們可以待在這裡就好。」

就是這時候我明白了一件事：只要麥克斯待在這間房間裡，我就永遠不會消失。

麥克斯的爸媽總是在強迫他長大，認識新的朋友，嘗試新的事情。麥克斯的爸爸要他明年去參加一個叫做小聯盟的東西[24]，麥克斯的媽媽想試試看他能不能彈鋼琴。即使麥克斯告訴他們，湯米・史溫登會殺了他，他們還是每天送他去學校。

我以前從來沒想過這一點，但麥克斯的爸媽才是我最大的危險。

他們要麥克斯長大。

派特森老師要做的事卻正好相反。她要把麥克斯留在這間特地爲他準備的房間裡。她不會寄勒索信，或是把麥克斯剁成很小塊的碎片。她只是要把他留在這裡，就像麥克斯是屬於她的。完全被鎖起來，安安全全。她是蒼白月光下的魔鬼，但她不是電影或電視上那種魔鬼。她是眞正的魔鬼，而說不定我最後應該要和她共舞。

如果麥克斯留在這裡，只要麥克斯活著，我就可以活下來。我可以活得比任何幻想朋友都要久。

也許，如果麥克斯留在這間房間裡，我們兩個都可以永遠幸福快樂地生活下去。

㉔ 原文為Farm League，為美國職棒小聯盟（Minor League）之別稱，原指讓年輕球員練習與累積經驗，並組隊參賽，提供其他隊伍練習機會。

38

麥克斯和我正在玩著玩具士兵的時候，門打開了，派特森老師穿著粉紅色的睡袍走了進來。

我覺得好尷尬，我正看著一位穿著睡衣的老師。

麥克斯沒有看她，他還是低著頭，盯著眼前那堆玩具士兵，士兵們才剛被一種叫做巡弋飛彈的東西擊中。其實那只是麥克斯從一架塑膠飛機上投下來的蠟筆，但麥克斯不再需要這些士兵時，那支蠟筆炸毀了所有排列整齊的部隊。

「你一直在玩玩具士兵嗎？」派特森老師的聲音聽起來很訝異。

「嗯。」麥克斯說：「布多在這裡。」

「喔，是嗎？麥克斯，我眞替你高興。」

她看起來是眞的很高興，我想，聽到有人可以陪麥克斯一起玩，讓她鬆了口氣，即使她不認爲我是眞的。她說不定以爲麥克斯正在適應新房間，所以我才會又重新出現。

她不知道我花了多大的工夫才找到這裡。

「該上床睡覺了。」派特森老師說：「你刷牙了沒？」

「還沒。」麥克斯仍低著頭，手裡拿著一個灰色的狙擊兵，他一面說話，一面在手心裡把士兵轉來轉去。

「你會去刷牙嗎？」她問。

「會。」麥克斯說。

「你要我替你蓋被子嗎？」

「不要。」麥克斯說得很快。他回答她的問題很快，而且不要也說得很快，即使那只是不要這兩個字而已。

「好，但你得在十五分鐘內上床，關上燈。」

「好。」麥克斯說。

「那好吧。麥克斯，晚安了。」

她對麥克斯說晚安時聲音拉高了些，像在等他回應。她在等麥克斯對她說：「晚安」，結束這場小小的晚安曲。她站在門口等了一分鐘，等著麥克斯回應。

麥克斯盯著他的狙擊兵，什麼都沒說。

當她明白麥克斯不會有回應時，她的臉垮了下來。她的眼睛、臉頰和頭都垂了下來，有那麼一瞬間我爲派特森老師感到難過。她也許是偷走了麥克斯，但她不會傷害他。在我爲她感到難過的那麼一丁點時間裡，我很確定這一點。

她愛麥克斯。

我知道她不能因爲自己失去了小兒子，就把一個小男生從他的父母手中偷走，而且我也知道她說不定仍然是個魔鬼和怪獸。但就在那麼一瞬間，與其說她看起來像怪獸，不如說她更像一位傷心的女士。她以爲麥克斯會讓她高興，但到目前爲止，他並沒有讓她感到快樂。

最後她終於離開了，一句話都沒說，關上了門。

「她會回來檢查嗎？」我問。

「不會。」麥克斯說。

「那爲什麼不玩一整個晚上呢？」

「我不知道耶。」麥克斯說：「她不會從門後偷看，但我想她總會知道的。」

麥克斯走到那道寫著男孩們的門前，打開了門，門的另外一頭是浴室。他從洗臉盆上拿下一支牙刷，擠了一些牙膏在牙刷上，開始刷牙。

「她怎麼會知道要給你佳潔士幼童用牙膏[25]？」我問。那是麥克斯唯一會用的牙膏。

「她不知道。」他一面刷牙一面說：「我告訴她的。」

我可以問更多牙膏的問題，但我沒有。如果不是麥克斯在這裡的第一晚，派特森老師想讓他用高露潔或佳潔士薄荷涼爽牙膏時，他沒有發作（麥克斯的爸爸有次想要換牙膏時，他就發作過），就是她在麥克斯要刷牙前，先問過他要用哪一種牙膏。

她說不定問過麥克斯了。即使派特森老師換掉了麥克斯整個人生裡的每一件事物，她同時也了解每一個改變對麥克斯來說都是麻煩。麥克斯的爸爸知道這一點，但他還是不斷想要改變，即使他知道那會讓麥克斯發作。麥克斯的媽媽也知道這一點，但她試著去慢慢改變，所以麥克斯不會注意到。麥克斯的爸爸就只是換東西，像是換牙膏。

「這房間眞不錯。」麥克斯換睡衣時我這麼說。那是一套迷彩睡衣，不是麥克斯常穿的那種，但我看得出來他很喜歡。他換好睡衣後，走到浴室去照鏡子。

「這地方眞的很不錯。」我又說了一次。

麥克斯沒有回答。

我一直想著派特森老師對他說話時，他在手裡把玩那個玩具士兵的樣子，還有他不願意看著她。麥克斯說過這個房間很棒，我們可以就在這裡一起待著。我相信他，但我想麥克斯有些話沒有說。

麥克斯很害怕，也很傷心。

我有點想忘掉他盯著玩具士兵的模樣，我想著只要再等幾天，或是等一個月，或是等上一年，麥克斯最後還是會喜歡上他的新房間，說不定甚至會喜歡上派特森老師。我想去相信麥克斯會像他自己講的那樣，一切都會沒事，那就表示我可以永遠存在。

但我同時又想要在一切都太遲之前，立刻救出麥克斯。在某件我還無法預見的大事發生之前。我同時也知道，我是麥克斯的唯一機會，我得盡快採取行動。

就是現在。

我現在心裡不斷掙扎，動彈不得，就像麥克斯發作時一樣。我想要同時救我們兩個，但不知道自己辦不辦得到。

我不知道爲了救自己，我能任由自己去失去麥克斯到什麼程度。

㉕ Crest Kids Gel。

39

麥克斯終於睡著了。

他刷完牙後，關上燈，爬上了床。我在他床邊擺了張椅子，等著他整理好枕頭，就像在家一樣。

只是這個房間裡有九盞夜燈，比麥克斯在家裡的臥室還要多三盞，所以房間裡並不是很暗。

我等著麥克斯說些什麼，但他只是躺在那兒，盯著天花板瞧。我問他想不想說話，因爲我們通常會在他睡著前聊一下，但他只是搖頭。過了一會兒，他輕聲說：「晚安，布多。」

就這樣而已。

過了很久，他才睡著。

他睡著之後我就一直坐在那裡，想著該怎麼做才好。我聽著麥克斯的呼吸聲，他睡得不太安穩，但並沒有醒來。如果我閉上眼，只聽他的呼吸，幾乎又像回到了家裡。

如果我們在家裡，我現在會坐在客廳，和麥克斯的父母一起看電視。

我已經開始想念他們了。

我感覺自己被困在這個房間裡面。

我現在的確就困在裡面。我是個犯人，就像麥克斯一樣。我盯著那道門，想著如果我自己都逃不出去，要怎麼救麥克斯？

然後我知道該怎麼做了。

我站起來走到門前，往前走三步，穿了過去，一秒鐘後我人就站在地下室的後方，在有著小網球桌和樓梯的房間裡。這個房間裡沒有夜燈，黑漆漆的。

我從麥克斯房間的那道牆穿過了那道門，因爲它看起來就像一道門，麥克斯自己甚至也說那是一道門。他說過派特森老師不會從門後面偷看，那表示對麥克斯來說，那是一道門，既然是一道門，我就可以穿過去。那是他腦袋裡面對「門」的概念。

但這一面牆上的超級祕密門，在麥克斯的想法裡卻算不上一道門，所以我穿不過去。在麥克斯的想法裡，那是一面牆。爲了檢查，我轉身往回走向那道門，因爲太黑了，這次撞得比預期中還要用力。

我想得沒錯，在這一面，它就只是一道牆。

這麼做可能不是個好主意，如果麥克斯醒過來，我就沒辦法回到房間裡，讓他知道我仍然在這裡。我甚至不會知道他醒過來了沒有？我又留下了麥克斯一個人，而且他會知道我又離開了他。我又犯了一個大錯誤。

我轉身沿著房間的邊緣走著，摸著牆找路，直到來到樓梯口。我慢慢爬上樓梯，一面爬一面握著扶手，然後穿過了樓梯頂端的門，來到廚房和客廳間的走廊。派特森老師正站在廚房裡，廚房桌上擺著金寶湯罐頭[26]和卡夫起士通心麵[27]。派特森老師正在把那些罐頭和盒裝通心麵裝入一個

[26] Campbell's soup。
[27] Kraft macaroni and cheese。

大紙箱裡。

這兩種都是麥克斯最喜歡的食物。

桌上還有其他四個大紙箱疊著，蓋子是蓋上的，所以我看不到裡面是什麼。有那麼一瞬間我認爲這些箱子很重要，但之後我就知道那些箱子根本不重要。我是在尋找救出麥克斯的線索，只是一點線索都沒有。麥克斯被關在地下室的一間祕密房間裡，沒有人知道他在這裡。這不是什麼難解的謎題，只是情況很不妙。

派特森老師打包完剩下的湯罐頭和起士通心麵後，將紙箱蓋起。她把這個箱子放到桌子另外一邊的那堆箱子上，然後走到水槽洗手，她一面洗一面哼著歌。

她洗完手之後，走過我身邊，往樓上走去。我跟了過去，不然我也沒什麼事好做。我不能離開這棟屋子。即使那個祕密房間困不住我，我還是被困在了這棟屋子裡。我不知道這是哪裡，或其他地點該怎麼去。沒有加油站或是警察局，或是醫院能讓我出去走一走。麥克斯在這裡，我不能拋下他，自己離開。我對他保證過，我永遠都不會離開，即使我已經開始在想著到底該不該救他出去，我還是必須要把他救出去才對。

派特森老師的臥房地板上有稍早之前我沒看到的紙箱。派特森老師打開她的衣櫃，開始將裡頭的衣服放到紙箱裡。她沒有拿走全部的衣服，而是挑過之後才拿走。現在我認爲那些紙箱有可能還是很重要的線索。把食物打包到紙箱裡可不正常，但把衣服打包放到紙箱裡更奇怪。

她裝滿五箱的衣服鞋子，還塞了一件浴袍後，把那些紙箱帶下樓，疊在桌上那些紙箱上頭。然後她回到樓上刷牙。我想她準備要上床睡覺了，所以我離開了。她是壞人，但我還是覺得不應該看她用牙線和洗臉。

我來到那間爲客人準備的房間，坐在一張椅子上開始思考。我需要一個計畫。

我眞希望葛拉漢在這裡就好了。

40

我聽見麥克斯的聲音，他在喊我的名字。我站起身跑到走廊，可是我搞不懂，他的聲音明明不是從地下室傳出來的，而是從派特森老師的房間裡傳出來的。我轉過身，跑過走廊，穿過臥室的門來到她的房間。太陽光已經悄悄從派特森老師臥房的窗戶透了進來，我直視著陽光，有那麼一瞬間什麼都看不見。我閉上眼，看見橘色的點在眼前飄浮。我依舊能聽見麥克斯在喊我的名字，那聲音是從這個房間傳出來的，但聽起來也很遠，像是他人在毯子底下，或是被鎖在壁櫥裡。我張開眼睛，看見派特森老師正坐在床上，看著她的電話。但那不是電話，那東西比電話大一些，也比較厚，上頭有一個螢幕，派特森老師正盯著螢幕，麥克斯的聲音就是從那不是電話的東西裡傳來的。

我走到床的另外一邊，坐在派特森老師旁邊，從她背後去看那不是電話的東西。麥克斯在螢幕裡，那是黑白螢幕，但我還是看得見麥克斯，他也正坐在床上，尖叫著我的名字。

他聽起來好害怕。

派特森老師和我同時站了起來，她在床的這一邊，而我在另外一邊。她匆忙套上拖鞋然後離開房間。

我跟了過去。

她直直走向地下室，我就跟在她後面。我可以從那個不是電話的東西裡聽見麥克斯的尖叫，但我無法透過牆壁聽見他的尖叫。好奇怪，他就在那道牆後面，但我卻連一點聲音都聽不到，即使我知道他正在尖叫。

派特森老師打開那道祕密門走了進去，整個房裡都是他的尖叫聲。

我站在派特森老師身後，不想讓麥克斯見到我，說出我的名字。他正在尖叫我的名字，不過那沒關係，我不想讓麥克斯見到我，然後說：「布多！你回來了！你去哪裡了？爲什麼你會和派特森老師在一起？」

如果他這樣說了，派特森老師就會知道我跑出這間密室去監視她。

我知道派特森老師不會這樣想，因爲她不相信我是眞的，只是在我回到房間裡的前幾秒裡，我忘記了這件事——實在是很容易不小心就忘了人們不相信你存在這件事。

我剛踏進房間時很害怕，害怕被派特森老師發現。派特森老師是壞人，我不想要她對我生氣，即使她不相信我的存在。

「麥克斯，沒事的。」派特森老師朝麥克斯的床邊走去，但還差幾步走到時便停了下來，這樣做很聰明。當麥克斯情緒不穩定時，大部分的人都會太接近麥克斯，但他們絕對不應該這麼做。派特森老師實在非常聰明。

她眞的是蒼白月光下的魔鬼。

「布多！」麥克斯又尖叫了。

現場聽起來簡直糟上一百倍，這是我聽過最慘的尖叫，我覺得自己是全世界最差勁的朋友了。我一面從派特森老師身後走出來，一面想著今天我要怎麼離開麥克斯才好？

「麥克斯，我在這裡。」我說。

「我相信他會回來的。」派特森老師在我說完後馬上接著這麼說，讓我有那麼一瞬間以為她能聽見我說話。

「布多！」麥克斯又尖叫起來，但這次是快樂的尖叫，他看見我了。

「麥克斯，早安。」我說：「對不起，我被困在房間外頭了。」

「困住？」麥克斯問。

「什麼困住？」派特森老師問。

「布多困住了。」麥克斯說：「對不對？」他這樣講的時候直直看著我。

「沒錯。」我說：「只剩我們兩個的時候，我再告訴你。」

我從過去經驗學會的其中一件事，就是對麥克斯來說，要同時對我和其他人講話，會讓別人很困擾，所以我盡量避免這種情況。

「我相信布多可以自己脫困的。」派特森老師說：「沒什麼好怕的。」

「他已經脫困了。」麥克斯說。

「這樣啊，那很好。」派特森老師聽起來就像被困在水裡好久後，剛剛才深呼吸一口。「我很高興他回來了。」

「好吧。」麥克斯的回答聽起來很奇怪，但麥克斯從來都不知道當別人把自己的感覺告訴他時，他該說些什麼。大部分的時候他什麼都不說，只是等著那個人再說些什麼別的。但「好吧」是他覺得最安全的答案。

「你可以自己穿衣服嗎？」派特森老師問：「我還沒準備你的早餐呢。」

「可以。」麥克斯說。

「很好。」派特森老師說。

她站在門邊，再次等著。我不確定她是要等麥克斯說些什麼，還是試著想出一些話來。不管怎麼樣，她看起來都很悲傷。麥克斯甚至沒有注意到她。他已經拿了一架X-wing戰機在手裡，正按下按鈕，讓機翼展開。

派特森老師嘆了口氣，然後離開了。

門「喀噠」一聲關上後，麥克斯的目光從玩具上抬起，問：「你去哪裡了？」

我知道他很生氣，因爲他問這個問題的時候，即使他手裡有星際大戰的玩具，他還是在看著我。

「我昨天晚上離開這裡，但沒辦法回來。」

「爲什麼沒辦法？」麥克斯的目光已經回到太空船上。

「在這一面，那是一道門，但在另外一面，那是一道牆。」我說。

麥克斯什麼都沒說，這表示他如果不是聽不懂我說的話，就是已經不在意我回答什麼。通常我分辨得出來這兩者之間的差異，但這一次我沒辦法。

他把X-wing戰機放到枕頭上，然後下了床。他走到浴室，打開門，轉過身子，再次看著我。

「答應我，你不會再留下我一個人。」他說。

我答應了，即使我知道我馬上又會離開他。

41

我猶豫著要不要告訴麥克斯我要離開。如果我只是偷偷溜出去，也許他比較能接受吧。但我很快便明白，偷偷溜出去是對我而言比較輕鬆，對麥克斯卻不是。

可是我擔心麥克斯可能會很氣我，然後就會開始不再相信我了。

我眞希望自己知道該怎麼辦才好。

我以前認爲麥克斯會永遠被困在這個地方，那我就能有時間想出辦法來，想出一個計畫。但現在我擔心麥克斯不會一直被困在這裡，我擔心會沒有時間幫助他，而我甚至還沒有開始去幫他。

我偷偷希望麥克斯會愛上這個地方，那我們也許就能一直待在這裡。我知道不幫助麥克斯很糟，但我知道也不再存在是很糟的一件事。獅子吃長頸鹿才能存活下去，即使長頸鹿根本沒有對獅子怎麼樣，但不會有人認爲獅子是錯的。因爲存在是如此重要——是最重要的事。沒錯，我知道我應該要去幫麥克斯，我也想要幫他，我想做出正確的決定，可是我也不想消失。

這可夠我想破頭了，但現在我擔心不再有時間去想這些事情了。

麥克斯已經吃完早餐，正在玩電動遊戲。他正沿著跑道開車，我看著他玩，因爲麥克斯玩電動遊戲的時候，喜歡我看著他玩。他不跟我說話，或是問我問題，他只是需要我在旁邊看著。

那道門打開了，派特森老師走進房間，穿著要去學校上班的衣服，擦了香水。我還沒見到她的人，就已經聞到了香水味。

不是所有的幻想朋友都有嗅覺，但我有。

她聞起來像開了很久的花，穿著灰色長褲和粉紅色上衣，加上一件外套，手裡拿著一個變形金剛的便當盒。

「麥克斯。」她說：「我得去工作了。」

她說話就像輕輕把聲音沾進水裡，看看水有多冷。她講得很慢，也很小心。

麥克斯沒有回答。他在玩電動遊戲的時候，他的爸媽很難讓他有任何回應，所以我不確定他是不是故意不理會派特森老師。

「我把你的午餐放在便當盒裡了。」她說：「湯裝在保溫杯裡，還有優格和一顆橘子。我知道每天都吃同樣的東西一定很無聊，但我不在家的時候，可不能讓你吃到說不定會害你嗆到的食物。」

她等著麥克斯說些什麼回應，但他只是繼續沿著電視螢幕上的跑道開著他的電動遊戲車。

「但別擔心。」她說：「我們很快就可以在一起一整天了，好嗎？」

麥克斯依舊沉默，眼睛依舊盯著螢幕。

「麥克斯，我今天會很想你的。」派特森老師聽起來彷彿正用她的聲音去親近他，我有時候也會這樣做。她又扔給他一條繩子，但我已經知道麥克斯不會去捉住那條繩子。他正在玩電動遊戲，其他一切都不重要。

「麥克斯，我每天都很想你。」她說：「我要你知道，我做的一切都是爲了你。很快一切都會變得更好，好嗎？」

現在我要麥克斯去回應了。我要他去問派特森老師，她這是什麼意思？一切會變得怎麼樣？爲什麼要改變？她到底在計畫什麼？

但他只是盯著螢幕，看著他的車子在跑道上跑來跑去。

「麥克斯，再見。我很快就會回來。」

她想要說我愛你。我知道，我可以看見那三個字掛在她嘴邊，我也相信她的確愛麥克斯，而且非常愛。我再次替派特森老師感到難過。她偷走了麥克斯，即使她說那是爲了麥克斯好，但我知道她是想要再擁有一個小男孩，可是這個她偷來的小男孩，只比她死去的那個小男孩每天多講一點點話而已。

派特森老師離開房間，關上門。門一關上，麥克斯就抬起了頭，他盯著那道門好一會兒，然後目光又回到電動遊戲上。

我等在門邊，看著麥克斯玩遊戲。我從一數到一百之後，張開嘴巴想說話，但接下來我又從一數到一百。

我從一數到一百，數完第二次後，終於開口說：「麥克斯，我也要走了。」

「什麼？」麥克斯從遊戲裡抬起目光。

這實在很不容易，因爲我得告訴麥克斯一件很重要的事情，並讓他明白原因，但我同時也沒有時間了。我很害怕如果我在派特森老師走出大門前離開這個房間，她可能會從那個不是電話的東西裡聽見麥克斯的尖叫，然後回來這裡，說不定就待在家裡不出門去工作了。我需要她現在就走進車庫裡，但我同時也不知道她現在到底走到了沒有，我只是猜測而已。不過我已經從一數到一百數了兩次，所以她有足夠的時間走到車庫。說不定時間太充足了，我可能已經太晚了。

「麥克斯，我要走了。」我說：「但只有今天。我要跟派特森老師去學校，這樣我才能去看葛思克老師和你的爸媽，放學後我會跟著她回來。」

「我也要去。」麥克斯說。

我沒料到這一點，不知道該說什麼才好。我站在那兒，嘴巴張開著，直到又恢復說話的能力。

「我知道。」我說：「但我沒辦法把你弄出這個房間，你無法像我一樣能穿過門。」

「我也要去！」麥克斯大叫：「我要去看葛思克老師，還有媽咪和爹地！我要去看媽咪和爹地！」

麥克斯從來沒有喊過他的爸媽媽咪和爹地。我一聽見他這麼叫，就知道我永遠都沒辦法離開這裡了。我永遠都無法再離開麥克斯了，因爲那樣做實在太讓人難過，也太過分了。

「我會找到法子把你弄出去的。」我對麥克斯說。

我這樣說只是爲了讓他高興，但話一說出口，我就知道先前我根本不需要花那麼多時間來決定該怎麼做。我不是獅子，麥克斯也不是長頸鹿。我是布多，而麥克斯是我的朋友，從頭到尾就只有一件正確的事情要做。那並不是表示我得停止存在，而是表示我得停止去只關心自己會不會存在。

那意味著我現在就得走。

「麥克斯，我要走了，但我會回來。而且我保證你很快就會見到你的爸媽，我發誓。」這是今天早上我對麥克斯做的第二個承諾，但我就要違背第一個承諾了。

我轉身走向那道門時，麥克斯尖聲大叫起來：「不要！不要！不要！不要！」

如果我走了，麥克斯就會發作。

如果我穿過那道門，直到派特森老師放學回來再次打開那道門之前，我都沒有辦法再回到這個房間裡。

我還是穿過了那道門，我知道困難的事情和正確的事情往往就是同一件。

麥克斯明明沒在聽我說話，我卻還要他原諒我，因爲我沒遵守對他的承諾，又讓他獨自一人留下。

我走進地下室，聲音又回來了。麥克斯的隔音房在我身後，現在地下室裡充滿了暖爐的嗡嗡聲、水管裡水流動的聲音和滴水聲。我知道麥克斯在尖叫，他現在說不定就在我身後狂敲那道門，但我聽不到他的聲音。我很高興，因爲光是想像他在那道牆後發作，就讓我全身都充滿罪惡感，而且很難過，要是現場聽見他的聲音會更慘。

樓上有道門「砰」的一聲關上，我突然記起該做的事。我跑過地下室，衝上樓梯來到一樓。

我轉進走廊，往廚房看過去，昨晚堆在餐桌上的那堆紙箱不見了。我沒看見派特森老師。

然後我聽見引擎啓動的聲音，接著是車庫門打開的連續金屬匡噹聲。

我想著要不要跑去車庫，但馬上決定已經太晚了。我向右轉，跑向前門，我穿過門跑了出去，從我之前不知道在那兒的門廊上摔了下去。我滾落在地上，在圍繞著屋子並且通往車道的石頭走道上彈了起來。我趕緊爬起來，人還沒站直就衝了出去。一開始前幾步我的膝關節不聽使喚，我跑過轉角，衝往屋子前方，看見往下延伸到馬路的車道。派特森老師的車子已經開到車道的一半了，她的車頭正對著馬路，所以她沒有像那些倒著車子開到路上的駕駛，慢慢地開車。

我這次沒辦法及時跳上車子，車子已經開得太遠了。麥克斯從來沒想像過我能跑得那麼快。他從沒想像過我會需要跑得這麼快。

但我還是衝了出去。我無法想像明明知道麥克斯被困在一道牆後面，我無法靠近他，卻還要一整天都待在派特森老師的家裡。我盡快跑下斜坡，衝上車道的後方。我跑到差一點就要跌倒，我一半在跑步，一半跌跌撞撞，但即使如此，我還是追不上派特森老師。

然後我看見她的車子了。一輛綠色的車子正從馬路上開過來，會經過派特森老師的車道。派特森老師得讓車子慢下來，說不定甚至得停下車，讓那輛車子先開過去。

我有機會了。

就在我認爲自己能趕上時，我跑過了頭，摔倒在地上，整個人在地面上翻滾。我用手臂抱住耳朵，保護我的頭，然後我翻個身，總之就是想辦法再站起來，一秒鐘後又繼續往前衝，我還是無法控制身體，但至少方向是對的，我往車道盡頭和派特森老師的車子跑過去。我的腳簡直要打結了，手臂也伸了出來想要保持平衡，但至少我是站著，而且在往前移動。

她的車子已經在車道盡頭停下，那輛綠色的車子正開車經過。我往左轉離開車道，跳到草坪上。我是來不及趕到車道盡頭的，但也許我可以在車子轉彎要開到馬路時趕上。我將身子對準前方草坪的遠方角落，那兒的草地盡頭有一面石牆，還有一排樹。我盡快跑向那個角落，這時派特森老師的車子轉了個彎，開始加速。除非我用跳的，不然絕對趕不上！我一跑到草坪邊緣，也就是草地和人行道相交的地方，就閉上眼睛用力一跳，希望能跳到派特森老師車子的擋泥板或是方向盤上。

但我只感覺到一聲幾乎是無聲的「咻」，那是通常伴隨著我穿過每一道門時出現的聲音，接下來我便倒在車子的後座，癱成一團，試著想緩過氣來。

我聽見派特森老師的聲音，她正在唱歌。

那是一首在早上和晚上捶東西的歌。

聽起來應該是一首快樂的歌，但不知道爲什麼，從派特森老師嘴裡唱出來，卻很嚇人。

42

派特森老師唱了兩次錘子歌之後，打開收音機。她在聽新聞，我也跟著聽，看看有沒有麥克斯的新聞。結果並沒有。

不知道她是不是也想聽有沒有麥克斯的新聞？

我們在一條高速公路上開了很久。這就奇怪了，因爲派特森老師其實住得離學校很近。昨天晚上，我們從學校到她家只花了不到十五分鐘，而且我也不記得到她家的途中，車子有經過高速公路。

儀表板上的鐘顯示現在是七點三十六分，第一堂課的上課鐘是在八點半，我們有充分的時間到學校，但這條高速公路實在讓我很緊張。

我們到底要去哪裡？

我試著不去想麥克斯，試著不去想像他被困在那道牆後面，孤孤單單一個人，試著不去聽他哭喊我名字的聲音。我告訴自己要專心注意這條路，試著去認那些綠色的路牌，還要好好注意派特森老師的一舉一動來尋找線索，但我一直不斷去想像麥克斯現在怎麼樣了，他又是尖叫又是大哭，不斷狂敲著牆壁求救。

㉘ 位於美國康乃狄克州的民用機場。

「我是在幫你。」我想這樣告訴麥克斯，但即使我告訴他了，我知道他也不會相信。當你必須要違背承諾，並且把你朋友一個人留在牆壁後面的時候，很難要他相信你是在幫他。

我聽見頭上傳來轟轟的聲音，我知道那是一架飛機。我從沒聽過飛機飛得這麼低，但在電視上看過飛機，也聽過飛機的聲音，所以我知道有一架大飛機就在我們頭頂上，是一架超大的噴射機。

我從窗戶探出頭往上瞧，想看到那架飛機，但卻沒有看到。路上有面綠色牌子寫著：歡迎來到布拉德利國際機場[28]。牌子上還有其他字，但我讀得不夠快，沒辦法全部讀完。我很高興看得懂國際這兩個字，因爲那可不是簡單的字。往前看是低矮的建築和高聳的停車大樓，還有很多巴士和車子，到處都是牌子。我從沒到過機場，不過我很期待會見到飛機，可是一架都沒看到。我可以聽到飛機的聲音，卻看不到一架飛機。

派特森老師的車子離開主要道路之後，繼續往前開，轉了個圈，來到一道柵欄前。她在一台機器前停下車子，打開車窗，伸手去按一個鈕。機器上面有個牌子寫著長時間停車。我不知道長時間停車是什麼意思，但我開始納悶，不知道自己是不是又判斷錯誤？派特森老師是不是想要坐飛機去哪裡？她是不是擔心警察就要找到麥克斯了？

我在電視上見過有人在機場被逮捕，通常都是想要逃離這個國家的壞人。我不知道爲什麼警察不也乾脆離開機場，然後在新的國家逮捕壞人呢？但也許派特森老師正是想要逃走。也許她知道葛思克老師或是警察局長已經解開了謎題，知道是誰帶走了麥克斯，所以她現在得逃走，不然就會被關進監獄。

那台機器發出嗡嗡聲，然後吐出一張票。派特森老師把車開進停滿車子的停車場裡。這裡一定停了上百輛的車子，而且這座停車場旁邊還有一座停車大樓，裡面也停滿了車子。

我們在一排排停好的車子前開來開去，經過不少空位，但派特森老師卻都沒有把車子停到裡面，她像是要開車去一個地方，而不是去找一個地方。

最後她終於減速，把車子停在一個空位裡。她下了車，我也跟著下了車。我現在離家太遠了，千萬不能迷路。不管派特森老師去哪裡，我都要跟著。

她打開車尾的行李廂，那些原本堆在廚房餐桌上的箱子就堆在裡面。她從裡面拿起一個箱子，穿過走道，往停車場的另外一頭走去。她沿著走道走過三輛車，然後在一輛廂型車前停下。那是一輛很大的廂型車，應該說是一輛巴士了，我想是那種底下裝了輪子的屋子，某種廂型屋巴士之類的車子。派特森老師伸手到口袋裡拿出一支鑰匙，插進車門裡，把門打開。那道門就像麥克斯學校的巴士門一樣，大小是常見的尺寸。派特森老師往上走了三階階梯，左轉走進這輛廂型屋巴士裡面。

我跟了過去。

裡面有一間客廳，就在駕駛座的後方。還有一座長沙發、一張軟椅、一張固定在地板上的桌子，這樣桌子才不會亂跑。牆上掛著一台電視，沙發上方有一張上下鋪的雙層床。派特森老師把箱子放在沙發上，轉身走了出去。我跟著她回到車子前，看她拿出第二個箱子，又拿回那輛巴士上。她把箱子放在第一個箱子旁邊，然後又轉身離去。我這次沒有跟著出去了，而是留在原地，她還有六個箱子要搬過來，所以我想花點時間看看這輛巴士的其他地方。

我走過客廳，來到一條狹窄的走廊，右邊有一道關著的門，左邊有一個小小的廚房，裡面有水槽、爐子、微波爐和冰箱。我穿過右邊那道門，馬上就站在一間很小的廁所裡，裡面有洗臉盆和馬桶。

巴士裡面有一間廁所。

如果麥克斯的學校巴士有廁所的話，他就再也不用再擔心多出來的便便了。

不過我不認爲麥克斯能在學校巴士上便便，即使車子裡有廁所也一樣。

我往回穿過門，又來到狹窄的走廊。走廊盡頭有另外一道關著的門。我往後瞧一瞧，見到派特森老師又在沙發上扔下兩個紙箱。現在一共是四個了，她還會再跑兩趟或三趟，就全部搬完了。

我穿過那道在走廊盡頭的門。一張開眼睛，我生平第一次打了個冷顫，一股寒意沿著脊椎往下竄。我以前聽過這種說法，但直到現在才了解是什麼感覺。

我不敢相信眼前所見到的。

我站在一間臥室裡。

這間臥室和麥克斯被困住的房間一模一樣。

這間臥室比較小，燈比較少，巴士兩側各有一扇橢圓形的窗戶，窗簾是拉上的，但牆壁的顏色和派特森老師家地下室裡那間麥克斯房間的牆壁一樣，而且床也是同樣的紅色賽車床，同樣的被單、枕頭和毛毯，地板上鋪的也是同樣的地毯。還有整個房間裡到處都是樂高、星際大戰玩具和玩具士兵，和麥克斯在地下室那間房間裡的玩具一樣多，說不定還要更多。牆上有一台電視，還有另外一台PlayStation遊戲機，和另外一架子的DVD，就像那間在派特森老師家裡地下室的房間一樣，連DVD都一樣。

這是另外一間爲麥克斯準備的房間。一個可以移動的房間。

我聽見派特森老師在沙發上扔下另外一個箱子的聲音，我馬上轉身離開。我不知道她是不是要開這輛巴士，還是要開她的車子，或是去搭飛機，但不管怎麼樣，我都得跟著她。在這個機場裡，我永遠都沒辦法找到路回家的。

我穿過那道門時，注意到上頭有一道鎖。是一個有彈簧鎖的掛鎖。

我的脊椎又竄起一陣冷顫。這可是第二次了。

派特森老師把最後三個箱子從她車子上搬到巴士裡，然後走下巴士。我跟了上去。她關上門然後上鎖，走回車上，啓動車子。我在後座上坐好。她把車開了出來，又唱起了錘子歌，一面在停車場的走道上彎來彎去地開著，直到車子開到停車場另外一頭的一組柵欄前。

她把車停在一座小亭子前，拿出票交給亭子裡面的男人。

「停錯位置了嗎？」他看著她的停車票問。

「不是。」派特森老師說：「我妹妹要我看看她的車子，順便留件外套給她。我想這只是藉口，這樣她才不會覺得要我幫她看看車子這件事太蠢。她有點兒強迫症。」

亭子裡的男人笑了出來。

派特森老師實在很會說謊。她就像電視節目裡的女演員，她正在扮演一個角色，而不是做她自己。她在假裝是一個有強迫症妹妹的女人。她演得實在很逼眞，如果我不知道她偷走了麥克斯，連我都要相信她了。

派特森老師遞給亭子裡的那個男人一些錢，她車子前面的柵欄便升了起來。我們開車離去時，她還對那個男人揮了揮手。

儀表板上的鐘顯示著七點五十五分。

我希望我們正在開往學校的路上。

43

麥克斯的桌子還是空的，今天他又是唯一缺席的學生，這讓他的桌子看起來更空了。我昨天離開後，一切都還是一樣，但感覺起來卻像過了一百萬年那麼久。警官仍舊坐在學校前門，葛思克老師仍舊在假裝是葛思克老師，而麥克斯的桌子仍舊是空的。

如果可以的話，我會坐在麥克斯的位子上，但他的椅子收了進去，我沒有空間可以坐下。於是我坐在教室後面的一張椅子上，聽著葛思克老師講解分數。即使她沒有了往常的活力，她還是全世界最棒的老師。她可以讓小朋友即使在學習像分子和分母這樣無聊的東西，還能露出微笑或笑出聲來。

如果派特森老師曾經是葛思克老師的學生，不知道她還會不會偷走麥克斯？

我想不會。

我想只要有足夠的時間，葛思克老師甚至能把湯米．史溫登變成乖小孩。

派特森老師去學習中心的時候，我就來葛思克老師的教室，聽她上課一會兒。我無法不去想到自己是怎麼離開麥克斯的，但我希望聽聽葛思克老師上課，也許能讓我好過些。

的確有用，我好過了一點點。

小朋友離開教室下課休息的時候，我跟著葛思克老師來到教師休息室。如果我想要知道現在是什麼狀況，這裡就是我能知道消息的地方。葛思克老師每天都和黛格瑞老師、賽拉老師一起吃午餐，她們總是會聊一些不錯的話題。

這個世界上有兩種老師：一種是來學校表演的，一種是來學校教書的。黛格瑞老師和賽拉老師，特別是葛思克老師，是那種來學校教書的老師。這種老師對小朋友用正常的聲音說話，說出來的話是他們在自己家客廳裡也會說的話。他們的佈告欄總是有一點破舊，他們的桌子總是有一點凌亂，而且他們放書的地方總是有點亂擺，但小朋友很愛他們，因爲他們用眞實的聲音，講的是眞實的東西，而且總是說實話。這就是爲什麼麥克斯很喜歡葛思克老師的地方。她從來不假裝是一個老師，她就是她自己，這讓麥克斯能放鬆一些，因爲他不用費力氣去搞懂她的話到底是什麼意思。

即使連麥克斯都看得出來哪些老師只是來學校表演的。來學校表演的老師很不擅長讓小朋友乖乖聽話。他們喜歡小朋友坐在位子上專心聽課，而且絕對不會在教室裡亂射橡皮筋。他們要所有的小朋友像他們以前在學校那樣，全部乾乾淨淨，整整齊齊，而且討人喜歡。來學校表演的老師不知道要怎麼應付麥克斯或湯米．史溫登，或安妮．布林克這樣的小孩——安妮．布林克有一次故意吐在威爾森老師的桌子上。他們不了解像麥克斯這樣的小朋友，因爲他們寧願去教那些洋娃娃，也不願意去教眞的小孩。他們用貼紙、圖表和卡片讓小朋友乖乖聽話，但那些垃圾沒一項眞正有用。

葛思克老師和黛格瑞老師，還有賽拉老師，她們喜歡像麥克斯、安妮，甚至湯米．史溫登這樣的小朋友。她們會讓小朋友自動變乖，小朋友身上臭臭的時候，她們也不怕去告訴他們，所以她們是午餐時間最適合坐在一起的老師。

葛思克老師正在吃一種叫做沙丁魚三明治的東西。我不知道什麼是沙丁魚，但我想大概不怎麼好吃。葛思克老師告訴黛格瑞老師她正在吃什麼的時候，黛格瑞老師皺起了鼻子。

「警察又找妳談了嗎？」黛格瑞老師說話的時候，降低了一點音量。房間裡還有其他六位老師，其中有一群都是來學校表演的老師。

「還沒有。」葛思克老師沒有降低她的音量。「但他們最好盡該死的職責去找到麥克斯。」我曾看過很多老師哭過，但從沒見葛思克老師哭過。即使是男老師，我也見過他們哭，不過女老師哭得特別多。葛思克老師現在並沒有哭，但她說出那句話時，聽起來像是氣到要哭了。不是傷心的眼淚，而是氣憤的眼淚。

「一定是他的爸媽其中一個。」黛格瑞老師說：「或是他的親戚。小孩子不會突然就不見了的。」

「我實在不敢相信，已經……多少天了？四天嗎？」賽拉老師說。

「五天。」葛思克老師說：「該死的五天了。」

「我一整天都沒見到凱倫。」賽拉老師說。

凱倫是帕瑪校長的名字。來學校表演的老師叫她帕瑪校長，但像賽拉老師這樣的老師，會直接喊她的名字。

「她整個上午都把自己鎖在辦公室裡。」黛格瑞老師說。

「我希望她正在採取一些行動去找到麥克斯，而不只是躲起來不見任何人。」賽拉老師說。

「她最好正在拚死拚活地在找麥克斯。」葛思克老師的眼裡有著淚水，臉頰通紅。她站起身，留下她的沙丁魚三明治。她離開的時候，教師休息室一下子變得好安靜。

我也離開了。

◆

派特森老師下午兩點要去見帕瑪校長。我會知道這件事，是因爲她今天到學校後，要求見帕瑪校長，但祕書女士說帕瑪校長很忙，一直要到下午兩點才有空。於是派特森老師說：「好吧。」——用那種表示其實一點都不好的口氣。

她們見面時我也要在場。

離她們見面還有一個小時，葛思克老師的學生們在上體育課。葛思克老師正坐在辦公桌前改作業，所以我走到克洛普老師的教室去看狗狗。我已經五天沒看到他了，在幻想朋友的世界裡算是很多天了。

對很多幻想朋友來說，那甚至是一輩子的時間。

狗狗在珀兒身邊縮成一顆球。珀兒正在看一本書，她的嘴巴在動，但沒有唸出聲音。一年級學生經常這樣看書，麥克斯以前也是。

「狗狗。」我說。

我一開始很小聲，這是習慣。不是我的習慣，而是大家的習慣，所以我也跟著照做。然後我就發現，在只有一個人能聽得見我的房間裡小聲說話有多蠢，於是我改用正常的聲音。

「狗狗！是我啊，布多。」

狗狗沒有動。

「狗狗！」我大喊，這次他跳了起來，四處張望。

「你嚇到我了。」他一面說，一面注意到我在房間的另外一邊。

「你也會睡覺？」我問。

「當然會。怎麼了？」

「葛拉漢有一次告訴我，她會睡覺，但我從沒睡過。」

「眞的嗎？」狗狗轉向房間另外一頭，朝我走過來。

小朋友們都在安靜地看書，克洛普老師正和其他四個小朋友在牆邊的一張桌子上看書。這些只是一年級生，但他們都在看書，沒有到處亂晃，或是盯著窗外發呆，因爲克洛普老師也不是來學校表演的老師，她是來學校教書的。

「是啊。」我說：「我從來都不睡覺，我甚至不知道要怎麼睡覺。」

「我睡著的時候比醒著的時候還多。」狗狗說。

如果我想睡的話，不知道能不能睡著？我以前從來沒有想去試，但說不定，如果我躺在枕頭上，閉上眼睛，等得夠久的話，我就會睡著。接著我又想，不知道是不是只要一睡著，就能輕易忘記其實我們有多容易就會消失不見。

有那麼一瞬間，我發現自己很嫉妒狗狗。

「你有沒有聽到任何關於麥克斯的消息？」我問。

「他回來了嗎？」狗狗問。

「沒有。他被偷走了，記得嗎？」

「我知道。」狗狗說：「我以爲也許他已經回來了。」

「你沒聽到任何消息嗎？」

「沒有。」狗狗說：「你找到他了嗎？」

「我得走了。」我說。

我不是眞的要走，但我忘了和狗狗說話有多煩。不只是因爲他很笨，還因爲他認爲整個世界就像克洛普老師唸給一年級生聽的那些故事書。在那些書裡，每個人都會學到教訓，而且從來沒有人會死。狗狗認爲這個世界就是一個快樂大結局。我知道那不是他的錯，但我還是忍不住覺得很煩。

我轉身離開房間。

「也許毛毛知道。」狗狗說。

「毛毛？」

「是啊，毛毛。」

狗狗沒有手，所以他不是用指的，而是對著衣帽間的方向點了點頭。有一個紙娃娃正靠著遠遠的牆邊站著，大概只到我腰部那麼高，一開始我以爲是麥克斯念幼稚園時拒絕玩的描身體遊戲，那種遊戲要小朋友躺在幾張合起來的大紙上，大家互相替彼此描身體的輪廓。

麥克斯的老師試著想要替他描身體的時候，他就發作了。

但更仔細看的時候，我看見那個紙娃娃的眼睛眨了眨，然後他左右點著頭，好像他正試著不用手對我打招呼。

「毛毛？」我又問狗狗一次。

「是啊，毛毛。」

「他在那裡多久了？」我問。

「我不知道。」狗狗說：「有好一陣子了。」

我走向衣帽間，來到毛毛似乎仍舊掛在上頭的那道牆面前。

「你好，我是布多。」我說。

「我是毛毛。」紙娃娃說。

他有兩條手臂和兩條腿，但沒什麼身體，而且他看起來像是匆忙剪出來的。是匆忙想像出來的，我提醒自己。他的邊緣都呈現不平整的鋸齒狀，而且整個身體都是皺褶，看起來像是被一百萬種不同的方式折過一百萬次。

「你在這裡多久了？」我問。

「在這個房間裡嗎？」他問：「還是在這個世界上？」

我微笑了，他比狗狗聰明多了。

「這個世界。」我說。

「從去年開始就在了。」毛毛說：「是在凱拉快要念完幼稚園的時候。但我很少來學校，凱拉以前都把我放在家裡，或是折起來放在她的背包，但她已經把我帶出來好多天了，說不定有一個月了。」

「哪一個是凱拉？」我問。

毛毛伸出手想要指出凱拉，但他這麼做的時候，整個身體捲了起來，然後臉朝下滑到了地板上，變成一團發出窸窣聲音的紙。

「你沒事吧？」我不太確定該怎麼辦。

「沒事。」毛毛用他的手腳把自己翻過來仰躺在地上，往上看著我，說：「這種事很常發生。」

他在微笑。他不像我有真正的嘴巴，他只有一條會張開和關上的線，還會改變形狀。那條線的邊緣捲了起來，所以我看得出來那是一個微笑。

我也對他微笑，問：「你站得起來嗎？」

「當然沒問題。」毛毛說。

我看著毛毛把他身體中間捲起來又放開，就像一隻毛毛蟲那樣把自己推回牆邊，直到他的頭碰到牆壁。然後他再次捲起中間的身體，頭頂著牆壁往上滑，他連續做了兩次，一面伸出手去捉住一個小書架的邊緣，身體中間同時往上頂，一面把身子拉起來。他結束這一連串動作後，終於又站了起來，但老實說他只是貼著牆壁而已。

「這可不簡單。」我說。

「是不簡單。我可以靠著背或肚子到處滑來滑去，但爬上牆可就難了。如果沒有東西可以抓，根本就不可能。」

「真是抱歉。」我說。

「沒關係。」毛毛說：「上個星期我遇見一個冰棒形狀的小男生，沒有手也沒有腳，只是一根棍子。傑森把他帶來學校，但克洛普老師讓他第一個去試玩新電動遊戲的時候，他就把冰棒棍男孩扔在桌上，完全忘了他。當時我就站在這兒，靠著牆壁，看著他就那樣慢慢消失不見。一分鐘前他還在這裡，下一分鐘他就不見了。你有沒有見過幻想朋友消失？」

「有。」我說。

「那時候我哭了。」毛毛說：「我甚至還不認識他，但我哭了。那個冰棒棍男孩也哭了，他一直哭到消失不見為止。」

「如果是我，我也會哭的。」我說。

我們兩個都安靜了一會兒。我試著去想像，如果我是那個冰棒棍男孩的話，會有什麼感覺？

我想我很喜歡毛毛。

「為什麼凱拉現在要把你帶到學校？」我問。

我知道當小朋友開始帶幻想朋友到新地方的時候，通常表示發生了不好的事情。

「她爸爸不再和她住在一起了。他離家前打了她媽媽，就在晚餐桌上，而且是直接打在臉上，然後她把食物扔到他臉上，兩個人開始彼此互相叫罵，叫得超大聲。凱拉一直哭一直哭，接下來她就開始把我帶到學校。」

「真令人難過。」我說。

「不用為我難過。」毛毛說：「要為凱拉感到難過。我很喜歡來學校，這表示我有好一陣子不會像冰棒棍男孩那樣消失。她總是走到飲水器這裡來喝水，但其實她只是要看看我是不是在這裡，這就是我爲什麼不再被她塞在背包裡的原因。我想，如果她還是把我塞在背包裡，很容易不小心就忘了我。所以這樣很好。」

我微笑了。毛毛很聰明，非常、非常聰明。

「不知道你有沒有聽說過一個叫做麥克斯的小男生？」我說：「他上個星期不見了。」

「他逃走了，對嗎？」

「你聽到什麼了？」我問。

「克洛普老師和其他兩位女士在這裡吃午餐時談論過這件事。克洛普老師說他逃走了。」

「那其他兩位女士怎麼說？」

「其中一個說，他說不定是被某個認識他的人綁走了。她說被綁架的孩子總是被認識的人綁走的。她說麥克斯很笨，根本不會逃走，還躲起來這麼久，一直沒有被找到。」

「他不笨。」我很驚訝自己聽起來有多生氣。

「我沒有這麼說，是那位女士說的。」

「我知道，對不起。總之，她說得沒錯，麥克斯是被綁架了。派特森老師偷走了麥克斯。」

「誰是派特森老師？」毛毛問。

「她是麥克斯的老師。」

「老師？」毛毛聽起來像是他完全不敢相信。我覺得我終於找到有人能站在我這一邊了。

「你有沒有告訴其他人？」他問。

「沒有。只有麥克斯能聽到我的聲音。」

「喔。」然後他的眼睛，雖然只不過是一個圈圈裡的兩個小圈圈，睜大了。「喔，天啊。麥克斯是你的想像者朋友嗎？」

我從沒聽過有人類被這樣叫過，但我回答說是。

「也許我可以告訴凱拉。」毛毛說：「那她就可以替你去告訴克洛普老師。」

我之前沒想過有這一招，但毛毛說得沒錯。毛毛可以是我與人類世界的連結。他可以告訴凱拉，然後凱拉可以去告訴克洛普老師，接著克洛普老師就可以去告訴警察局長了。我之前居然沒有想到這個方法。

「你認爲克洛普老師會相信她嗎？」我問。

「我不知道，也許會喔。」毛毛說。

也許能成功呢。我以前總以爲只有透過麥克斯，我才能連接到他的世界，但其實每一個幻想朋友都可以連接到麥克斯的世界。

每一個幻想朋友都能接觸到人類的世界，即使狗狗也能。

每一個幻想朋友都能接觸到這個世界，我想。

然後我有了不一樣的主意。一個更好的主意，同時也是一個更壞的主意，兩個結合成一個。

「不，別告訴凱拉。」我說。

我想到了派特森老師的那輛巴士，巴士後方有間臥室，門上還有鎖。我擔心要是她發現凱拉把事情告訴了克洛普老師，她可能會把麥克斯關在那間臥室裡，然後把巴士開走，永遠都不回來。克洛普老師也許會告訴警察，但也許克洛普老師會對凱拉微笑，說些像是：「喔，是毛毛告訴妳的嗎？」這類的話，接著她會把凱拉今天在班上說的這件趣事告訴派特森老師，派特森老師會很驚慌，然後在我能找到方法救出麥克斯之前，她就會帶著他逃跑了。

毛毛的點子也許能成功，但我才是更能連接到麥克斯世界的那個人。

我和麥克斯的連結要好得多了，卻同時也更糟糕得多。

我感覺到另外一股冷顫沿著脊椎往下竄。

44

帕瑪校長看起來疲倦極了。她的聲音沙啞，眼睛浮腫，看起來像是隨時會閉上，連她的衣服和頭髮都看起來好疲倦。

「妳還好嗎？」派特森老師問她。

我注意到帕瑪校長的辦公桌上堆滿了文件、檔案夾和保麗龍咖啡杯。地板上的垃圾桶旁有一疊報紙。除了一台電腦和電話，我以前從來沒有在她的辦公桌上見過任何東西，我甚至想不起來見過她辦公室裡有任何一張碎紙片。

「我很好。」帕瑪校長說，但連這三個字聽起來都累壞了。「一找到麥克斯，我就會好多了。我們正在盡全力去找他。」

「我們能做的不多，不是嗎？」派特森老師問。

「我正盡力協助警方，並且同時處理那些媒體的提問。我也在盡力去幫助迪蘭尼夫婦，但妳說得沒錯，除了等待和禱告外，我們能做的並不多。」

「幸好是妳負責這一切，而不是我。」派特森老師說。「凱倫，我真的很佩服妳，我不知道妳是怎麼熬過來的。」

但帕瑪校長根本沒有在負責這件事，派特森老師也知道這一點。帕瑪校長會接電話，透過廣播宣佈事情，還會提醒菲迪茲老師要在畢業典禮上打領帶，但她應該要負責的是確保小朋友的安全，那才是她真正的工作。可是麥克斯現在不安全，而偷走他的人就站在她眼前，在她的辦公室裡，她卻不知道。

這可不是我認爲的負責。

「我身爲行政人員二十年來，這是最艱難的時刻。」帕瑪校長說：「希望上帝保佑，我們會熬過這關，麥克斯會平安回到我們身邊。妳找我有什麼事嗎？」

「我知道現在時機不對，但我想要請假。我的身體狀況沒有改善，我想去找住在西部的妹妹，待在那裡一段時間，但我不想在妳需要我的時候離開。我並不急，我會等到妳找到代課老師爲止，而且我保證會盡力與警方合作，並且留在康乃狄克州，直到警方不再需要我的協助爲止。不過，可能的話，而且是越快越好，我想在今年休假。」

「當然沒問題。」帕瑪校長說。

她聽起來很驚訝，還也許有些鬆口氣。我想她以爲派特森老師來找她是爲了別的事情。

「我不太清楚紅斑性狼瘡是怎麼回事，而且我也覺得對妳很過意不去。要不是這幾天我都只關注在麥克斯這件事上，我會多讀點這種病的相關資料。不過，有什麼是我們能幫忙的嗎？」

「謝謝，我沒事。我正在接受幾種藥物治療，目前似乎控制住病情，但這種疾病很難預料。我實在不想有天早上醒來，發現自己沒有時間去見見我妹妹，讓她的孩子沒機會多認識一下我這個阿姨。」

「妳心裡一定很不好受。」帕瑪校長說。

「我失去小史考特時，並不認爲我還能振作起來。但這個地方對我而言一直是個這麼溫暖的地方，把我從行屍走肉中拯救回來，讓我知道這個世界上仍然有善良，還有眞正需要我的小朋友。我沒有一天不想念我兒子，但我已經走了出來，也有了些改善，我想。」

「妳的確是。」帕瑪校長說。

「但麥克斯的失蹤，一直讓我不斷去想人生有多不可預料。我每天晚上都祈禱麥克斯沒事，但沒人知道到底發生了什麼事情。今天還在，明天就消失了。就像我的小史考特一樣。我有天也可能會這樣。我不要等到人生充滿遺憾，卻沒有機會再去補救。」

「我完全明白。」帕瑪校長說：「我可以明天打電話給里奇，要人力資源部立刻開始面試代課老師。我很想親自面試，但我眞的不認爲我有這個時間。不過現在有很多老師沒有工作，要聘用一個合格的代課老師應該不會很困難。妳有想過明年回來嗎？」

派特森老師嘆了口氣，即使我知道她說的一切都是謊言，但她的嘆氣聽起來好眞實。她居然這麼擅長去假裝成其他人。

「我很想說我會回來。」她說：「如果在明年春季時通知我是否要回來，這樣可以嗎？我很難說接下來六個月我會怎麼樣。老實說，最近每天來學校都讓我很難過，知道麥克斯不在這裡，還有要是我上星期五在學校的話，這一切都不會發生了。」

「露絲，別傻了。」帕瑪校長說。

「這不是傻。」派特森老師說：「要是我——」

「快停下別說了。」帕瑪校長像維護交通安全的警衛那樣對她伸出雙手，說：「這不是妳的錯。麥克斯沒有逃走，是有人把他帶走了，如果他們沒有在星期五帶走他，也會挑其他日子。警方說他們幾乎沒聽過隨機綁架，這是有人計畫好的，不是妳的錯。」

「我知道。但我還是很難過。如果麥克斯回到我們身邊，明年我很願意回來。但如果，老天原諒我，如果明年九月還是沒找到他，我眞不知道要怎麼鼓起勇氣走進學校大門。」

派特森老師說的每一句話都讓帕瑪校長覺得她更無辜，讓我覺得她更危險。

「別責怪妳自己了。」帕瑪校長說：「妳和這件事一點關係都沒有。」

「我晚上躺在床上時，不斷想到麥克斯，還有他可能會在哪裡，我很難不去想這一切都是我的錯。」派特森老師說。

「別這麼想，露絲，妳人太善良，不要這麼責備自己。」

有時候我會問麥克斯，我存在的目的，是不是只是要他承認我存在，去提醒他記得我存在。現在派特森老師正在做同樣的事情。派特森老師，綁架麥克斯的這個人，已經走進了帕瑪校長的辦公室，正在騙帕瑪校長去堅信她並沒有錯。壞人就坐在帕瑪校長面前，帕瑪校長卻只是不斷安慰她，說她是無辜的，即使派特森老師自己都承認了應該要怪她。

帕瑪校長正在蒼白的月光下與魔鬼共舞，而且她輸得很慘。

現在帕瑪校長又已經同意讓派特森老師今年休假，這樣她就能去西部的一個地方，去探望一個說不定根本就不存在的妹妹。我認爲派特森老師在計畫離開康乃狄克州，她也許眞的要往西部出發，但不是要去見她妹妹。

她要把麥克斯帶走，如果她眞的這麼做了，我不認爲他們兩個會再回來。

我得趕快。

我得違背和麥克斯的另一個約定了。

45

我搭學校巴士回家，但又在薩福伊家門口下車，因爲巴士不會爲麥克斯特別多停一站。我走回家裡去看看麥克斯的爸媽，不過這不是我坐巴士回家的原因。我不知道要怎麼從學校到醫院，所以我得從家裡出發。

我眞希望自己之前多用點心認識那些街道就好了。麥克斯的爸爸說他在腦袋裡帶著一張地圖，讓他可以去任何地方。我的地圖都是從麥克斯的家作爲起點：我的地圖就像蜘蛛，麥克斯的家是蜘蛛的身體，我去的其他地方就是蜘蛛的腳。

現在有兩隻腳連在了一起。

如果沒有搭上派特森老師的車，我也無法去她家，這表示如果派特森老師決定再也不回學校的話，我就有大麻煩了，我會再也找不到麥克斯了。

如果一切都按照計畫，我明天就會回到派特森老師的車子上。

麥克斯的父母在家。巴士開車經過的時候，我看見他們的車子停在車道上。正常情況下，麥克斯的爸爸會在上班，麥克斯的媽媽會剛好準時到家，看著麥克斯從巴士上下來，但今天他們兩個都在家。

他媽媽人在廚房，正在烤餅乾。屋子裡很安靜，沒有收音機或電視的聲音，唯一能聽到的聲音，就是麥克斯的爸爸從他辦公室裡傳來的說話聲。他正在講電話。

眞奇怪。我沒想到屋裡會有餅乾，還會有人打電話。屋子裡也很乾淨，比平常還要乾淨。晚餐桌上沒有堆著書或是郵件，水槽裡也沒有碗盤。前門沒有堆著鞋子。

這讓我有一點想起派特森老師的家。

麥克斯的爸爸從辦公室出來，走進廚房。

「妳在烤餅乾？」他問。

我很高興，因爲我也想要問同樣的問題。

「我烤餅乾是想送到警察局。」

「妳認爲他們需要餅乾？」麥克斯的爸爸問。

「我不知道還能做什麼了，好嗎？」麥克斯的媽媽說。

她把一碗餅乾糊推過流理台，碗滑過了邊緣，掉在地板上。碗破了，發出破裂的聲音，但幾乎還是完好的，因爲被麵糊黏住了，只有一些玻璃碎片掉了下來。

麥克斯的媽媽哭了出來。

「老天！拜託！」麥克斯的爸爸大喊。

他瞪著地上那個破掉的碗，其中一片破掉的碎片滑過亞麻地板，在他的鞋子前停下。他盯著那個碗，然後又抬起目光看著麥克斯的媽媽。

「對不起。」麥克斯的媽媽說：「我只是不知道還能做什麼，又沒有書能教你小孩不見了該怎麼做。警察要你待在家裡等待，但我他媽的在家裡要做什麼？看電視？看書？你在那裡扮演業餘偵探，我卻什麼事都不能做，只能瞪著牆壁，想著不知道麥克斯到底遭遇到了什麼事情？」

「警方說對方大概是麥克斯認識的人。」麥克斯的爸爸說：「我只是在試著找出那個人可能是誰。」

「光靠打電話給我們認識的每一個人，然後希望他們承認帶走了麥克斯？你期盼在電話裡聽到他和派克家兄弟玩耍的聲音，還是和我姊姊的孩子在一起？」

「我不知道。」麥克斯的爸爸說：「我總得做些什麼。」

「你眞的認爲我姊姊有可能帶走麥克斯？她每次和麥克斯說話都很緊張！她甚至無法看著他的眼睛！」

「該死的，我只是要找事情做！我不能就坐在這裡什麼事都不做！」

「所以你認爲烤餅乾不算什麼？」

「我看不出來烤餅乾對我們找到麥克斯有什麼幫助。」

「那你把那些人都找出來打完電話又能怎麼樣？」麥克斯的媽媽問：「又能怎樣？我們要這樣關在家裡多久？什麼時候才能回去工作，恢復我們的生活？」

「妳想要回去工作？」

「不，當然不是，但我一直在想，要是他們找不到麥克斯怎麼辦？我們要坐在這間屋子裡等消息等多久？我知道這樣想很糟糕，但我一直在想，要是警察告訴我們放棄希望，我們要如何繼續過日子？因爲我已經開始放棄了。老天幫幫我吧，我眞的開始放棄了。已經五天了，他們卻什麼都沒找到。我們到底會聽到什麼樣的消息？」

「才五天而已。」麥克斯的爸爸說：「警長說人都會犯錯，也許不會在第一個星期，或甚至在第一個月，但你不可能永遠都那麼小心謹愼。不管是誰帶走了麥克斯，那個人都會犯錯，那就是我們找到麥克斯的時候。」

「萬一他已經死了呢？」

「別說這種話！」麥克斯的爸爸說：「他媽的別說這種話！」

「爲什麼不說？別告訴我你沒想過。」

「我試著不要去想。」麥克斯的爸爸說：「看在老天的份上，妳幹嘛要這樣說？」

「因爲我現在只能這麼想！」麥克斯的媽媽說：「我的孩子不見了，而且說不定死了，他再也不會回到我們身邊了！」

現在麥克斯的媽媽眞的在大哭了。她把一根沾著餅乾糊的木湯匙扔過流理台，身子縮在地板上，頭埋在手臂裡。有那麼一瞬間，她讓我想到毛毛從牆壁上滑到地板上的樣子。麥克斯的爸爸走向前，停了一下，然後再走向她，慢慢蹲下來摟住她。

「他沒有死。」麥克斯的爸爸輕聲說話，不再大聲喊了。

「但萬一他死了呢？」麥克斯的媽媽問：「那該怎麼辦？我不知道我們該怎麼繼續過日子。」

「我們會找到他的。」麥克斯的爸爸說。

「我無法不去想，是不是我們做了什麼，還是忘了做什麼，這多少都算是我們的錯。」

「別再說了。」麥克斯的爸爸說，但是語氣很溫柔，不像維護交通安全的警衛[29]。「事情不是這樣的，妳也知道。有個可惡的傢伙決定把麥克斯從我們身邊帶走，這與我們無關，那只是一個可惡的傢伙做出的可惡事情，我們會逮到那個混蛋，把兒子帶回來。那個人會犯錯，警長是這麼說的。當他一犯錯，我們就會找到麥克斯。」

「要是我們找不到麥克斯呢？」

「我們會找到的，我保證。」

麥克斯的爸爸聽起來對自己非常有自信，即使他一直把那個綁匪當成男的。

我忽然明白，我得救的人不是只有麥克斯，我也得拯救他的父母。

㉙ 原文為麥克斯的爸爸說了「Stop」，亦即要麥克斯的媽媽停止去想兒子已經死亡，而維護交通安全的警衛需要對來往過馬路的小朋友說「Stop」，要他們先停下，語氣略微強硬。

46

我先從兒童醫院著手。我沒理由來這裡，但我想見夏天。我不確定爲什麼，但我就是想見她，我覺得我需要去見她。

我往休息室走去。電梯這次在十四樓把我放下來，我不需要走樓梯，我決定這是一個好兆頭，事情已經開始順利了。

我往休息室走去，現在已經過了七點，所以小朋友大概都上了床，離開病房的幻想朋友說不定已經在休息室裡面了。

我一走進去，克魯特就從椅子上跳了起來，他一面大喊我的名字，大頭一面不受控制地亂晃。其他三個幻想朋友也驚訝地從椅子上跳了起來，但他們都不是湯匙或夏天。

「嗨，克魯特。」我說。

「你看起來好像眞的人！」一個看起來像機器人的男孩說。他全身閃閃發亮，身體四四方方，動作僵硬。我以前見過許多機器人幻想朋友。

「他眞的好像！」一隻大概只有我一半大小的棕色泰迪熊說。

第三個是一個看起來很像人類的女孩，只是少了眉毛，而且背後有一對仙子翅膀，她坐回位子上，雙手在大腿上交握著，什麼話都沒說。

「謝謝。」我對機器人和泰迪熊說完後，轉向克魯特，問：「夏天還在這裡嗎？湯匙呢？」

「湯匙兩天前回家了。」克魯特說。

「那夏天呢？」我問。

克魯特看著自己的腳。我轉向機器人和泰迪熊，他們也同樣低頭看著自己的腳。

「怎麼了？」

克魯特緩緩搖起頭，這個動作讓他的頭又開始晃起來。除了他晃來晃去的頭讓眼睛不得不往上抬的時候，他不願看著我。

「她死了。」有著仙子翅膀的女孩說。

我轉過身面對她，問：「妳說她死了是什麼意思？」

「夏天死了。」她說：「葛蕾絲也死了。」

「葛蕾絲？」我問。然後我想起來了。

「她的朋友。」小仙女說：「她那生病的朋友。」

「夏天死了，然後葛蕾絲才死的？」我問。

「沒錯。」小仙女說：「夏天先消失了，過了一會兒之後，醫生說葛蕾絲死了。」

「真令人傷心。」克魯特聽起來像是要哭了。「她那時就和我們一起坐在這裡，突然間就開始慢慢消失了，我可以直接看穿她的身體。」

「她很害怕嗎？」我問：「會很痛嗎？」

「她不害怕。」小仙女說：「她知道葛蕾絲會死掉，所以她很高興先死掉的是她自己。」

「為什麼？」我問。

「這樣她就可以在另外一邊等葛蕾絲了。」小仙女說。

「什麼另外一邊？」

「我不知道。」她說。

我看著克魯特。

「我也不知道。」他說：「她只說她和葛蕾絲在另外一邊就可以在一起了。」

「我當時不在場。」泰迪熊說：「但聽起來眞的令人難過，我永遠都不想消失。」

「我們有一天都會消失。」機器人說，他說話就像電影裡的機器人一樣，完全僵硬又不連貫。

「我們都會消失？」克魯特說。

「你找到你的朋友了嗎？」小仙女問。

「什麼？」我問。

「你找到你的朋友了嗎？」小仙女又問：「夏天告訴我們，你失去了朋友，正在找他。」

「我也告訴你們了。」克魯特一面說，一面上下晃著他的頭。「我在你們之前就先認識布多了。」

「找到了。」我說：「我找到他了，但我還沒有把他救出來。」

「你會救他出來嗎？」小仙女站了起來，但她的頭頂還是不到我的肩膀高。

我想告訴這個小仙女，我正在設法要救出麥克斯，但我說出口的卻是：「我會。我答應了夏天，我會的。」

「所以你才來這裡？」她問。

「我需要協助。」我說：「我需要有人幫忙一起去救麥克斯。」

「我們的協助？」克魯特充滿期待地問，他甚至很興奮，頭又開始亂晃起來。

「不是。」我說：「但還是謝謝你們。你們幫不了我，我需要的是另外一個人。」

47

關於奧斯華，我所知道的是：

一、他個子高到頭幾乎要碰到天花板，他是我見過最高的幻想朋友。

二、奧斯華看起來很像人類，他幾乎就和我一樣像人類，只是他很高。像是耳朵啦鼻子啦還有其他那些東西，他通通都有。

三、我只遇過一個擁有大人朋友的幻想朋友，那就是奧斯華。

四、奧斯華是我唯一見過能在現實世界裡移動東西的幻想朋友，讓我反而不那麼確定他到底是不是幻想朋友。

五、奧斯華很兇很嚇人。

六、奧斯華討厭我。

七、只有奧斯華能幫我救出麥克斯。

我在一個月前遇見奧斯華，現在我不確定他是不是還在這間醫院，但我想他說不定還在。他的人類朋友住在醫院專門為精神錯亂的病患設置的特殊樓層裡，麥克斯告訴我，那就是瘋子的意思。我聽過其中一個醫生這麼說，或許是護士說的，她說她討厭在這一層樓工作，得和這麼多神經有問題的傢伙待在一起。

但另外一個護士說這層樓是專門收頭部受傷的病人，我想就是指撞壞腦袋的人吧。我不是很確定，也許兩者都是。也許頭撞壞了，人就會變成瘋子。

奧斯華的人類朋友也在昏迷中，麥克斯說這表示他會永遠睡下去。一個陷於昏迷的人就像我的反面，我從不睡覺，但昏迷的人只會睡覺。

我第一次見到奧斯華的時候，是在成人醫院。我有時候喜歡去那裡，聽醫生講講病患的故事。每一個病人都不一樣，所以每一個故事也都不同。有時候故事很難聽懂，但總是讓人興奮，甚至比看保利刮彩券還要有趣。

有時候我就只是繞著醫院走走，因爲醫院太大了，每次我去那裡，就會發現又有新地方可以去探險。

那天我正在八樓探險，奧斯華從走廊那頭向我走過來，他低著頭，看著自己的腳。他很高大、身材很壯，扁平臉，粗脖子。他的臉頰紅紅的，就像剛從很冷的地方走進來。他的頭光禿禿的，那顆大頭上一根頭髮都沒有。

不過，最吸引我注意的是他走路的方式。他把兩條腿往前甩，好像要踢開在他面前的空氣，好像全世界都沒有東西能阻擋他，讓我想起鏟雪機。

他快走到我面前時，抬起頭大喊：「別擋路！」

我轉頭去看誰在我後面走路，但走廊是空的。

我轉回頭，奧斯華說：「別擋路！閃開！」

那時我才明白他是幻想朋友。他可以看見我，他正在對我說話，所以我站到一邊，然後他走過我面前。像鏟雪機一樣鏟過我面前，甚至連看都沒看我一眼。我轉身跟著他，我從沒見過這麼像人類的幻想朋友，而且我想和他說話。

「我叫布多。」我試著想趕上他。

「奧斯華。」他沒有回頭看我，只是說出這個名字，然後繼續往前鏟去。

「不對。」我說：「我叫布多。」

他停了下來，轉頭看著我，說：「我叫奧斯華，離我遠一點。」

他轉過身繼續往前走。

我有點緊張，因爲奧斯華塊頭這麼高大，講話這麼大聲，而且看起來好兇。我從沒見過很兇的幻想朋友，但我也沒見過這麼像人類的幻想朋友，所以我忍不住還是跟了上去。

他走過走廊，轉身，繼續走向另外一條走廊，然後又轉彎，最後停在一道門前。那道門沒有完全關上，只打開了一條縫。醫生把門打開一條縫，這樣他們才可以在半夜溜進病房檢查病人，不用吵醒他們。那道門的縫隙太小，小到奧斯華鑽不進去，我以爲他會像我一樣穿過門進去，但他卻是伸出手去移動房門。他用手把門推開到他剛好可以擠進去。

門開始動的時候，我尖叫了出來。我簡直不敢相信，我從沒見過幻想朋友能移動現實世界裡的任何東西。奧斯華一定是聽到了我的尖叫，因爲他轉過頭，然後朝我衝過來，我僵在原地，不知道該怎麼辦。我還是不敢相信我剛剛看到的。奧斯華一面向我走來，一面甩出雙手，然後揍了我。從來沒有人揍過我。我跌跌撞撞倒在地上。

好痛。

直到那個時候，我才真正知道我會感覺到痛。在這之前我從來不知道好痛到底是什麼意思。

「我說給我滾開！」他喊完之後，轉身走回病房。

即使奧斯華對我大喊，又推我揍我，可是我還是想知道病房裡到底有什麼，我就是忍不住。我才剛剛見到一個幻想朋友碰到了現實世界裡的門，而且還能開門，我得知道更多才行。

於是我等著。我走到走廊盡頭，站在那裡，從角落偷窺，目光一直放在那道門上。我等了好久好久，奧斯華才終於從那道他好久之前推開的門縫裡走出病房。他正朝我的方向走過來，所以我稍微往走廊裡面走幾步，躲在一座壁櫥裡。我站在黑暗中，從一數到一百，然後走到原來的地方。

奧斯華已經不在了。

我回到奧斯華才剛離開的病房，走了進去。裡面的燈都關了，但走廊上的燈光讓這間病房模模糊糊散發著光暈。病房裡有兩張病床，有一個人躺在最靠近門的那張床上，另外一張床是空的，上面沒有被單或是枕頭。我四處尋找有沒有玩具或填充娃娃，或是小褲子或小鞋子，或是任何東西，能讓我知道待在這間病房裡的是個小男生或是小女生，但我什麼都沒找到。

只有這個男人。

他有著茂密的紅色鬍鬚和濃密的眉毛，但他的頭頂和奧斯華一樣，完全沒有頭髮。他的床邊有機器，管線連接著他的手臂和胸口。那些機器發出「嗶嗶」和「嘶嘶」的聲音，連接機器的小小電視螢幕上一閃一閃地亮著燈光。

我又轉過頭去看那張空床，想著也許漏看了什麼。也許這裡有塡充娃娃，而且衣櫃裡掛著小小的褲子，有個小男生在浴室裡。又或者這個躺在病床上的光頭男人是位爸爸，奧斯華是他兒子或女兒（大概是他兒子）的幻想朋友。也許光頭男人的兒子此刻正坐在等待室裡，等著他爸爸醒過來；也許是那個小男生要奧斯華過來看看他爸爸是不是沒事。

接著我想，也許這個光頭男人並不是任何人的爸爸，他可能是任何人。也許奧斯華只是在那張空床上休息，又也許奧斯華是在找一個安靜的地方坐一下，又也許奧斯華只是和我一樣好奇。

接著我又想，也許奧斯華是一個能看見幻想朋友的人類，而不是一個能碰觸到人類世界的幻想朋友。我正在試圖決定到底哪一個答案比較有可能的時候，有三個人打開燈，走進病房裡。一個人穿著白袍，其他兩個人站在她身後，手裡拿著寫字板。這三個人走到躺在病床上的男人面前，穿著白袍的女人說：「這位是約翰．賀利。五十二歲，因爲跌倒而頭部受創。八月四日被帶到這裡，對所有治療皆無反應，他到院後一直陷於昏迷。」

「針對賀利先生的治療計畫是？」其中一個拿著寫字板的人問。

那三個人一直在講話，問問題然後回答問題，但我沒有再去仔細聽。

就是這時候，奧斯華走回病房裡。

他的目光先是落在穿著白袍和拿著寫字板的人上頭，他看起來不是很高興，但也沒有生氣。他翻了翻白眼，低低「哼」了一聲。我想他之前見過這些人。

然後他注意到了我。我就站在兩張床中間，背靠著機器，試著不要動，希望如果我靜止不動的話，他也許就不會注意到我。他看見我的時候，嘴巴一下子張得好大，身體瞬間僵住。我想他一定是很驚訝看到我站在那裡，就像我看到他移動那道門一樣驚訝，他完全一臉不敢相信的樣子。

他深吸一口氣，用手指指著我，說：「是你！」

他沒有朝我衝過來，但他這麼高、動作又這麼快，他從門口走到兩張床中間，只不過走了三步還四步而已，我甚至沒時間來得及去想該怎麼辦。

我被困住了，而且我怕死了。我不認爲幻想朋友能殺掉另外一個幻想朋友，我以前也不認爲幻想朋友能夠傷害彼此，而奧斯華在這一點上已經證明了我是錯的。

奧斯華朝我撲了過來，我連忙跳上那張空床，再從另外一邊跳下來，我甚至還沒機會站穩，奧斯華就跟著也跳上了那張床，翻過床，跟著落在另外一邊的地上。他又推了我一次，他的手好大，大到他一推就把我整個人推離地面，我往後摔倒在角落的一張小桌子上，當然，桌子沒有移動，但我還是撞到了，很痛。桌角戳進了我的背，我因爲太痛而叫了出來。我是說，我被「桌角」這個概念戳到，但那就像眞的桌角一樣尖利。

我正要扶著桌子站起來，奧斯華抓住我的肩膀，把我扔回那張空床上。我在床墊上彈了一下，然後落在床角，又滾下床，摔在兩張床的中間。我掉下去的時候，大概是在其中一台機器上撞到了頭，所以沒辦法馬上重新爬起來。有那麼一瞬間，我就只是躺在那兒，試圖冷靜下來，然後思考。我看著光頭男人的床底下，看見床的另外一邊有六隻腳，是穿著白袍和拿著寫字板的那些人。他們仍在討論那個昏迷的男人，不斷問問題，然後看著一個叫做圖表的東西。他們完全不知道眼前有人正在打架，但那不是打架，因爲我沒有還手，我只是一直在挨打。

我四肢跪在地上，正打算要重新站起來的時候，奧斯華的膝蓋猛地擊中我的背，我從沒感覺這麼痛過，就像有東西在我的背上爆炸了一樣。我大叫一聲，跌回地上，整個臉砸在瓷磚上，鼻子和額頭爆痛，就像還在我背上爆炸的那種痛一樣。我以為我會哭，之前我從沒哭過。那時候我甚至不知道自己會不會哭，但我想我大概會，因為實在太痛了。

小朋友在遊樂場受傷時，都會一直喊媽咪。我想要喊我的媽咪，但是我沒有媽咪，在那個時刻，沒有媽咪這件事才是讓我感到最痛的。沒有人能來幫助我。那三個像是醫生的人仍站在病房裡，仍在講話，仍在盯著他們的寫字板，但他們不知道病房裡有人正在挨打。

不知道奧斯華是不是會殺掉我，或是把我弄昏，就像那個光頭男人。

奧斯華踢我的腿，踢我的手臂。

我又想要大叫我的媽咪了，但我想到的卻是小迪，所以我叫出來的是她的名字。

我以為我早就已經開始哭了，但我根本沒時間哭，因為奧斯華把我拎了起來，扔到病房的另一邊牆上。我從牆上彈下來，仍然爆痛的背朝下摔在地上。然後他又把我舉起來，往門口的方向扔過去。我的頭撞到門邊的牆，我看見星星滿天飛，分不清楚上下左右。接著他再一次舉起我，把我扔出房間，丟到走廊上。我滾了幾圈，然後用最快的速度爬開，遠離現場。我不知道我在往哪個方向爬，我只知道我正盡快離開那個地方，這樣才安全。我一面爬，一面一直在等著奧斯華把我拎起來再摔一次。

但他沒有這麼做。

我爬了大約三十秒才停下來往回看，奧斯華就站在走廊中央瞪著我。

「不要再給我回來。」他說。

我等著他再說些什麼別的。

他什麼都沒說，於是我說：「我知道了。」

「我是說眞的。」他說：「不要再給我回來！」

48

「奧斯華是我唯一的機會。」我說：「他是麥克斯得救的唯一機會。他一定得幫忙。」

「他不會的。」克魯特說。

機器人搖搖頭，和克魯特的意見一樣。

「他一定要。」我說。

我搭電梯來到十樓，然後走下兩層樓梯，來到八樓。

精神病患的樓層。

我走向上次見到奧斯華的病房，那間有著奧斯華的光頭精神病患朋友的病房。我走得很慢，轉過角落和經過敞開的門口時，都仔細看清楚，我不想不小心撞上奧斯華，因爲我還是不知道要對他說什麼。

那間病房的門是開著的。我走過去，盡量不去想上次見到奧斯華是什麼情形。他的聲音，他把我扔過房間的方式，還有他說「不要再給我回來！」時眼睛變成兩倍大的模樣。

我那天說不會再回來了，我答應過要永遠離得遠遠的。但現在我又來了。

我踏進病房裡，準備迎接痛擊。

攻擊來得很快。

奧斯華還沒碰到我之前，我看清楚了房間很多細節。

窗簾是拉開的，房間裡因爲有陽光，很明亮。這讓我感到很驚訝，我對這間病房的記憶是又漆黑又恐怖。在我的記憶中，這間病房沒有角落，只有一片又一片的漆黑。這間病房現在看起來太歡樂、太陽光了，好像任何壞事都不會發生，但奧斯華已經離我只有幾步遠，大喊：「不准過來！不准！不准！」

那個有著紅色鬍鬚的光頭男人還是躺在床上，機器仍在「呼呼」運轉，閃著燈光，發出「嘶嘶」的聲音。第二張床上也躺著一個男人，他很年輕，身材圓滾滾的，臉上看起來有些不對勁。他的臉看起來像是橡膠，而且一臉睡意。

房間裡有第三個人，一臉睡意的男人床邊有一張椅子，那個人就坐在那張椅子上，手裡拿著一本雜誌，他正大聲唸給床上那個一臉想睡的男人聽。我只聽到他唸了一點，奧斯華就壓到了我身上。我想那是一個和棒球有關的故事，講有人扔出一顆壞球。我還沒聽到更多內容，奧斯華的雙手就捉住我的脖子，又掐又擠，然後把我扔進病房裡。我摔上光頭男人的床，如果我不是幻想朋友，那張床早就滑到病房另一頭去了——我就是被摔得這麼用力。

但我是幻想出來的，所以我從床上彈了起來，在奧斯華腳邊摔成一團。我的頭、胸口和脖子都好痛，有好一會兒無法呼吸。奧斯華彎下身子，扯起我的衣領和褲帶把我拎起來，用力扔過光頭男人的床，我摔在想睡臉男人的床上。我也從他身上彈了起來，他根本沒什麼感覺，然後我從床邊滾下去，直滾到遠遠的牆邊，在地上又摔成一團。

我身上更多地方在痛了，而且幾乎是全身都在痛。

這主意眞糟。奧斯華根本不像鏟雪機，他就像用鐵鍊掛著一顆球的起重機，用來拆除老舊建築物的那種起重機，他一直不斷把我揍飛出去。

我這次很快就站起來，我一定要很快就起來，不然奧斯華會再把我拎起來摔出去，或是又開始踢我。坐在椅子上的那個人，是個肌膚蒼白的年輕人，仍繼續在看雜誌。他正處在一場打架中，他卻永遠都不會知道。

奧斯華又開始移動了，很快從想睡臉男人的床邊往牆這邊走過來，讓我沒辦法逃跑。我忽然希望要是繼續待在地上就好了，那我就可以從想睡臉男人的床下滾過去，再滾過光頭精神病患的床底下，然後一路滾出病房。

奧斯華又往前走了兩步，離我更近了。我還是沒有對他說一個字，我決定現在就是說話的好時機。

「夠了。」我試著讓自己聽起來在求他。我裝得很像，因為我本來就是在求他。「拜託，我需要你的幫助。」

「我不是說過，不准你再來了！」奧斯華大喊，聲音大到有那麼一瞬間壓過唸棒球故事的聲音。然後他往前走，又把雙手放在我的脖子上。

我試著想抵擋，但他拍開我的手，彷彿我的手是紙做的一樣。就像毛毛的手。奧斯華開始掐我的脖子，想要掐死我。如果我需要呼吸空氣，我可能會死掉。還好我呼吸的只是「空氣」這個概念，但即使是這樣，我的喉嚨現在也快要被擠扁了。

我想我可能會死掉。

我感覺到自己的雙腳離開了地面，這時候我聽見房間裡出現另外一個聲音。

「奧斯華，放開他。」

奧斯華放手了，但不是因爲他聽話，而是因爲他很驚訝。不，他非常震驚，我從他臉上的表情可以看得出來。

我的雙腳碰到地面，跌跌撞撞了一會兒才穩住身子，同時也穩住呼吸，然後這才往門口的方向轉過身子。休息室裡的那個小仙女正站在門口，她不算是站著，應該是正在飛，在空中停留盤旋著，她那雙小小的翅膀移動得好快，只見到一團模糊的影子。

我從沒見過幻想朋友會飛。

「妳怎麼知道我的名字？」奧斯華問。

我想著要不要趁這個機會把奧斯華撞倒在地上，然後逃跑，或是趁著他分心的時候去揍他。但即使他想殺了我，我還是需要他的幫助，而且這是我能扭轉情勢的一個機會。

也可能是那個小仙女扭轉情勢的一個機會。

「布多是我的朋友。」小仙女說：「我不要你傷害他。」

「妳怎麼知道我的名字？」奧斯華又問了一次，他的驚訝很快轉變成憤怒，他的手握成拳頭，鼻孔也張了開來。

「奧斯華，布多需要你的幫忙。」小仙女說。

我不曉得自己是怎麼知道的，但我確定這個小仙女是在故意迴避奧斯華的問題，也許她正在試圖找出最好的答案。

「妳怎麼知道我的名字？」奧斯華這次用喊的，然後直直朝著門口的小仙女走去。

我跟了過去。

我不會讓他像之前傷害我那樣去傷害小仙女。但就在我伸手要去抓住他，想把他拉回來，好讓小仙女有足夠的時間逃走時，她的目光與我的目光對上，然後她非常輕微地搖了搖頭，暗示我不要這麼做，或至少先等一下。

我照做了。

小仙女要我不要這麼做是正確的。

奧斯華來到門邊後也停了下來。他沒有用那雙巨大的手去抓小仙女。他可以把我扔過房間，踢我掐我，但他卻沒有去碰那個小仙女。

「妳怎麼會知道我的名字？」奧斯華又大喊，這次我聽出了他聲音裡的某種情緒，那是我一開始沒有聽到的。奧斯華很生氣，但我想他同時也很好奇，甚至滿懷希望。在他的憤怒底下有某種情緒，我想奧斯華是希望小仙女能給他一個好答案。我想他也需要幫助。

「我是個小仙女。」小仙女說：「你知道什麼是小仙女嗎？」

「妳怎麼知道我的名字？！」奧斯華這一次是用吼的。如果奧斯華是人類，八樓的每一扇窗戶都會「嘎嘎」震動，在醫院的每一個人都會聽到他的吼聲。

我從沒這麼害怕過。

小仙女轉過身，指著床上的光頭男人，說：「他是你的朋友，而且他受傷了，對嗎？」

奧斯華瞪著她，沒有說話。我站在奧斯華後面，沒辦法看見他臉上的表情，但他的拳頭鬆開了，而且我可以看見他手臂和背部的肌肉也放鬆了一些。

「奧斯華。」小仙女又說了：「他是你的朋友，對不對？」

奧斯華看著那個光頭男人，目光又望回小仙女，點了點頭。

「他受傷了？」她問。

奧斯華慢慢點頭。

「我很遺憾。」小仙女說：「你知道發生了什麼事情嗎？」

奧斯華再次點頭。

「我們可以到走廊再說嗎？」小仙女問：「那個人一直在唸書，我沒辦法好好想事情。」

我都已經忘了想睡臉男人和他的蒼白朋友也在病房裡了。小仙女一開始講話，我就沒在聽那個扔出壞球的故事了。這就像在看馴獸師用牙籤，而不是用皮鞭和椅子要獅子冷靜下來，乖乖聽話。

不，不是牙籤，是棉花棒。但不管怎麼樣，就是成功了。這個小仙女辦到了。

奧斯華同意到走廊上，但小仙女轉身的時候，她注意到奧斯華沒有移動，於是她又轉回來。

「怎麼了？」她問。

「他也得離開。」奧斯華轉身指著我。

「當然，布多會跟我們一起去。」小仙女說。

奧斯華轉過身，跟著小仙女來到走廊，我則跟在他後面。我們在走廊上走了一小段路，來到一個開放的房間，裡面有椅子、檯燈和堆著雜誌的矮桌子。小仙女坐在一張椅子上，她的翅膀停止了揮動。當那對翅膀靜止時，她看起來好小、好虛弱，而且很輕薄。我不敢相信她居然會飛。

奧斯華坐在小仙女對面的一張椅子上。

我在小仙女旁邊的椅子上坐下。

「妳是誰？」奧斯華問。

「我叫小小。」小仙女說。

我覺得很不好意思，我從來沒問過她的名字。

「妳怎麼會知道我的名字？」奧斯華又問了一次，他的憤怒現在已經完全轉變成純好奇。

小小頓了一下。我想著自己是不是應該要說些什麼，好讓她有更多時間想一下。她看起來不是很確定，但在我能想到該說什麼話之前，她開口了。

「我本來要告訴你，我是一個神奇的小仙女，知道世界上的所有事情，你只需要聽我的話就好了，但我不想說謊。我知道你叫奧斯華，是布多告訴我的。」

奧斯華什麼都沒有說。

我張開嘴想說話，但接下來說話的還是小小。

「布多需要你的幫助，我怕你會對他很兇，就像上次你見到他那樣，所以我才跟著他到這裡來。」

「我說過要他別再來。」奧斯華說：「我警告過他了。」

「我知道，但他需要你的幫助，他一定得來。」

「爲什麼？」奧斯華問。

「因爲布多說過，你可以移動現實世界裡的東西。」小小說：「這是眞的嗎？」她像是自己都不敢相信似地提出這個問題。

奧斯華濃密的眉毛擠在一起，就像兩條毛毛蟲在親吻。我突然發現，他的眉毛和那個光頭男人一樣，其實他看起來很像那個光頭男人。我現在沒有在病房裡一直被扔來扔去，要看出他們之間相似的地方就容易多了。

「我看見你把那間病房的門推開。」我說：「你可以移動在現實世界裡的東西，對不對？就像這張桌子？或是那些雜誌？」

「沒錯。」奧斯華說：「但很難。」

「很難？」小小問。

「現實世界裡的一切東西都很重，比你要重多了。」他指著我說。

「是啊是啊。」我說。

那兩條毛毛蟲又親在了一起。

「沒事沒事。」我說。

「而且我永遠沒辦法移動桌子。」他說：「即使像這樣小的桌子也太重了。」

「但你可以移動小東西，對嗎？」我問。

奧斯華點頭。

「你活多久了？」小小問。

「我不知道。」奧斯華低頭看著自己的腳。

「你朋友叫什麼名字？」小小問。

「誰？」

「在病床上的那個人。」

「喔。」奧斯華說：「他叫約翰。」

「他受傷前你就認識他了嗎？」我問。

我想到在加護病房裡那個沒有名字的小女孩，不知道奧斯華是不是也像她一樣？

「只有認識一下子。」奧斯華說：「當時他躺在地上，他的頭破了。他往上看著我，對我微笑，然後就閉上了眼睛。」

「然後你就跟著他來到這裡？」我問。

「沒錯。」奧斯華頓了一下，才說：「我希望約翰能張開眼睛，對我再微笑一次。」

「你能幫助布多嗎？」小小問。

「怎麼幫？」

「我需要你幫助我的朋友。」我說：「他沒有像約翰那樣受傷，但是他現在有大麻煩，沒有你，我沒辦法救他。」

「我得要走下樓梯嗎？我不喜歡樓梯。」

「你得要去很遠的地方。」小小說：「你要走下樓梯，要走到外面，去很遠的地方。可是這件事很重要，而且約翰一定會要你這麼做的。你做完之後，布多會帶你回到這個地方，好嗎？」

「不好。」奧斯華說：「我辦不到。」

「你當然辦得到。」小小說：「你得辦到才行。一個小男孩有了麻煩，只有你能救他。」

「我不要。」奧斯華說。

「我知道。」小小說：「但是你必須這麼做。一個小男孩有麻煩了，我們不能拒絕去幫助有麻煩的小男孩，對不對？」

「對。」奧斯華說。

49

「妳是怎麼辦到的?」我們一面穿過走廊往電梯的方向走去,我一面這麼問小小。

我走在小小的身邊,她飛過走廊,翅膀發出之前在光頭男人病房裡沒聽到的「嗡嗡」聲。她的翅膀移動得好快,即使離得這麼近,看起來只不過是一團模糊的影子。

奧斯華在我們身後,低著頭,看起來又像一台鏟雪機了。

「我怎麼辦到的?」小小問。

「這一切。」我壓低了聲音問:「妳怎麼知道奧斯華不會像攻擊我那樣去攻擊妳?妳怎麼說服他來幫我的?妳又怎麼會知道我在哪裡?」

「最後一個問題很簡單。」小小說:「你對我們說過,你第一次是在哪一層樓發現奧斯華的。你離開幾分鐘後,我心想你可能會需要一些幫助,所以我走到成人醫院,然後順著樓梯飛到八樓。我一上來,一下子就找到你了。你們兩個打鬧得那麼大聲,我當然馬上就知道要去哪裡找人。」

「那是我像布娃娃一樣被人摔過病房的聲音。」

「我知道。」小小微笑著說。

「好吧。那妳怎麼知道奧斯華不會像他攻擊我那樣去攻擊妳?」我問。

「我沒有進入他的病房。」小小說:「我是待在門口。」

「我不懂。」

「你對我們說過，你們第一次見面時，奧斯華發現你偷偷跟在他後面，是在他的病房外，之後他又發現你在他的病房裡。我就想，如果我不進去病房，他說不定就不會傷害我。而且我是女生，還是一個小仙女。只有眞正的混蛋才會去揍小仙女。」

「妳被想像得很聰明。」我說。

小小再次露出微笑。

「妳活多久了？」我問。

「快要三年了。」

「像我們這樣的人，這已經是一段很長的時間了。」我說。

「比起你就差遠了。」

「是不錯，但還是很長的一段時間了，妳很幸運。」

我們轉過一個轉角，經過一個坐在輪椅上自言自語的男人。我四處尋找幻想朋友，但一個都沒碰到。我轉過頭去看看奧斯華還在不在，他在我們身後三步遠的地方，一路鏟過來。我轉回頭看著小小。

「妳是怎麼讓奧斯華來幫我的？」我低聲說：「妳只是要他來幫忙，然後他就說好。」

「我只是做了每次媽媽要奧柏莉去做某件事情的時候，用的那一招。」

「奧柏莉是妳的人類朋友？」我問。

「沒錯。她的腦袋有點問題，醫生得修好，所以她才會在醫院裡。」

「妳媽媽要奧柏莉做某件事情的時候，會用哪一招？」我問。

「媽媽要奧柏莉去做功課，或是刷牙，或是吃花椰菜的時候，她不會直接要奧柏莉去做。她會讓那聽起來像是奧柏莉自己的選擇，好像那是奧柏莉唯一的選擇，例如不吃花椰菜是不對的。」

「就這樣？」我問：「就這麼簡單？」

我試著去回想小小對奧斯華說過的每一句話，但當時一切都發生得太快了。

「要說服奧斯華一點都不難，因爲不去幫你實在是非常嚴重的錯誤，比不吃花椰菜或不刷牙，還要嚴重得多。而且我也有問他問題呀，我試著表現出我很在乎，因爲我想他說不定很寂寞。在成人醫院裡可沒有太多幻想朋友，不是嗎？」

「妳眞的被想像得很聰明。」我說。

小小又露出了微笑。自從葛拉漢消失後，這是我第一次覺得說不定已經又找到了一個可以當朋友的幻想朋友。

我們到達電梯後，我轉頭對奧斯華說：「你要搭電梯，還是走樓梯？」

「我從來沒有搭過電梯。」他說。

「那你要走樓梯囉？」我問。

「我不喜歡樓梯。」他看著自己的腳。

「好吧，那我們就搭電梯，會很好玩的。」

我們站在電梯旁，等著有人過來，壓下往下的按鈕。我想著要不要讓奧斯華去壓下按鈕，這樣我就可以又看見他移動現實世界裡的東西，但最後決定還是算了。他說過在現實世界裡要移動東西很難，所以如果有人可以替他做這件事，那就沒必要去要他做，他已經夠緊張了。

沒等多久，就有一個穿著白袍的人走過來，推著另外一個坐在輪椅上的人。穿著白袍的人按了往下的按鈕，當電梯門滑開時，奧斯華、小小還有我跟在他後面走了進去。

「我以前從沒搭過電梯。」奧斯華又說了一次。

「很好玩的。」我說：「你會喜歡的。」

但奧斯華看起來很緊張，小小也是。

推著輪椅的男人按下「三」這個數字，電梯開始移動。奧斯華睜大了眼睛，雙手握成了拳頭。

「這兩個人會在三樓出去，所以我們也在三樓出去，然後可以從三樓走樓梯。」

「好。」奧斯華看起來鬆了口氣。

我想告訴他，從三樓搭電梯到一樓只不過需要多花五秒鐘，但我沒說，讓他繼續感覺鬆了口氣。他不喜歡樓梯，所以他一定恨死了電梯。

我想小小也是。

電梯門滑開了，我們跟著那個男人還有那張輪椅走出去，來到走廊上。

「樓梯在角落。」我說。

我一面說，一面指著電梯對面牆上的牌子。在廁所和一個叫做放射室的方向指標中間，寫著：

「↓加護病房」

我停了下來。

我盯著那塊牌子看了好一會兒。

我沒有移動，所以小小問：「怎麼了？」

「妳可以和奧斯華在這裡等一下嗎？」我問小小。

「爲什麼？」

「我想去看一個人，我想她在這一層樓。」

「是誰？」小小問。

「一個朋友。」我說：「算是朋友吧，我想她就在走廊盡頭。」

小小盯著我瞧，她的眼睛瞇了起來。我覺得她正在試圖想看穿我。

「好吧。」她最後終於說：「我們可以等。對吧，奧斯華？」

「對。」奧斯華說。

我往左轉，就像我上次在兒童醫院找到加護病房那樣，跟著方向標誌前進。我走過兩條長長的走廊，轉了一個彎後，發現自己站在一面雙扇大門外，那扇大門看起來很像兒童醫院加護病房裡的那一扇，門上的牌子寫著加護病房。

我穿過這面雙扇大門。

我正站在一間大房間裡，簾子沿著房間外緣掛著。有些簾子是關上的，有些是打開的。房間中央有一個長長的櫃台、辦公桌，還有很多機器。醫生到處走動，在簾子裡進進出出、在電腦上打字、講電話、彼此交談、在寫字板上寫東西，每個人看起來都很憂心。

所有的醫生看起來都是一臉擔憂，但這些醫生看起來特別擔心。

我先從最靠近簾子找起。簾子是關上的，我從底下爬進去。一個老婦人躺在簾子後的病床上，她頭髮花白，眼睛旁邊有好多皺紋。她的手臂上插著連接到機器上的管線，鼻子下插著一根細細的塑膠管。她正在睡覺。

我移到下一個簾子，然後再下一個。簾子如果是關著的，我就從底下爬進去。有些病床是空的，有些病床上有人。都是大人，大部分都是男人。有兩個簾子後面連床都沒有。

我在最後一個簾子後面找到了小迪。一開始我不知道那是小迪，她的頭髮被剃光了，就像奧斯華的光頭朋友一樣光禿禿的。她的頭就像奧斯華一樣，一根頭髮都沒有。她的臉頰腫脹，眼睛周圍的皮膚發黑，她是我見過身上連結著最多機器的病人，她身上插著從裝著水的袋子裡輸送液體的管線，手臂上連接到有著很小電視螢幕的機器，機器發出「嘶嘶」、「嗶嗶」和「喀噠、喀噠」的聲音。

有一個女人坐在小迪床邊的椅子上，正握著她的手。那是小迪的妹妹，因爲她看起來就像小迪，比較年輕的小迪。同樣的深色肌膚，同樣的尖下巴，同樣圓圓的眼睛。她正在小迪耳邊低聲說一些話，她低聲說著同樣的話，一遍又一遍，像是上帝、耶穌，還有全能的神，和讚美您。我幾乎聽不到她的聲音，小迪看起來很不好。她看起來狀況非常糟。

小迪的妹妹看起來也不好，她看起來又累又怕。

我坐在床角，就坐在小迪妹妹的身邊。我低頭看著小迪，很想哭，只是我沒時間哭了。小小和奧斯華還在電梯旁等我，而派特森老師正在把衣服和食物塞滿她的祕密巴士。我得走了。

「我很抱歉妳受傷了。」我對小迪說：「我很抱歉。我希望可以救妳，我好想妳。」

我的眼裡溢滿淚水，這是我第二次眼裡出現眼淚，感覺好奇怪。滑滑的，熱熱的。

「我得去救麥克斯。」我告訴小迪：「我那時無法救妳，但我現在可以救麥克斯。所以我得走了。」

我站起來準備要離去，但又回過頭，看著小迪蒼白的臉和細瘦的手腕。我聽著她不規律的刺耳呼吸聲、她妹妹的呢喃，還有她床邊那些機器規律的「嗶嗶」聲。我看著，聽著，然後又坐了回去。

「我好害怕。」我對小迪說：「我那時沒辦法救妳，但也許我現在可以救麥克斯，但是我好怕。麥克斯有麻煩了，可是我認爲他的麻煩對我是好事。如果他繼續有麻煩，我就可以繼續活下去，所以我很困惑。」

我深吸一口氣，想著接下來要說什麼，但實在想不出，於是就直接又開口說了。

「麥克斯不是會被戴著惡魔面具的人開槍射中，這完全不是那樣的麻煩。我知道派特森老師會好好照顧麥克斯。她也是魔鬼，但不是那種開槍打妳的魔鬼。不管我做什麼，麥克斯都會沒事，但我可能就會有事，我不知道我會怎麼樣。現在有奧斯華來幫我了，說不定我眞的能救出麥克斯。我從來沒想過奧斯華會同意幫忙，但他竟然答應了。我現在可以去救麥克斯了，只是我好害怕。」

我坐在那兒看著小迪，聽著她妹妹一次又一次喃喃唸著那些話，聽起來幾乎就像是一首歌。

「我知道去救麥克斯是對的。」我對小迪說：「但如果我不再存在了，我做的事情對不對，又有什麼關係？只有你人還在這裡，對的事情才是好事，才能讓你得到樂趣。」

我感覺到更多很燙、很滑的淚水出現在眼睛裡，但這些淚水不是爲了小迪，而是爲了我自己。

「我眞希望有天堂。如果我知道有一個專門爲我而存在的天堂，那我就一定會去救麥克斯了。我不會害怕，因爲我消失後，會有地方可以去，到另外一個地方。但我想這個世界上沒有天堂，我也絕對不認爲會有幻想朋友專屬的天堂。天堂應該是只留給上帝創造的人類，而上帝沒有創造我，是麥克斯創造了我。」

麥克斯是上帝的這個念頭讓我露出微笑，他是和一堆樂高玩具與玩具士兵一起被鎖在地下室的上帝。一個人的上帝。布多的上帝。

「我猜那就是我應該要去救他的理由。」我說：「因爲是他創造了我。要不是他，我不會活著。但我好害怕，我也爲自己的害怕感到難過。想到把麥克斯留在派特森老師那兒，我就覺得更難過。即使我知道我當然該去救他，但我也想過不要去救他，這讓我覺得自己很糟糕，就像一個大混蛋。但我也會擔心自己，這並不是錯的，對不對？」

「對。」

這不是小迪的妹妹或是醫生在說話，是小迪在說話。

我知道她聽不到我的聲音，因爲我是幻想朋友，但那個字聽起來就像在回答我的問題，我好驚訝。光是小迪說話，就讓我夠驚訝了。我倒抽了一口氣。

「小迪？」她的妹妹說：「妳剛剛說什麼？」

「不要怕。」小迪說。

「不要怕什麼？」小迪的妹妹捏著她的手，靠得越來越近。

「妳在對我說話嗎？」我問。

小迪的眼睛現在張開了，但只張開了一條好小好小的縫。我望過去，想看看她是不是正在看我，但我看不出來。

「不要怕。」小迪的聲音很虛弱、很輕，但每一個字都好清楚。

「醫生！」小迪的妹妹轉過頭對著房間中央的櫃台和辦公桌大喊。「我姊姊醒了！她在說話！」

兩個醫生站起來，朝我們的方向走過來。

「小迪，妳在對我說話嗎？」我又問了一次。我知道她不是，她不可能是，但她看起來好像是在和我說話。

「快去。」小迪說：「快去，是時候了。」

「我嗎？」我問：「小迪，妳是在和我說話嗎？」

醫生來了，他們把簾子整個拉開。一個醫生要小迪的妹妹先讓開，另外一個醫生來到床的另外一邊，一道令人心驚的聲音響起，小迪翻起了白眼。醫生們的動作更迅速了，我被另外一個才剛趕到的醫生推開床邊，跌倒在地上。他完全沒察覺他把我整個人給推開。

「她剛剛還在說話！」小迪的妹妹說。

「她不行了！」其中一個醫生說。

另外一個醫生按著小迪妹妹的肩膀，帶她離開床邊，接著又有另外兩個醫生趕到了。我走到床角，醫生們擠在小迪身邊，我幾乎看不到她了。其中一個醫生把塑膠袋罩在小迪的嘴上，開始一下一下地去擠那個袋子。另外一個醫生在一條連接到小迪手臂上的管子裡插進一根針。我看著黃色的液體從管子裡浮出來，然後消失在小迪的睡袍底下。

小迪要死了。

我從醫生的表情可以看得出來。他們搶救得很努力、很快，但只是在做該做的步驟而已。當麥克斯不懂一件事情，而老師認為他永遠都搞不懂的時候，我在一些老師臉上也見過同樣的表情。老師們教得很認真，但你看得出來他們就只是在上課而已，不是在教書。這些醫生現在看起來就是這個樣子，他們只是在做醫生該做的事情，但卻不相信會有任何效果。

小迪的眼睛閉上了。

我聽見她的話在我腦海裡迴盪。

快去。是時候了。不要怕。

50

我們站在醫院前門，外頭正下著雪。奧斯華說他從來沒有看過雪，我對他說，他會喜歡雪的。

「謝謝妳。」我對小小說。

她露出微笑。我知道她無法離開奧柏莉，但我還是希望她能和我們一起去。

「奧斯華，你準備好了嗎？」我問。

大廳裡很熱鬧，到處人來人往，和這麼多其他人一比較，奧斯華看起來更巨大了，他簡直是個巨人。

「沒有。」奧斯華說：「我要留在這裡。」

「你要和布多一起走，而且幫助他。」小小說。這不再是問題，而是命令。

「好吧。」奧斯華說。

他說「好吧」，但語氣聽起來卻是「不好」。

「很好。」小小說，然後她飛到奧斯華身邊，摟住他的脖子。

他倒吸了一口氣，肌肉緊張起來，手又握成了拳頭。小小一直緊緊摟著他，直到他終於放鬆下來。這可花了好久的時間。

「還有，祝好運。」小小又說：「我要再見到你們兩個。快點回來。」

「好。」奧斯華說。

「妳會的。」我說。

但我並不這麼認爲。我想這是我最後一次見到小小，或是來到這家醫院了。

◆

奧斯華一開始在外面花了五分鐘想要躲開飄落的雪花，他躲掉了一片，但同時有其他十片雪花飄落穿過他的身體，他甚至都沒注意到。

一旦他了解那些雪花傷害不了他，接下來的五分鐘他便試著用舌頭去接起那些雪花。當然，雪花也穿過了他的舌頭，但他花了一點時間才明白這一點，而且他在舔雪花的時候，至少已經從三個人和一根電線杆旁邊彈開。

「我們得走了。」我對奧斯華說。

「去哪？」

「我們得先回家，明天再搭巴士去學校。」

「我以前從沒搭過巴士。」奧斯華說。

我看得出來他很緊張。我決定從現在開始，盡可能讓他少知道一些。

「會很好玩的。」我說：「我保證。」

從醫院走回麥克斯家要走很久，我當然很享受這段路，但奧斯華一直在問問題，很多很多的問題。

爲什麼要把街燈打開？
每一盞街燈都有各別的開關嗎？
那些嘟嘟叫的火車要去哪裡？
爲什麼人們不自己畫錢來用？
誰決定紅燈要停下，綠燈才可以走？
只有一個月亮嗎？
所有的車子喇叭聲音都一樣嗎？
警察要怎麼防止樹長在街道的正中央？
人們會自己替車子上色嗎？
什麼是消防栓？
爲什麼人類走路時不吹口哨？
飛機不飛的時候住在哪裡？
這些問題沒完沒了，即使我很不想再聽到了，我還是不斷回答他。這個今天還曾經把我摔過醫院病房的巨人，現在需要我，只要他需要我，我希望他會聽我的話，並且幫助我。
自從我們在醫院離開小小之後，我就一直很害怕奧斯華會恢復原來生氣憤怒的模樣，害怕我們走得夠遠之後，小小的魔力會逐漸消失，但奧斯華卻變得比較像上學前的小朋友，什麼都想知道。
「這是我家。」眼前終於出現那條車道時，我對奧斯華說。

已經很晚了，我不確定有多晚，但廚房和客廳的燈都關了。

「我們要去哪裡？」奧斯華問。

「進去裡面。你睡覺嗎？」

「什麼時候？」奧斯華問。

「你會不會睡覺？」

「喔，會啊。」

「這就是我們今天睡覺的地方。」我指著這間屋子說。

「我要怎麼進去？」他問。

「從門口進去。」我說。

「怎麼進去？」

我接著便明白奧斯華沒辦法穿過門。在醫院裡，我們從三樓要走樓梯到一樓的時候，是跟著兩個穿藍色制服的人，走過通往樓梯間的門。我們離開醫院的時候，是跟著一個男人和一個女人離開的。

這就是爲什麼奧斯華要去推開那道通往光頭男人的病房門，也就是約翰的病房。如果他要進去的話，必須要把門推開。

「你可以開門嗎？」我問。

「我不知道。」奧斯華說，但我可以看見他正在盯著那道門，彷彿那是一座山。

「門會鎖上。」這是事實。「算了。」

「你通常是怎麼進去的？」奧斯華問。

「我可以穿過門。」

「穿過門？」

我走上屋子前門的三階台階，然後穿過門。我其實是穿過了兩道門，一道紗門和一道木門，然後我轉身又穿過門回到外面。

我重新出現在外面的時候，奧斯華的嘴巴張得好大，眼睛也瞪得像銅鈴一樣大。

「太神奇了！」他說。

「不，你才神奇。」我說：「我認識很多可以穿過門的幻想朋友，但我可不認識有任何幻想朋友可以碰到現實世界裡的東西。」

「幻想朋友？」

我發現我又說太多了。

「是的。」我說：「我是幻想朋友。」我停了停，想著接下來要說什麼。然後我又說：「你也是一樣。」

「我是幻想朋友？」奧斯華問。

「是啊，不然你以為你是什麼？」

「鬼。」他說：「我以為你也是鬼，我以為你要把約翰從我身邊偷走。」

我笑了出來，說：「才不是哩！這世界上才沒有鬼，不然你以為小小是什麼？」

「是小仙女。」奧斯華說。

我又笑了，但隨即明白說不定正是這樣，小小才能說服奧斯華來幫我。

「你猜對了一半。」我說：「她是小仙女沒錯，但她也是想像出來的。」

「喔。」

「你看起來有點苦惱。」我說。

他的確是。他又看著自己的腳，兩條手臂像溼麵條一樣垂在他的身邊。

「我不知道哪一個比較好。」奧斯華說：「幻想出來的，或是鬼。」

「有什麼不一樣？」我問。

「如果我是鬼，那表示我曾經活過。如果我是幻想出來的，那表示我從來沒有活過。」

我們兩個人盯著彼此瞧，沉默了一會兒，我不知道該說什麼。然後我想到了。

「我有一個主意。」我說。

我會這樣說，是因爲我眞的有了一個主意，但最主要是我想改變話題。

「你可以按門鈴嗎？」

「在哪裡？」奧斯華問，這個問題讓我知道他不曉得什麼是門鈴。

「那個小點。」我指著按鈕說：「如果你按下去，屋子裡面的一個鈴就會響，然後麥克斯的父母就會來開門。他們一開門，我們就溜進去。」

「你不是說你可以穿過門嗎？」奧斯華說。

「沒錯，我可以。抱歉，我是說你可以溜進去。」

「好吧。」奧斯華說。

他很常說好吧，每次他這麼說，我就沒辦法不去想到麥克斯。麥克斯今晚會是孤單一個人，被鎖在派特森老師家的地下室裡，這個念頭讓我覺得很難過，而且覺得自己很差勁。

我答應過他，永遠都不會離開，現在我卻和奧斯華在這裡。

但明天麥克斯就會睡在他自己的床上了。我在腦海裡說著這些話，讓自己覺得好過了一些。

奧斯華走上三階台階來到門前的平台，伸手去按電鈴，他這麼做之前，全身緊繃，手臂和脖子上的肌肉都爆了出來，額頭上冒出一條青筋，微微跳動。他眼睛上方那兩條毛毛蟲又在親吻了。他咬緊牙關，手指伸出去的時候，一直在發抖。手指碰到按鈕了，有那麼一瞬間，什麼都沒有發生。然後他的手抖得更厲害了，接著我聽到奧斯華嘴裡發出用力的聲音，按鈕消失在他的手指下，電鈴響了。

「你辦到了！」即使我之前就見過他碰觸到現實世界，但還是感到很驚奇。

奧斯華點點頭，他的額頭上有細小的汗珠，看起來像剛剛才跑完三十公里，正在緩過氣來。

我聽見有人在屋裡移動的聲音，我們往後站，這樣門打開的時候才不會把奧斯華撞到門廊下。那道木門往內打開了，麥克斯的媽媽走到門口，從紗門往外瞧。她雙手蓋在眼睛上方，來回張望，現在我看出來這不是一個好主意了。

我可以在她臉上看見希望。

她仍在想說不定是好消息出現了，她在想說不定會是麥克斯。

她打開紗門，走到門廊上，站在奧斯華旁邊。外頭很冷，雪已經停了，但我可以在冰凍的空氣裡見到她呼出的水氣，她用手臂抱著身體保持溫暖。麥克斯的媽媽說話了：「是誰？有誰在這裡？」這時我用手肘輕輕推著奧斯華往前走。

「快進去。」我說：「進去等我。」

奧斯華照著我的話做了。我看著麥克斯的媽媽又喊了一次，然後她臉上的希望消失了。

「是誰？」麥克斯的爸爸問。他站在廚房裡，奧斯華站在他旁邊。

「沒人。」麥克斯的媽媽說，那兩個字聽起來就像巨大的石塊那樣沉重，她幾乎無法搬起然後說出來。

「哪個混蛋在晚上十點跑來按人家門鈴，然後又跑掉？」麥克斯的爸爸說。

「說不定是按錯了。」麥克斯媽媽的聲音聽起來好遙遠，即使她就站在我身旁。

「去他的。」麥克斯的爸爸說：「沒人會犯下這種錯誤然後不見的。」

麥克斯的媽媽哭了起來，我想她反正早就該哭了，但不見這個字就像巨大的石塊那樣擊中了她，她的眼淚滾滾流了出來。

麥克斯的爸爸知道是怎麼回事，他知道他剛剛做了什麼好事。

「親愛的，對不起。」

他摟住她，把她拉回門內，關上紗門，這次紗門不再「砰、砰、砰」地響。他們站在廚房，彼此擁抱，麥克斯的媽媽一直哭一直哭一直哭，我從沒聽過有人哭得這麼大聲。

◆

麥克斯臥房的門是關起來的，所以我要奧斯華去睡在客廳的沙發上。他太高了，他的腳只好掛在沙發外面，兩隻腳吊在半空中，就像兩根巨大的釣魚竿。

「你覺得舒服嗎？」我問。

「如果有人睡在約翰隔壁那張床上，我就得睡地上，這比睡地上好多了。」

「那就好，好好睡吧。」

「等等。」奧斯華說：「你現在要去睡了嗎？」

我不想告訴奧斯華我不用睡覺，那只會讓他問更多問題，所以我說「對」。

「我就睡在椅子上，我很常這樣。」

「我睡覺前，總是和約翰講話。」

「是嗎？你對他說什麼？」

「我告訴他，我今天過得怎麼樣。」奧斯華說：「我做了什麼事情，見到了什麼人。我等不及告訴他今天發生的所有事情。」

「你要告訴我今天發生了什麼事情嗎？」

「不用。」奧斯華說：「你已經知道了，你一直和我在一起。」

「喔。」我說：「那你要告訴我其他的事情嗎？」

「不要。我要你告訴我，你的朋友是怎麼樣的人。」

「麥克斯？」

「是啊。」奧斯華說：「告訴我麥克斯的事情，我從沒有能走路和講話的朋友。」

「好吧。」我說：「我告訴你關於麥克斯的事情。」

我先從簡單的開始講。我先說麥克斯的長相，還有他喜歡吃什麼。接著我告訴奧斯華，那些樂高玩具、玩具士兵和電動遊戲的事情。我解釋麥克斯是怎麼樣和其他的小朋友不一樣，因爲他會發作，還有他幾乎都待在屋子裡。

然後我說起故事。我說起麥克斯念幼稚園時的第一次萬聖節派對，他多出來的便便，還有他和湯米．史溫登在男生廁所打架的那一次，還有湯米．史溫登上個星期是怎麼樣扔石頭打破麥克斯的臥房窗戶。我講著麥克斯的媽媽是如何要麥克斯嘗試新的事情，麥克斯的爸爸又是如何喜歡常常用「正常」這個字。我告訴他在後院裡的接球遊戲，還有麥克斯不知道要選紅色還是綠色上衣的時候，我是怎麼幫他選的。

最後我說起葛思克老師。我告訴他，她幾乎很完美，只除了她喜歡叫麥克斯我的孩子，但那樣也算接近完美了，所以她還是很完美的。

我沒有談起派特森老師。我怕要是我一談起她，奧斯華可能會怕到明天不願意幫我。

奧斯華沒有問問題。有兩次我以爲他已經睡著了，所以停了下來，然後他就抬起頭，看著我，說：「後來呢？」

「你知道我最喜歡麥克斯哪一點嗎？」我問。

「不知道。」他說：「我又不認識麥克斯。」

「我最喜歡麥克斯的一點，就是他很勇敢。」

「他做了什麼很勇敢的事？」

「不只是一件事。」我說：「是每一件事。麥克斯不像這個世界裡的其他人。小朋友會因爲他的不同而取笑他，他媽媽想把他變成不一樣的小男生，他爸爸把他當成別人來看待。連他的老師都對他有差別待遇，而且不怎麼友善，即使葛思克老師也是。她很完美，但她還是對麥克斯有差別待遇。沒有人當他是一個正常的男孩，每個人都要他變得正常，而不要他當自己。可是即使是這樣，麥克斯還是每天早上起床去上學、去公園，甚至去巴士站。」

「那樣很勇敢？」奧斯華問。

「那樣是最勇敢的。」我說：「我從沒見過像我活得這麼久、這麼聰明的幻想朋友。我很容易就可以出門去見其他的幻想朋友，他們很崇拜我，會問我問題，想要變得像我一樣——如果他們沒有正在狠狠揍我的話。」

我對奧斯華露出微笑。

他沒有回應。

「但你一定得是全世界最勇敢的人，才能在沒有人喜歡你原本模樣的情況下，每天仍然走出去做自己，我永遠都無法像麥克斯那樣勇敢。」

「我希望我有一個麥克斯。」奧斯華說：「我甚至從沒聽過約翰說話。」

「也許有一天他會的。」

「也許吧。」奧斯華說，但我不認爲他眞的這麼相信。

「我們現在可以睡覺了嗎？」我問。

「好。」奧斯華說完後沒有再出聲，幾乎是立刻就睡著了。

我坐在一張椅子上，一面看著他睡覺，一面試著想像明天的情況。我列了一張清單，列出爲了要救出麥克斯，所有我必須要做的事情。我試著去預測計畫哪裡可能出錯，想著當時機到了，要對麥克斯說什麼。

那才是最重要的部分。我沒辦法靠自己救出麥克斯，我會需要奧斯華的幫助，但最重要的是，我會需要麥克斯。

除非我能說服麥克斯去救自己，不然我無法把他救出來。

51

葛思克老師有次在班上讀故事給小朋友聽，故事的主角是一個叫做皮諾丘的小男生。她要講這個故事的時候，小朋友都笑了出來，他們認爲這個故事是說給小寶寶聽的。

但嘲笑葛思克老師從來都不是好主意。

她一開始讀起故事，小朋友們便明白他們之前錯得有多離譜。他們愛死了這個故事，不想要她停下來。他們想要一直、一直再聽下去，但葛思克老師每天都會停在故事裡最緊張懸疑的部分，讓小朋友等到第二天才知道接下來發生了什麼事。他們求她再多唸一點，她就會說：「想得美喔！等哪天豬在天上飛的時候，才輪到你們來上課！」小朋友們都好生氣，連麥克斯也是，他也愛死了這個故事。我想葛思克老師是故意的，誰叫他們要嘲笑她，這是懲罰。

絕對不要惹到葛思克老師。

皮諾丘是一個小木偶，是一個叫做皮蓋特的人用一塊魔法木頭雕刻出來的。雖然皮諾丘是個木偶，但他卻是活的。他可以自己四處移動和說話，而且每次說謊時鼻子都會變長，不過皮諾丘大部分的時間都在盼望自己可以變成一個眞正的男孩。

我討厭皮諾丘，我想全班只有我討厭他。皮諾丘是活的，那對他來說就已經夠了。他可以走路，可以說話，可以碰到現實世界裡的東西，可是他在故事裡卻一直想要得到更多。

皮諾丘不知道自己有多幸運。

今晚奧斯華說的關於鬼和幻想朋友的那些話，讓我想到皮諾丘。我想他是對的，當一個鬼還好一點，至少鬼曾經活過，幻想朋友在現實世界裡卻從未活過。

如果你是鬼，即使有人不再相信你，或是忘了你，或是找到比你更好的人來取代你的位置，你還是可以繼續存在。

如果我是鬼，我就可以永遠存在了。

◆

早上我忘了把奧斯華弄出屋子，這是今天犯下的第一個錯誤。我們還沒離開家裡就出了事，實在不是好預兆。

不過我想我們不會有問題的。麥克斯的媽媽大部分時候會去晨跑，麥克斯的爸爸通常在巴士來之前就離家去上班，況且有時候他會到外面去撿起在前院草坪上的報紙。有時候他就只是撿起報紙，然後帶著去上班，但有時候他會把報紙帶進屋裡，一面吃早餐一面看。我們只需要有人打開一次門，奧斯華就有機會可以出來了。

麥克斯的媽媽在七點三十分的時候走進廚房，她穿著睡袍，很安靜，即使她才剛起床，但看起來還是很疲累。她煮了一壺咖啡，吃著土司配果醬。她不是我的母親，我永遠都不會有媽媽，但她卻是最接近我媽媽的人，我實在不想見到她這麼微小、這麼疲倦、這麼悲傷。我試著想像她今晚見到麥克斯後快樂尖叫的模樣。我試著抹去她此刻精疲力盡的模樣，用我對未來的想像來取代。我會讓她恢復原狀的，我會救出麥克斯，這樣一來也就能救她了。

爐子上方的微波爐上有一個鐘，從那個時鐘來看，麥克斯的爸爸終於在七點四十八分的時候打開了門。他仍舊穿著運動長褲，我想他不會去上班了。他看起來很累。即使麥克斯的爸媽昨晚才擁抱過，我看得出來他們之間不太對勁。麥克斯的爸爸沒有和麥克斯的媽媽說話，他只說了聲「早安」，然後就沒了。她沒有和他說話，就像兩個人中間有一道看不見的牆。

麥克斯總是替他們製造很多爭吵的理由，但我想麥克斯同時也給了他們一個彼此相愛的理由。但現在他們正在失去希望，開始認爲也許永遠都見不到麥克斯了。而沒有了麥克斯，就沒有東西能將他們維繫在一起。這簡直就像麥克斯人還是在這裡，但只是在不斷提醒他們已經失去了他。

我今天要挽救的可多了。

巴士通常在七點五十五分的時候停在麥克斯家門口，但今天巴士不會停在他家門口。我們得到薩福伊家，也就是我們現在得盡快跑過去，不能錯過這班巴士，不然我不確定光靠自己是不是能找到學校。也許可以，但我們以前搭巴士時，我沒有特別注意街道，我可能會找不到學校。

我們一踏出屋子，奧斯華就開始問問題。

「車道盡頭那個小盒子是什麼？」他問。

「郵箱。」

「郵箱是什麼？」他問。

我停下來，轉過頭對他說：「如果我們趕不上那輛巴士，就無法救麥克斯了。只要我們搭上了巴士，你想問多少問題都可以，但要趕上巴士的話，現在就得趕快衝過去，好嗎？」

他。

「好吧。」奧斯華說完就開始跑了起來。他是個巨人，但還是跑得很快，我只能勉強追上

我們離薩福伊家還有兩個車道遠的時候，巴士經過了我們身邊。我很確定我們是絕對來不及趕到巴士站牌了，不過薩福伊家有三個小男生，還有一個叫做派蒂的一年級女生，他們都要在這一站上車，他們可能會讓巴士司機拖延一下子。也許不夠久，但還是有機會。

然後機會來了。傑瑞・薩福伊正要踏上巴士時，他的大哥亨利撞掉了他手裡的書，大聲笑了起來。那些書掉到巴士階梯前的地上，還有一本被撞到車底下。傑瑞得彎下身子去撿書，還得四肢跪在地上，伸手去撈那本掉在巴士底下的書。亨利・薩福伊塊頭很大，是個惡劣的小混蛋，但今天他可幫了我大忙。亨利並不知道，傑瑞也不知道，但他們也許正好救了麥克斯。我們及時趕到薩福伊家的巴士站牌，在派蒂後面擠上了車。

再晚個十秒鐘，巴士就會開走了。

我一面努力穩住呼吸，一面要奧斯華去我和麥克斯常坐的位子坐下。

「為什麼小朋友要搭巴士？」奧斯華問：「為什麼他們的媽媽不開車送他們去學校？」

「我不知道。」我說：「也許有些人家裡沒有車。」

「我以前從來沒搭過巴士。」

「我知道。」我說：「你覺得怎麼樣？」

「沒我以前想的那麼刺激。」

「謝謝你跑得這麼快。」

「我要救麥克斯。」奧斯華說。

「眞的嗎？」

「是啊。」

「爲什麼？」我問：「你甚至不認識他。」

「他是這世界上最勇敢的小男孩，你是這麼說的。他在湯米．史溫登的頭上便便，而且即使沒有人喜歡他，他還是每天去上學。我們得救出麥克斯。」

聽著奧斯華說出這些話，讓我打從心底感到溫暖。當葛思克老師說完一個故事，她的學生打從心底相信的時候，她一定也是這種感覺。

「只是我們要怎麼去救麥克斯？」奧斯華問：「你還沒有告訴我。」

我決定現在是時候了。我接下來花了十分鐘，把我所知道的關於派特森老師的一切全部告訴了奧斯華。

「你說得沒錯。」我說完後，奧斯華這麼說：「她是魔鬼，她是偷走小男孩的魔鬼。」

「沒錯。」我說：「但你知道嗎？我想派特森老師不認爲她自己是魔鬼，她認爲麥克斯的父母才是魔鬼，她認爲她現在做的才是對的。我還是不喜歡她，但那讓我少討厭她一點。」

「也許我們都是某個人的魔鬼。」奧斯華說：「說不定，甚至是你和我也一樣。」

他說出最後這句話的時候，我這才第一次注意到，隨著巴士在街上移動，我可以看見路旁的屋子與樹上最後幾片顏色鮮豔的葉子從車窗外閃過。

我可以透過他，看見樹木閃過眼前。

奧斯華正在消失。

這沒有道理啊。就在我需要奧斯華的這一天，他偏偏開始消失，這樣的機率有多大？就在麥克斯需要他的這一天？

這太不公平了。

這是不可能的啊！

這感覺就像電視節目裡有太多壞事同時發生，節目反而看起來不像是眞的。

接著我明白發生了什麼事情，這都是我的錯。奧斯華要死了，都是因爲我。

奧斯華說過，他每天晚上睡覺前都會和約翰說話，他會告訴約翰，他做了什麼、看見了什麼，他說完一天的經過之後，就會睡著。

一定就是這一點讓約翰持續相信奧斯華的存在，約翰每天晚上一定都能聽到奧斯華告訴他的故事，不管是用耳朵，或只是在腦袋裡聽見。他在心裡聽到這一切。也許這就是奧斯華一開始會存在的原因。約翰被困在一具無法醒來的身體裡，所以奧斯華就像是他的眼睛和耳朵，是他對外面這個世界的窗口。

我之前以爲奧斯華可以移動現實世界裡的東西，是因爲約翰是大人。我從沒見過有哪個幻想朋友的人類朋友是大人，我以爲那就是讓奧斯華這麼特別的原因，所以他才擁有這麼特別的能力。

但也許奧斯華能在現實世界裡移動東西，是因爲約翰無法再移動任何東西了。也許約翰對於自己被困在昏睡中這件事，難過到想像出奧斯華能去移動東西，因爲他自己辦不到。也許奧斯華是約翰對這個世界的窗口，是約翰仍舊能夠碰觸現實世界的方式。

只是現在我拿走了這個窗口。奧斯華昨天晚上沒辦法和約翰說話，所以現在約翰已經停止去相信他的幻想朋友是存在的了。

奧斯華會死，都是因爲我。

奧斯華說得沒錯，每一個人都是其他人的魔鬼，而我就是奧斯華的魔鬼。

52

我們坐在葛思克老師的教室裡。葛思克老師正在講她兩個女兒史黛芬妮與雀兒喜的故事。她今天仍在假裝是她自己，但我可以從她的眼裡見到哀傷。她沒有在教室裡跳來跳去，好像地板著了火似的，可是小朋友還是都坐在椅子邊上，專心聽她說話。奧斯華也坐在椅子邊上專心聽著，目光無法從葛思克老師身上移開。我想這是他還沒注意到他自己正在消失的唯一理由。他消失得很快，比葛拉漢要快多了。我很擔心在學校放學之前，他大概就會完全不見了。

奧斯華轉過頭看我。

我準備好要聽壞消息了。他知道他正在消失，我感覺得出來。

「我愛死了葛思克老師。」他說。

我露出微笑。

奧斯華又把注意力轉回葛思克老師身上，她已經說完了她女兒的故事，正在講一種叫做述語[30]的東西。我不知道什麼是述語，我也不認為奧斯華知道，但他似乎比教室裡的任何人都對述語有興趣多了。他的眼睛牢牢黏在葛思克老師身上。

我知道必須要做什麼了。我不知道該怎麼做，但我得找到方法才行，這樣才是對的。

[30] 語言學中，述語是用來形容一個句子的主語。

有葛思克老師在教室裡，我感覺自己不可能做出錯誤的決定。

「奧斯華，我們得走了。」我說。

「去哪裡？」他仍盯著葛思克老師瞧。

「去醫院。」

他轉過頭看著我，他眼睛上方那兩條毛毛蟲又親在了一起。「那麥克斯怎麼辦？我們得去救他。」

「奧斯華，你正在消失啊！」

「你知道？」他問。

「你知道？」我問。

「知道。我今天早上醒來時就注意到了，我可以看穿我的手。你什麼都沒說，我以為大概只有我才看得到。」

「不，我看得出來，而且我之前就看過這種事情發生。如果我們不讓你回到約翰身邊，你會完全消失的。」

「也許吧。」奧斯華說，但他不相信「也許」這種事。他完全相信，就像我一樣。

「不是也許。」我說：「我知道的。約翰相信你，是因爲他每天晚上都聽你說話，但他昨天晚上沒聽到你的聲音，因爲你和我在一起，所以你才會開始消失。我們得讓你回到他身邊。」

「那麥克斯怎麼辦？」奧斯華的聲音裡有一絲絲怒氣，讓我很驚訝。

「麥克斯是我的朋友，我知道他不會要你因爲去救他而死，那樣是不對的。」

「我要去救麥克斯。」奧斯華說：「我得做出選擇。」

他握緊拳頭瞪著我，我不禁懷疑是不是因爲葛思克老師在教室裡，所以奧斯華才不得不去做對的事情。

「我知道你想救他。」我說：「但不是今天。我們得讓你先回到約翰身邊，你可以明天再去救麥克斯。」

「我可能來不及回到約翰身邊了。」奧斯華說：「就算來得及，我已經感覺不到約翰了，我想已經太遲了。」

我也這麼認爲。我想起之前要救葛拉漢時所發生的一切。我漸漸相信一旦幻想朋友開始消失，就再也無法阻止。但我不想大聲把這件事說出來。

「除非我們做點什麼補救，不然你會死的。」我說。

「沒關係，我知道。」

「你不會變成鬼的，如果你是這個意思的話。你只是會永遠消失！就像你從來都不曾存在一樣。」

「如果我救了麥克斯就不會。」奧斯華說；「如果我救了全世界最勇敢的小男生，那會讓我好像永遠都存在。」

「不對。」我說：「你會消失，沒有人會記得你。連麥克斯都不會記得，你就像從來沒有存在過。」

「你知道爲什麼你遇見我的時候，我會那麼生氣嗎？」奧斯華問。

「你以爲我是鬼，而且你以爲我會偷走約翰。」

「沒錯，但也不完全是。那是因爲我人在醫院，卻好像不存在一樣。我被困在那間病房和走廊裡，沒人可以說話，沒東西可以看，沒事情可以做。也許我不是鬼，但那讓我覺得自己就像一個鬼。」

「才不是這樣。」我說。

的確不是。我覺得自己和奧斯華互換了角色。我很生氣，也很害怕，而且準備好隨時在某人臉上揍一拳，但他卻平靜到不可思議的地步。他正在自己的眼前消失，但他卻完全不在乎，也不想打架。

他讓我想起葛拉漢，在我們要拯救她的計畫失敗後，她也放棄了。

然後奧斯華做了一件令人不敢相信的事，他伸出雙手擁抱我，用他巨大的手臂抱住我，緊緊摟著，把我整個人從位子上舉了起來。這是他第一次碰我卻沒有傷害我，可是這一切實在太不合理了。奧斯華正在消失，而被擁抱的卻是我。

「我今天早上能看穿我的手的時候，就知道我正在消失了。」他仍舊緊緊摟著我：「我一開始很害怕，可是我在醫院裡的時候，也一直都很害怕。現在我認識了你和小小，我搭過了電梯和巴士，見到了葛思克老師，而且我會救出麥克斯，這一切都比我這輩子所經歷過的還要豐富。」

「想想那些你還能去做的事。」我說。

奧斯華把我放下來，我們的目光對上。

「如果我每天都待在醫院，那可辦不到。我寧願有一場精采的探險，而不是永遠待在醫院裡。」

「不試著把你帶回醫院是不對的。」我說：「我覺得我們正在放棄了。」

「不去幫麥克斯才是不對的。」奧斯華說：「他是全世界最勇敢的小男生，他需要有人去救他。」

「你可以先救你自己，再去救他啊。」

奧斯華忽然間看起來很憤怒，那是他要把我摔過病房之前臉上會露出來的那種憤怒。他緊繃起肌肉，而且似乎又長高了十幾公分。

然後同樣是忽然間，我看見他又變了。他鬆開拳頭，肌肉也放鬆了，臉上的線條也變得柔和。那不再是憤怒，而是失望。

對我感到失望。

「夠了。」他說：「我想要聽葛思克老師說話，可以嗎？我只想坐在這裡，聽葛思克老師說話，直到我們離開爲止。」

「好。」我說。

我想再多說些什麼，但我很害怕。我害怕的不是因爲奧斯華生氣或是對我失望，即使那樣會更傷人。我害怕的，是我需要奧斯華。沒有他，我無法救出麥克斯。我很高興他想救的是麥克斯，而不是他自己，我也想要他這麼做，但這卻讓我心裡覺得糟糕透了，就像我是有史以來最差勁的幻想朋友。

麥克斯是全世界最勇敢的小男生，但奧斯華是全世界最勇敢的幻想朋友。

53

奧斯華整天都和葛思克老師在一起，他甚至跟著她去廁所，我叫他不要跟，但我想他不懂什麼叫做廁所隱私。

我大部分的時間也和葛思克老師待在一起，我得盯著奧斯華，我擔心他在能幫我救出麥克斯之前就會消失了。我盯著他透明的身體，試著估計他還有多久時間，但是根本猜不出來，光想到他會消失，我簡直就快瘋了。

我也去看了派特森老師在做什麼。我們一到學校，我做的第一件事就是去確認派特森老師今天有沒有來上班。她有來上班。巴士停進學校前的圓形廣場時，我看見她從車上走下來。

一切都按照我的計畫進行，除了能使計畫成功的最關鍵人物正在我眼前開始消失。

雖然學校是在下午三點二十分放學，我和奧斯華還是在三點就離開了葛思克老師的教室。奧斯華得趁派特森老師打開車門的時候爬進車裡，所以我要他先去做好準備。

他離開前對葛思克老師說了再見。他走到教室前，對她說她是全世界最棒的老師。他說，坐在她教室裡的這一天，是他這輩子最棒的一天。我不確定自己是不是會再見到葛思克老師，但我知道奧斯華不會再見到她了。看著他一面走出教室，一面對她揮手道別，就像看著葛拉漢消失一樣令人難過——幾乎是全世界最令人難過的景象了。我也說了再見，但我的道別盡量短暫。

我是這麼喜歡她，無法想像自己以後不會再見到她。

下課鐘響五分鐘後，派特森老師從學校側門走出來。她肩膀上揹著皮包，雙手提著一個很大的布袋，裡頭看起來裝滿了東西。

「不用擔心我。」我提醒奧斯華。「我可以穿過車門，就像穿過我家的前門一樣，你只要進去車裡就對了。她一開車門，就比她先一步上車。一秒都不要等，你動作一定要快。」

派特森老師在車旁停下來。她把袋子放在地上，打開車子後門。她舉起袋子，袋子看起來很重，我可以看見裡面有書、畫框和雪靴，底下還有其他東西。她正要把袋子放進後座。奧斯華站錯了位置，派特森老師打開車門的時候，他是站在車門的前面。但他慌了，試著要繞過這道車門和派特森老師，趁著門還沒關上時溜進去，但他來不及，結果重重撞上車門彈了開來，摔在地上。他呻吟了一下，甩了甩頭。

「快起來！」我大叫。

他照辦了，馬上從地上跳起來。

派特森老師走向前，打開車子的前門，就是在方向盤旁邊的那一道車門。奧斯華仍然沒有就定位，他離我要他等著的地方還有幾步遠，但他靠得很近，我想應該是上得了車。

「就是現在！」我大喊。奧斯華有動作了，比我想像的還要快，他擠進去，爬過駕駛座，正好比派特森老師快一步。我不確定要是派特森老師坐在奧斯華身上的話，會發生什麼事情。這時候幻想朋友通常會被推開，就像電梯裡人太多的時候，但總是有空間讓我們被推過去。可是要是派特森老師坐在奧斯華身上，他會根本沒有被彈開的餘地了。

我很慶幸我們永遠都不會知道到底會怎麼樣。

我穿過後座車門，爬過那個布袋，坐在奧斯華身後，他現在正坐在乘客座上。

「你還好嗎？」我問。

「沒事。」但他的聲音聽起來很遙遠。過了幾秒鐘之後，他才又說：「她看起來不像壞人，我以爲她看起來會更兇一點。」

「這大概就是爲什麼沒有人認爲是她偷走了麥克斯。」我說。

「說不定所有的魔鬼看起來都很正常。」奧斯華說：「所以他們才能這麼壞。」

他的聲音現在聽起來好遙遠，我擔心他撐不完這趟車程。

「你確定眞的沒事嗎？」我問。

「沒事。」

「好吧，我們很快就會到派特森老師家了。」

即使我們很快就會到派特森老師家，但直到今晚之前，還是無法救出麥克斯。奧斯華得繼續存在好幾個小時，我卻不確定他會不會存在那麼久。

我們離開學校時，我試著將這念頭趕出腦海，專注在街道上。我需要在腦袋裡畫一張地圖，好讓我的計畫成功。我們先在圓形廣場左轉出去，開到這條路的盡頭後，在第一個紅綠燈前停下。這個紅燈很久，我們等待的時候，派特森老師開始輕輕敲著方向盤，她也覺得等太久了。最後綠燈終於亮了，派特森老師往左轉。

收音機打開了。有一個男人在播報新聞，沒有關於小男生在學校裡不見的消息。

我們開車經過左邊的公園，還有右邊的教堂。教堂前方的草坪放滿了南瓜。在那一大片橘色南瓜旁邊有一頂白色帳篷，有一個人正站在那頂帳篷下面，我想他是在賣南瓜吧。我們又經過兩個紅綠燈，然後右轉，遇到另外一個紅綠燈。

「左轉，再左轉，然後經過三個紅綠燈，再右轉。」我這樣說著，又重複了兩次，我試著編成一首歌，因爲這樣比較容易記下來。

「你在說什麼?」奧斯華問。

「方向，我得記住回到學校的路。」

「搭車也不是很好玩。」奧斯華說：「但比搭巴士好一點點。」

我希望能和他說說話，但我辦不到。我正試著記下方向，可是我覺得很難受。奧斯華正在快速消失。我唯一遇見過能碰觸外在世界的幻想朋友，就要永遠消失了，我卻沒有時間和他說上幾句話。

我們開過了一條很長、很黑的街道，這裡沒有公園，也沒有教堂，左右兩邊只有屋子和馬路。經過兩個紅綠燈後，派特森老師往左轉，然後開下一條小小的蜿蜒斜坡。在斜坡的盡頭，她又左轉了一次。這是派特森老師家附近的街道，我認出來了。池塘在右邊，派特森老師的家就在這條街上的右邊。

我試著在腦袋裡想像一路是怎麼從學校開往派特森老師家的這條街道。左轉，左轉，右轉，左轉，左轉。每個轉彎之間都有紅綠燈。公園，南瓜教堂，池塘。

我發現自己對認路不是很在行。我可以走到醫院、警察局，還有加油站，是因爲我走得很慢。但車子開得很快，搭車時很難去注意其他東西，而且還要記住更多轉彎，因爲你去了更遠的地方。

車子慢了下來，派特森老師右轉進入她家的車道。

「我們到了。」我說：「她家就在這條斜坡頂。」

「好。」奧斯華說。

車子開上斜坡，我們來到了派特森老師的家。她按下遙控器上的按鈕，車庫門打開了。她把車子停進車庫，又按下遙控器上的按鈕，車庫門便關上。

「是救麥克斯的時候了？」奧斯華問。

「還沒到時候。」我說：「我們得等幾個小時，你覺得你可以撐那麼久嗎？」

「我不知道時間。我不知道幾個小時是多久。」

「沒關係。」我說：「我先去看看麥克斯，因為我可以穿過門到他的房間，不過你很快就會見到他的。」

派特森老師用力關上車門，那一聲「砰」讓我驚覺到奧斯華仍坐在乘客座上，沒有任何辦法下車了。

我又犯了另外一個錯。

這六年來我一直都能穿過門，我早忘了奧斯華卻辦不到。

而且這不是第一次了。

54

「怎麼了？」奧斯華問。

派特森老師關上車門後，我一句話都沒說。

「我搞砸了。」我說：「我忘了告訴你要下車。」

「喔。」

「沒關係。」我說：「我會想出辦法的。」

但我一面告訴奧斯華不用擔心，一面在腦海裡浮現這樣一幅畫面：唯一能觸碰到現實世界的幻想朋友，正在這個平凡的車庫裡，在這輛平凡的車子裡消失，無法辦到他最偉大、也是最後一件該去完成的事。

「我可以試試開車門。」奧斯華說。

「你辦不到的。」我說；「我見過你要花多大力氣才能按下麥克斯家的門鈴，你絕對沒辦法同時拉下車門把手和推開車門。」

奧斯華看著車門把手和車門，點點頭，說：「也許她會回來。」

沒錯，她是有可能，她把袋子留在了後座，她可能會需要這個袋子。但奧斯華消失得很快，如果她沒有很快回來，恐怕就算她回來了，他也什麼都不剩了。

「你過來這裡。」我說：「如果她回來了，她會來後座拿這個袋子，開這邊的車門。」我指著最靠近袋子的車門。「我們得準備好。」

奧斯華爬到後座來。他個子這麼巨大，卻可以這麼輕鬆地移動，我還是很驚奇。他坐到我和袋子的中間，我們靜靜坐了一會兒，等待著。

「也許你該進去看看麥克斯。」奧斯華這麼建議。他聽起來好像是在好幾百萬公里遠的地方，聲音很輕，聽不太清楚。

我想過要不要去看看麥克斯，但我很怕離開這輛車子。我怕我不在的時候，奧斯華就消失了。我仔細看著他，我還是看得見他，但我也看得見他身後的一切。在座位上的袋子、車門、車庫上掛著的耙子和鏟子。他停下來不動時，要看見耙子和鏟子，比看見他更容易。

「我不會有事的。」他彷彿知道我在想什麼。「快去看看麥克斯，然後回來。」

「你正在消失。」我說。

「我知道。」

「我怕我不在的時候，你就不見了。」

「你覺得如果你離開了車子，我就會消失得更快？」他問。

「不是，我只是不想讓你一個人死掉。」

「喔。」

我們又默默地坐了一會兒。我覺得自己好像說了什麼不該說的事情，所以試著想該說些什麼才好。

「你害怕嗎？」最後我問。

「不會。」他說：「不害怕，只是難過。」

「難過什麼？」

「難過以後再也見不到約翰或小小了，難過以後再也不能搭電梯或巴士了，難過沒辦法和麥克斯當朋友。」他嘆了口氣，然後不好意思地低下頭。我想著該要再找些什麼話來說，但我還沒開口前，他先說了：「但我消失之後，我就不會再難過了，我什麼都不是了，所以我現在只是難過而已。」

「你爲什麼不害怕呢？」

這不是該對奧斯華說的話，而是該對我自己說的話，因爲我很害怕，而我甚至還沒開始消失。我覺得自己很糟糕，沒去認眞想該對奧斯華說什麼才好，但我就是忍不住。

「怕什麼？」他問。

「怕你死後會發生的事情。」

「會發生什麼事？」

「我不知道會發生什麼事。」

「那爲什麼要害怕？」他問：「我想大概什麼都不會發生吧。如果比什麼都沒有好，那也不錯。」

「萬一比什麼都沒有糟呢？」

「沒有什麼會比那樣還要更糟了。但如果什麼都沒有，我也不會知道，因爲我什麼都不是了。」

在那一瞬間，奧斯華聽起來就像是個天才。

「但不存在這件事呢？」我問：「這個世界沒有你，還是會繼續過下去。就像你從來不存在過。接著有一天，曾經認識過你的那個人也會死掉，然後你就像從來就沒有存在過，那不會讓你難過嗎？」

「如果我救了麥克斯就不會。如果我救了麥克斯，我就會永遠存在。」

我露出微笑。我不相信他說的話，我微笑，是因爲我喜歡這個想法。我眞希望自己能去相信。

「去看看麥克斯吧！」他說：「我保證我不會消失。」

「我不能去。」

「如果我要消失了，我會按喇叭好嗎？這點我相信還辦得到。」

「好吧。」我轉身準備要離開車子。然後我停下來，說：「你說得沒錯，你可以按喇叭。」

「所以呢？」

「爬到前座去。」我說：「去按喇叭。」

「爲什麼？」

「那樣也許能讓你離開車子。」

奧斯華爬到駕駛座，把兩隻手都放在喇叭上。我幾乎看不見他的手了，我擔心他觸碰現實世界的力量，正隨著他一起消失。

他按了下去，同時手臂的肌肉緊繃起來。他整個人都在顫抖，脖子上冒出兩條又粗又暗的青筋，即使是那兩條青筋都變成透明的了。他的呻吟聽起來好遠、好遠。一秒鐘之後，喇叭響了，響了整整三秒鐘之後才停下來。

喇叭一停，奧斯華整個人便放鬆下來，吁了口氣。

「現在準備好。」我說。

「好。」他喘著氣回答。

我們等了彷彿有一輩子那麼久的時間，十分鐘，或者更久。我們盯著車庫通往屋子的那道門，但門卻沒有開。

「你得再按一次。」我說。

「好。」奧斯華說，但他臉上的表情告訴我，他不確定能不能辦到。

「等等。」我說：「派特森老師可能和麥克斯在那間祕密房間裡。說不定她在那裡面聽不到喇叭聲。我去屋裡看看她在哪裡，我不要你按了喇叭，卻白費力氣。」

「我也這麼覺得。」奧斯華說。

我在廚房裡找到派特森老師，她正在用洗碗海綿清洗煎鍋。她又在唱鍾子歌了。洗碗機是開著的，裡面的架子擺著盤子、玻璃杯和銀器。也許她才剛和麥克斯吃完飯。

我回到車庫裡。我走近車子的時候，看不到奧斯華。他已經消失了。就像我之前害怕的一樣，我人在屋子裡的時候，他停止存在了。

然後我看見他了，幾乎已經完全透明，但還活著。他眨眨眼，然後我看見他那兩顆黑黑的眼珠，還有他巨大身體的輪廓。我決定不等派特森老師睡著，現在就得去救麥克斯。

我回到車子上。

「好，她現在在廚房裡。聽好，她一出來，會打開車門檢查喇叭，看看是什麼東西讓喇叭響。你馬上離開車子，確保盡快進入屋子，你不能又被困在車庫裡。」

「好。」他說。我幾乎聽不見他的聲音了，即使我就坐在他身邊。

奧斯華把雙手又放回方向盤上，這次他按下去時，屁股離開了座位，把自己整個人都舉了起來。他幾乎要變成透明的手臂上再次爆出肌肉，他脖子上的青筋又冒回來了。他發出呻吟，花了至少一分鐘才終於按響了喇叭。這次喇叭只響了一秒鐘，但已經夠了。

過了一會兒，車庫通往屋子的門打開了。派特森老師站在門口，盯著車子瞧。她緊皺眉頭，身子微微向前傾，但她只是一直站在門口。

我看著她的眼睛，她沒有打算來檢查車子，我知道。

「再做一次！」我大喊：「再按一次喇叭，現在！」

奧斯華看著我。我幾乎看不見他了，但我仍可以看見他臉上筋疲力盡的表情，他不相信自己還能再辦到一次。

「快按！」我再次大喊：「爲了麥克斯．迪蘭尼按下喇叭！你是他唯一的機會！快按！你很快就要消失了，如果你不離開車子，你就沒有機會表現了！按，快按啊！」

奧斯華起身跪在駕駛座上，他身子向前，把所有的重量都放在喇叭上。他一面大喊麥克斯的名字，一面用力往下按。即使他喊的每一個字聽起來都越來越遠，但麥克斯的名字迴盪在整部車子裡。他不是用喊的，是用吼的。他背部的肌肉和他整個人一起立了起來，手臂和肩膀上的肌肉也鼓了起來。他又讓我想到鏟雪機，一輛無法停下來的鏟雪機。

喇叭幾乎立刻就響了。

派特森老師正要關上門，喇叭的聲音讓她停了下來。她整個人跳起來，然後放開門，讓門重新彈開。她回頭盯著車子瞧，抓了抓頭。接著，就在我以為她要走回屋子，再次忽視她那輛喇叭會自己亂響的車子時，她走下三階台階，進到車庫裡。

「她來了。」我說：「她一開車門，你馬上離開車子然後進屋去。」

奧斯華點點頭，他沒辦法說話，他完全喘不過氣來。

派特森老師打開駕駛座的車門，身子探了進來。她伸出右手手臂要去摸喇叭，奧斯華便趁機擠過她身邊，踏上車庫的水泥地。他停了停，仍在調整呼吸，這時我要他快走。

「快走。」我說。

他照做了。他經過派特森老師身邊的時候，她正在測試喇叭，用手按了幾下。奧斯華聽見喇叭聲時縮了一下，然後繼續往前走。我一秒都沒有浪費去等派特森老師做完測試。我穿過我這一邊的車門，跟著奧斯華進到屋子裡。我們穿過放著洗衣機的房間，來到一片陰暗的客廳的時候，我停了下來。太陽已經落下了，外頭一片漆黑。我們坐在車子裡的時間，比我想的還要久。這間房間裡沒有燈光，我看不見奧斯華。

「奧斯華。」我小聲說：「你在哪裡？」派特森老師聽不到我，但我還是小聲說話。

電視看多了會讓你做很多蠢事。

「我在這裡。」他抓住我的手臂。

奧斯華就站在我旁邊，我卻看不見他，而且幾乎聽不到他的聲音，但他的手很有力，讓我有了希望，相信他可以辦到來這裡一定得完成的任務。

「好，我們走吧。」我說。

「好主意。」他說：「我想我的時間不多了。」

◆

通往地下室的門是打開的。在發生了那麼多倒楣事之後，我們總該值得遇上一點點好運吧。如果門是關著的，我還眞不知道要怎麼把奧斯華弄進地下室。我領著奧斯華穿過廚房走下樓梯的時候，看著派特森老師爐子上的時鐘。

六點零五分。

比我想的還要晚，但仍不算太晚。派特森老師還有好幾個小時才會去睡覺，但奧斯華剩下的時間不多了，我得想法子趕快讓他去救麥克斯。

地下室的燈亮著，可是我還是幾乎看不到奧斯華。他走進麥克斯祕密房間外頭的那個房間時，我看得見他，因爲他在移動。當他停在那張桌面上有著小小網球場的綠色桌子前，他就不見了。

「麥克斯就在那道牆後面。」我說：「那是一道門，但那是一道祕密門，所以我沒辦法穿過去，麥克斯也沒辦法打開。」

「你要我打開這道門嗎？」奧斯華的聲音從很遠的地方傳過來。

「是的。」

「這裡就是我救麥克斯的地方？」奧斯華聽起來鬆了一口氣，他終於辦到了，他可以在消失前完成他這一生中最重要的一件大事。

「就是這裡。」我說：「只有你能打開這道門，全世界只有你辦得到。」

我指出架子上那個奧斯華一定要按下去的地方。他把兩隻手都放在架子上，身子向前傾，然後按了下去。他整個身子都壓了下去，他又變成了鏟雪機。架子的那個地方幾乎馬上就移動了，那道門滑開了。

「很容易吧。」我說。

「是啊。」他聽起來很訝異。「說不定我變得比較強壯了。」

我看不見奧斯華的微笑，但我可以從他的聲音裡聽出來。

我走進麥克斯的房間，希望這是最後一次進來。

55

要讓麥克斯回家的問題：

一、麥克斯怕黑。
二、麥克斯怕陌生人。
三、麥克斯不會和他不認識的人說話。
四、麥克斯怕派特森老師。
五、麥克斯不會承認他怕派特森老師。
六、麥克斯不喜歡改變。
七、麥克斯非常信任我。

56

麥克斯以爲從門裡走進來的是派特森老師。我進房間時他沒有抬起頭，正在用樂高蓋火車，火車軌道旁圍繞著整排塑膠士兵。

「嗨，麥克斯。」我說。

「是嘟嘟小火車！」奧斯華大喊。

麥克斯扔下手裡的樂高玩具站了起來。

「布多！」

他聽起來很高興見到我，他迎上我的目光，眼睛整個張開。他很快往前走了一步，然後又停了下來。他瞇起眼，皺起眉，語氣很快變了：「你離開了我。」

「我知道。」

「你沒遵守承諾。」他說。

「我知道。」

「對他說你很抱歉。」奧斯華說。

奧斯華已經走到房間那頭，就站在麥克斯身邊，他沒辦法不去拚命盯著麥克斯瞧，就好像一個人的上帝，已經變成了兩個人的上帝。

我睜大眼睛看著奧斯華，對他搖搖頭，希望他了解我的意思。我不是怕麥克斯會聽見奧斯華的聲音，我是怕他會讓我分心。我覺得自己像是電視節目上那些警官，必須要和一個想從橋上跳下去的瘋子說話。我不能有半點分心，現在是輪到我發揮的時候了。我只有一個機會能救麥克斯，而且我沒剩多少時間了。

「你爲什麼離開？」麥克斯問。

「我必須要離開。如果我留在這裡，你就會留在這裡了。」

「我是留在這裡啊。」麥克斯的眼睛瞇得更小了，他看起來很困惑。

「我知道。」我說：「但我是怕，如果我和你留在這裡，你就會永遠都和派特森老師在一起了。麥克斯，你不該留在這裡。」

「不對，我應該要在這裡。布多，別說了，你講的都不對。」

「麥克斯，你必須要離開這個地方。」

「我不要。」麥克斯說。

他開始情緒不穩了，臉頰漲得通紅，說話的聲音變大。我得小心，我需要讓麥克斯情緒浮動到剛剛好的地步，如果他情緒太不穩，可能會發作。

「你要離開這裡。」我說：「你必須要離開，你不屬於這裡。」

「派特森老師說我屬於這裡，她說你也可以待在這裡。」

「派特森老師是壞人。」我說。

「她不是。」麥克斯大喊：「派特森老師照顧我，還給我樂高玩具和玩具士兵，而且只要我想吃，她就會讓我晚餐吃烤乳酪。她告訴她媽媽，說我是很乖的小孩，她不可能是壞人。」

「這裡不是好地方。」我說。

「這裡是好地方。布多，別再說了，你說的都不對，你不是我的好朋友，你爲什麼不說對的事呢？」

「麥克斯，你必須要離開。如果你不走，你就再也見不到你的爸爸媽媽，或是葛思克老師，或其他人了。」

「我會見到你。」麥克斯說：「而且派特森老師說，我很快就可以再見到爸媽。」

「她說謊，你見不到的，你自己也知道。」

麥克斯沒有說話。這是好預兆。

「而且如果你待在這裡，你也不會再見到我了。」我說。

「別說了，你講的都不對！」麥克斯的雙手握成拳頭，有那麼一瞬間，他讓我想起奧斯華。

「我是說眞的。」我說：「你會永遠、永遠都看不到我了。」

「爲什麼？」他的聲音裡現在帶著恐懼，很好。

「我要離開了，而且我不會回來。」

「不要走。」麥克斯說。

但這不是命令，而是懇求，他幾乎要乞求我留下了。現在出現希望了。

「我要走。」我說：「我要離開了，永遠、永遠都不會再回來。」

「布多，求求你，別走。」

「我要走了。」

「不要，拜託別走。」「我要走了。」我盡量讓聲音像石頭一樣冷酷：「你也可以離開，或是你可以永遠留在這裡。」

「我沒辦法離開。」我現在可以聽出他聲音裡帶著驚恐。「派特森老師不會讓我離開。」

「麥克斯，所以你必須要逃走。」

「我做不到。」

「你可以的。」

「我做不到。」麥克斯聽起來好像要哭了。「派特森老師不會讓我出去的。」

「門打開了。」我指著打開的門。

「門打開了？」麥克斯終於注意到了。

「派特森老師讓門開著。」我說。

「騙子騙子，火燒褲子！」奧斯華從很遠的地方這麼說。

我露出微笑，不知道他是從哪裡學到的。

「麥克斯，聽我說，派特森老師只有這一次會忘記鎖上門，你現在就得走。」

「布多，求求你留下來陪我。我們可以留在這裡，玩樂高、玩具士兵和打電動遊戲。」

「我們不能留在這裡，我要走了。」

「你爲什麼這麼無情？」奧斯華問。

他的聲音聽起來像是久遠的呢喃，就像沙塵一樣。我想停下來對他道別。謝謝他所做的這一切。我覺得他隨時都可能會消失，但我沒辦法停下來，麥克斯正在動搖，我感覺得出來，我得盡快完成這件事。

我轉過身，朝打開的門走了三步。

「求求你，布多！」麥克斯正在懇求，我可以聽見他的淚水在眼眶裡打滾。

「不，我要離開，永遠不再回來。」

「求求你，布多！」麥克斯說。聽見他這麼恐懼，我的心碎了一點點。這是我之前就想要的結果，但那時候我並不知道會這麼困難。對的事和容易的事，永遠不會是同一件，而此刻正是最眞實的寫照。

「求求你不要離開我。」麥克斯乞求著。

我決定現在是表達立場的時候了。我的聲音從冷硬轉爲更冰冷，說：「麥克斯，派特森老師是壞人，雖然你不敢這麼說，但是你知道。可是她比你知道的還要壞，她正計畫要把你帶離開這個房間，離開這間屋子，去很遠、很遠的地方。你再也見不到你的爸媽了，你再也見不到我了。一切都會永遠、永遠改變，除非你現在離開。你現在就得走。」

「求求你，布多。」麥克斯在哭。

「我保證，如果你現在離開，你會很安全。你會逃離派特森老師，然後回到家裡。你今晚就會見到你的爸媽。我發誓，不然我不得好死。但我們現在就得走，現在你會跟我走嗎？」

麥克斯還在哭，淚珠滾落他的臉頰，哭得幾乎上氣不接下氣，但他一面嗚咽著，一面點頭。

他點頭了。

我們有機會了。

57

派特森老師在她的臥室裡，正在打包另外一個箱子，把主臥房浴室裡洗臉盆下方的東西放進去。爐子上的時鐘顯示現在是六點四十二分，是該行動的時候了。

我回到地下室，麥克斯站在樓梯口，就在我剛剛離開他的地方。他手裡拿著樂高火車的火車頭，緊握著不放，彷彿那是救生用具。他褲子的口袋也裝了一樣東西，鼓鼓的，但我沒問那是什麼。

不知道奧斯華是不是還在這裡。我轉頭四處看了看，但沒看見他。

「我在這裡。」他揮揮手吸引我的注意。他就站在麥克斯身邊，但聽起來卻好像是在大峽谷的另一邊。「你以爲我已經不在了嗎？」

我露出微笑。

「派特森老師在樓上，在她的房間裡。」我說：「你走上樓來，然後跟著我。我們要試著從餐廳的那道玻璃滑門離開這裡，那道門打開的時候應該很安靜，我看她開過一次，門不會發出聲音。我們一到了外面，你就要右轉，然後趕快跑到樹林裡。」

「好。」麥克斯整個人都在發抖，他很害怕。

「麥克斯，你辦得到的。」

「好。」但他還是不相信我。

我們走上樓梯，來到走廊。前門就在右邊，我再次考慮要不要讓麥克斯從那道門出去，最後決定還是不要。那道門就在樓梯盡頭，派特森老師可能會聽見開門的聲音。

「走這邊。」我領著麥克斯走過廚房，來到餐廳。「門把在右手邊，只要拉一下就可以了。」

麥克斯把樂高火車頭換到左手，然後用右手抓住門把。他去拉門，門只移動了一丁點，然後就「砰」的一聲卡住了。

「糟糕！」我首次感到一陣恐懼迅速竄過全身。「麥克斯，我們得去——」我話還沒有說完，麥克斯已經轉動了門上的一個鎖頭。「只是鎖住了。」他輕聲說：「只是這樣而已。」

他再次拉門，玻璃滑門伴隨著一聲靜靜的「嘶——」便打開了。

有那麼一瞬間我很興奮，不只是因爲門打開了，而且是麥克斯打開的。他解決了這個問題，麥克斯以前是不會解決問題的，反而是常常被問題困住。

這是好預兆。

但門滑開後，屋子裡忽然響起了三聲「嗶」。警報沒有響，但這個「嗶」聲是告訴這道門的主人，警報系統正在運作，只是聲音被關掉了。麥克斯家的門也會發出這樣的聲音，我甚至不再注意到那些「嗶」聲了，因爲每次有人開門，那些門都會很小聲地「嗶」一下，整天都在「嗶」來「嗶」去。

可是這三聲「嗶」一定會被注意到。

彷佛是證明我的想法，我聽見有東西掉在樓上的地板，就在我們的頭頂上方。一秒鐘後，重重的腳步聲很快從樓上傳來。

「她來了，快跑！」我大喊。

麥克斯沒有動，而是站在門口，僵在原地，派特森老師從二樓衝過來的聲音讓他停了下來。

「麥克斯，如果你現在不跑，就永遠逃不了了！」

我一面說，一面知道這絕對是實話。我已經冒了很大的風險，如果派特森老師抓到了麥克斯，她就永遠不會再給他第二次逃跑的機會，現在這是我唯一能讓麥克斯回家的機會。

可是他卻還是在原地動也不動。

我聽見派特森老師的聲音了，她現在就在樓梯上。

「麥克斯，求求你現在就跑！不管有沒有你，我都要離開了，我不會留在這裡的！已經沒有時間了，你的爸爸媽媽正在等你啊！葛思克老師也正在等你！快跑！」

我話裡的某些內容讓他行動了！我真希望知道是哪些內容，這樣下次才能再用得上。我想也許是提到了他媽媽吧。

麥克斯踏入了黑夜。外面很黑，我擔心這會讓麥克斯再次停下腳步，但他並沒有。麥克斯很怕黑，但現在他更怕派特森老師。他已經承認了怕她，這是好事。他走過派特森老師家的露台，走下三階台階來到草地上。他往外看著那座池塘，月亮正高掛在另一邊的樹上方，潔白的月光在靜止的水面上微微閃爍。

那就是蒼白的月光。麥克斯現在真的就在蒼白月光下與魔鬼共舞。

「右轉，然後快跑！」我用力大喊，語氣盡可能憤怒。

麥克斯轉個彎跑進了樹林裡。

我轉回頭看著那道門。派特森老師人還沒到，她一定是決定要先去看看前門。奧斯華站在門邊，他的身影在月光與屋內燈光的交織下閃著微光，彷彿停車場升起的熱空氣。他要消失了，就在這一刻，就在我的眼前。

「布多，快跑！」他大喊。

從他嘴裡發出的聲音聽起來不再像是聲音了，更像是一段遙遠的記憶，一段幾乎要被遺忘的記憶，只是現在我知道奧斯華之前說得沒錯：他永遠都不會被遺忘。

「去救麥克斯。」他說。

他說不定是用喊的，吼出這道最後的，也是最重要的命令。就是這句話，終結了他的生命。但我聽起來卻像低喃聲裡的低喃。

「我還要做一件事。」他說。

我沒辦法跑開，覺得自己就像麥克斯一樣，卡住了。巨人奧斯華，精神病患約翰的幻想朋友，唯一能跨足兩個世界的幻想朋友，就在我眼前要死掉了。

是我害他死掉的。

就在我以爲他的生命要永遠熄滅的時候，他轉過身，回頭看著屋內。他等了一秒鐘後，單膝跪在地上，伸出雙手，像是一個小男生要給媽媽看幾根手指頭可以湊成一個十。我看不見那些曾讓奧斯華如此眞實的細節輪廓，但我不用看到，也知道他的肌肉正在最後一次爆起，他脖子上的青筋最後一次鼓動著。他又是巨人奧斯華了，再一次出現，準備戰鬥。

然後他轉過頭，看見我呆呆站在草坪上，蒼白的月光高掛在我身後，他說：「再見了，布多。」

我再也聽不見他說的話了，但那些話還是傳到了我的腦海裡。

然後他說：「謝謝你。」

就在那一刻，派特森老師出現了。她正從廚房跑到餐廳，朝著打開的滑門跑過來。我沒想到她跑得那麼快，在那一刻，我明白麥克斯光跑到樹林裡還是不夠。

他的逃亡才剛開始而已。

奧斯華說得沒錯，每個人都是其他人的魔鬼，派特森老師是麥克斯的魔鬼。

也是我的魔鬼。

我突然冒出一個念頭。

奧斯華是派特森老師的魔鬼。巨人奧斯華現在是蒼白月光下的魔鬼。

派特森老師一下子就衝出了打開的滑門，撞上半跪著、全身微微發光、即將死去的奧斯華。她的右邊膝蓋撞上了他的右手，整個人被絆倒，頭先飛了出去，接著是身子，然後「砰」的一聲重重摔在露台上，發出呻吟。她一路滑到露台邊緣，從那三階台階上滾下來跌在草地上，就在我腳前幾公分處停下。

我抬起頭，看著門口，想要尋找我那將要死去的勇敢朋友，但我知道他已經消失了。

「你救了麥克斯。」我對我的朋友說，可是已經沒有人在聽了。

然後我聽見麥克斯大喊：「布多！」

派特森老師的頭從草地上抬起來，她用一隻手臂撐起身子，看著麥克斯聲音傳來的方向，然後下一秒，她站了起來。

我轉身就跑。

麥克斯的逃亡才剛開始。

58

麥克斯正站在一棵樹後面，懷裡緊緊抱著樂高玩具火車，彷彿那是一隻泰迪熊。火車上有些零件已經掉了下來，但麥克斯沒注意到。他整個人都在發抖。外面很冷，麥克斯沒有穿外套，但我想這不是他發抖的原因。

「你不能待在這裡。」我說：「你得趕快逃跑。」

「讓她停下來不要追我。」麥克斯小聲說。

「我辦不到。」我說：「你得自己逃跑。」

我凝神聽著四周的動靜，以爲應該能聽到派特森老師衝進樹林和樹叢裡的聲音，但卻沒聽到。她說不定正在一面慢慢走過來，一面盡量保持安靜。也許她正偷偷摸摸走向麥克斯，這樣才能捉住他。

「麥克斯，你得趕快逃跑。」我又說了一次。

「我沒辦法。」

「你一定要。」

在那一瞬間，有一道光束穿過樹林。我轉頭望向派特森老師家的方向，見到在樹林邊緣有一個刺眼的亮點。

是手電筒。

派特森老師回屋子裡去拿手電筒了。

「麥克斯，如果她找到你，她會永遠把你帶走，你就永遠會是孤單一個人了。」

「我會有你啊。」麥克斯說。

「不，你不會。」

「我會有你的。你說你會離開我，但你不會離開我。」他說：「我知道的。」

麥克斯是對的，我永遠都不會離開他，但現在沒有時間告訴他眞相了。我得用以前從沒用過的方式對麥克斯說謊：一種我從沒想過會用到的方式。

「麥克斯。」我直視著他的雙眼，說：「我不是眞的，我是你想像出來的。」

「不對，你不是想像出來的。」他說：「別說了！」

「是眞的，我是幻想出來的。麥克斯，你現在完全是孤單一個人。你可以看得見我，但我不是眞的，我是幻想出來的。麥克斯，我無法幫助你，你得靠自己。」

那道光束穿過樹林射到左邊，照往池塘的方向。派特森老師正從斜坡上走下來，離麥克斯還有一段距離，但他離池塘還是太近了，即使她走向另一邊，還是很快就會見到麥克斯。月光照亮了森林，而且派特森老師有手電筒。

一秒鐘後，我們聽見地面上傳來第一聲樹枝被踩斷的聲音。她正慢慢接近了。

麥克斯嚇一大跳，懷裡的火車差點掉下來。他問：「哪一邊？我該跑向哪一邊？」

「我不知道。」我說：「我是想像出來的，是你要告訴我該往哪一邊。」

又傳來另外一聲樹枝被踩斷的聲音，這次要近多了。麥克斯轉身一路跑向右邊，遠離池塘和派特森老師。但他移動得太快，發出的聲音太大，手電筒的光束突然轉往他的方向，落在他背後。

「麥克斯！」派特森老師大叫：「等一等！」

麥克斯一聽見她的聲音，跑得更快了。我也跟著跑。

麥克斯跑到一叢濃密的松樹後面，我失去了他的蹤影，但他奔跑的方向是正確的。從這裡到街尾，這條馬路的這一邊有五棟屋子，他正跑向離派特森老師家最近的鄰居家裡。我可以從樹林裡看見鄰居家裡的燈光，但我看不到麥克斯了。他原本還在我前方二十或三十步遠的地方，現在卻不見了。

我停下來不再跑，改用走的。我想要仔細聽一下四周動靜，好好看一看。派特森老師也已經不再跑了，她也改用走的，就在我左後方不太遠的地方，正在和我做同樣的事。

我們都在找麥克斯。

「布多！」

麥克斯叫我的名字，但這次是很小聲地喊。聲音從我右邊傳來，我轉頭看向右邊，但只看見樹林、石頭、葉子，還有在樹林和道路交界處斜坡頂上的街燈發出來的亮光，沒看到麥克斯。

「布多！」他又小小聲喊了一次，我開始害怕起來。麥克斯試著壓低聲音，可是派特森老師實在是太接近了，他沒辦法再喊我一次而不被發現。

然後我看見他了。

在一塊大石頭和一棵樹中間，有一堆落葉，大概是被風吹到那兒的，麥克斯把自己埋在那堆落葉裡。我可以看見他在那堆落葉底下，對我揮著小小的手。

我四肢跪在地上往他的方向爬過去，靠在石頭的另外一邊。

「麥克斯，你在做什麼？」我盡量壓低聲音說話，這樣麥克斯才會跟著壓低聲音。

「等待。」麥克斯說。

「等什麼？」

「狙擊手都這樣做。」麥克斯小小聲說：「他讓敵軍士兵直接走過眼前，然後才攻擊。」

「你不能去攻擊派特森老師。」

「我不會，我只是要等到——」

踩在落葉上「沙沙」的腳步聲朝我們接近了，麥克斯馬上停止說話。一秒鐘後，手電筒的燈光照向我坐著的石頭，還有麥克斯把自己埋起來的落葉堆上。

我抬起頭，看見派特森老師。我可以在月光下看見她的身影。她靠得很近，大概五十步那麼近。然後是三十步。二十步。她走得很快，彷彿她完全知道麥克斯躲在哪裡。如果她沒有轉換方向的話，她可能會直接踏在麥克斯身上。

「麥克斯。」我說：「不要動，她來了。」

我一面坐在那兒，等著麥克斯被抓到，一面想著麥克斯躲在落葉堆裡的決定。狙擊手都是這樣做的。他這樣說。

麥克斯讀過一本戰爭的書。事實上，他已經讀過幾百萬本戰爭的書，他現在正利用他讀過的那些書來救自己。在一座陌生的樹林裡，在晚上，還有人正在追捕他，而且他最好的朋友堅稱自己不是眞的。

麥克斯沒有發作。

這簡直太神奇了。

派特森老師現在離麥克斯只有十步遠了。五步。她的手電筒直直往前照，不是照著地面，而是直直往前照。她還差兩步就要踏到麥克斯身上的時候往左轉了個彎，朝向通往馬路的那道斜坡走去。她會轉彎很合理，不然她就得爬過這塊大石頭，或是擠過石頭和這棵樹中間的縫隙，但也實在是好險。如果她用手電筒的燈光去照那堆落葉的話，保證會在落葉堆底下看到麥克斯的身體輪廓。

「你要等多久？」等派特森老師走遠了，我聽不到她踩在葉子上的聲音後，馬上這麼問。

「狙擊手都會等上好幾天。」他小聲說。

「好幾天？」

「我不會啦，但狙擊手會。我不知道要多久，再等一下吧。」

「好吧。」我說。

我不知道這主意是好還是壞，但麥克斯已經做了決定。他正在解決問題，正在靠自己的力量逃跑。

「布多。」他小小聲說：「你是眞的嗎？告訴我實話。」

我回答前停頓了一下。我想說是的，因爲那是事實，而且這樣說可以讓我很安全，可以讓我繼續存在。但麥克斯現在不安全，他不能再相信我，因爲我無法救他。他需要相信他自己，他已經依靠我太久了，他現在得靠自己了，我是沒辦法帶他回家的。

這不是要在雞湯麵或牛肉蔬菜湯裡選一樣，也不是在藍色與綠色中間做選擇。這不是學習中心或是遊樂場，或是學校巴士，或甚至是湯米．史溫登。這是眞正的魔鬼，在眞正蒼白的月光下。

麥克斯得靠自己的力量回到家。

「不。」我說：「我發誓，不然不得好死。我是幻想出來的，你把我想像出來，讓你做事情能容易一些，這樣你才會有朋友。」

「眞的嗎？」他問。

「眞的。」

「布多，你是很好的朋友。」麥克斯說。

麥克斯以前從沒對我這麼說過。我想永遠存在，但如果我在這一刻就消失了，我至少會很快樂——我從沒這麼快樂過。

「謝謝。」我說：「但我只是你想像出來的。我是個好朋友，是因爲你讓我變成好朋友。」

「該走了。」麥克斯說得好快，快到我不確定他剛剛有沒有在聽我說話。

他站起來，但仍彎著身子，開始往斜坡的方向移動，不過是往派特森老師才走過去的左邊移動。

我跟了上去。

我踏過麥克斯剛剛躲起來的那堆落葉的時候，看到那輛樂高火車放在大石頭旁邊，麥克斯把它留在了那裡。

不到一分鐘，我們已經來到鄰居草坪的邊緣。那片延伸出去的長長草地，被鋪著砂礫的車道分成兩半。草地的一邊是另外一片樹林，這片樹林看起來比較小。隔壁屋子的燈光看起來很近，燈光從樹木間穿過來。

「你應該去那棟屋子前敲門，屋裡的人會幫你。」

麥克斯沒說話。

「麥克斯，他們不會傷害你的。」我說。

他沒有回答。

我之前並沒有期待麥克斯能從派特森老師的鄰居，或是任何人身上得到幫助。我想麥克斯寧願把每一塊樂高玩具、玩具士兵還有電動遊戲都融成一堆黏黏的塑膠，也不願意和陌生人說話。要他去敲陌生人家的房門，就像去敲外星人太空船的門一樣。

麥克斯左右張望這片草坪，看起來像是在準備過馬路，即使他一輩子都沒有自己單獨穿過馬路。然後他衝出樹林，跑過草坪。他的身影在月光下被看得很清楚，但除非派特森老師正巧看見，他可以跑到草坪另外一邊而不被發現。

他一跑到車道，屋子的照明燈便亮了起來，把前院照得像是陽光一樣刺眼。那是人們移動時就會自動打開或關上的燈，麥克斯家的後院也有這種燈，有時候流浪貓或是野鹿經過時，燈就會自己亮起來。

燈打開的那一刻，麥克斯僵立在原地。他回頭看，我就站在樹林邊。我一直在看著麥克斯，但沒有跟上去。我站在那兒，充滿驚奇地看著這個男孩，他曾經連決定要穿哪雙襪子都要別人幫忙呢。

麥克斯轉身面對草坪另外一邊的樹林，然後又開始跑了，就在這個時候，派特森老師從我右邊的樹林裡衝了出來，像閃電一樣跑過草坪。麥克斯一開始沒看到她，我急得大叫：「麥克斯！小心！她就在你後面！」

麥克斯轉過頭看後面，但沒有停下腳步。

我甩掉那些驚奇，也跟著跑過去。我跟在派特森老師身後，忽然充滿了恐懼。她現在離麥克斯越來越近，她跑得比麥克斯還要快，她不應該是能跑這麼快的人。

她眞的是個魔鬼。

麥克斯跑到了草坪另外一邊的樹林，他跑進去兩步，翻過一面石牆。他的一隻腳踩到石頭，從牆上摔了下去，一下子就看不到了。一秒鐘後他跳起來又開始跑。

派特森老師大約在十秒後也跟著跑到了樹林。她也翻過那面石牆，但她安全過關，落到地面後繼續往前衝，全部動作一氣呵成。她揮舞著手臂，手電筒還是開著的，但已經不再指向麥克斯的方向。她現在可以看見麥克斯了，她追得越來越近、越來越近，手電筒的燈光在樹林裡瘋狂飛舞。

「麥克斯，快跑！」我一面尖叫，一面翻過那道牆。

我落後派特森老師幾秒而已，卻一點忙都幫不上，我一點用都沒有。

我再次尖叫：「快跑！」

麥克斯跑到了隔壁屋子的前院草坪上，那裡的草坪沒有第一棟這麼寬，車道也不是用砂礫鋪的，而是用馬路上的那種東西，除此之外，一切都一樣。他衝過草坪，這次沒有照明燈亮起，他消失在另外一邊的陰暗樹叢裡。

麥克斯正在跑過一棟棟的屋子、樹林和池塘。再跑過兩棟屋子，他就會跑到那條他一定要過的馬路，一條他從來沒有能夠單獨越過的馬路。然後他就會來到鄰近的區域，那裡有屋子、人行道、街燈和紅綠燈，卻不會再有落葉堆、石牆和高大的樹林了。也不會再一片陰暗了，更不會再有地方躲藏。他得找人幫忙，不然就會被捉到。

但如果派特森老師先抓到他的話，那些都不重要了，而且她看起來會抓到他。

麥克斯才剛抵達那片樹林，派特森老師就追了上去，我還在她身後二十步遠的地方，然後我見到有一根又粗又壯的樹枝從一片黑暗中猛地用力彈出來，擊中派特森老師的臉。她大喊一聲，像石頭一樣摔倒在地上。一秒鐘後我見到了麥克斯，他已經換了方向，改往右邊跑去。他正穿過樹林跑向街道，而不是往隔壁的屋子跑去。

我跑到派特森老師倒著的地方停下，她在呻吟，鼻子流著血，雙手按住左眼。

麥克斯和魔鬼在蒼白月光下共舞，結果他贏了。

我轉身去追麥克斯，但沒有再跑進樹林裡，因爲我待在草坪上可以跑得更快。我跑到街上時，停下來左右張望。

麥克斯不在這裡。

我向左轉，朝大馬路跑過去，希望麥克斯也和我跑在相同的方向，幾秒鐘後我聽見他喊我的名字。

「在這裡！」他小小聲地喊。他在街道的另外一邊，躲在一小叢樹後面，蹲在另外一面石牆後。

我過了一會兒才明白他已經自己過了馬路。

「你剛剛做了什麼？」我一面和他爬上牆，一面問：「派特森老師受傷了。」

「我設了一個陷阱。」他喘著氣，渾身是汗而且還在顫抖，但同時也在笑。不是微笑，但幾乎就像微笑了。

「什麼？」我問。

「我把一根樹枝往後拉，她靠近時再放開。」他說。

我不敢置信地瞪大了眼。

「我從藍波身上學的。」他說。「第一滴血，還記得嗎？」

我當然記得。麥克斯和他爸爸看過這部電影，然後他爸爸要麥克斯保密，不要告訴他媽媽。麥克斯的媽媽回家時，他告訴了她，因爲麥克斯實在很不會說謊，結果麥克斯的爸爸那天晚上睡在客房裡。

「她傷得好嚴重。」我說：「還流血了。」

「那不算是眞正的藍波陷阱。他的陷阱裡還有木頭削成的尖刺會卡在警察的腿上。我沒有繩子或刀子，就算我有也沒時間做。但我是從那裡得到靈感的。」

「好吧。」我不知道還能說什麼。

「好吧。」麥克斯站起來，身子壓低，沿著石牆，朝大馬路的方向走去。

他沒有等我來領路，或甚至問我該怎麼走。麥克斯正在靠自己行動。

他正在自己救自己。

59

麥克斯來到派特森老師家這條街的盡頭，停了下來。他一直待在馬路對面的樹林裡，在樹叢間安靜地、慢慢地走著，但他離開這條街後，就不會再有成片的樹林讓他可以躲起來了，也不會再有很長車道的屋子和池塘旁的廣大空地。他會來到馬路上，這裡只有很短的車道、擠成一堆的屋子、街燈和人行道。

如果派特森老師仍在追著麥克斯，他很容易就會被發現。

「往右邊走。」我告訴麥克斯。

他正站在街角，身子貼在一棵樹上，看起來不是很確定該走哪條路。

「學校在右邊。」我說。

「好吧。」麥克斯卻沒有從躲著的樹後面走出來，而是往街上第一棟屋子的後院走去。

「你要去哪裡？」我問。

「我不能走在人行道上。」他說：「她可能會看到我。」

「那你要去哪裡呢？」我問。

「我要待在這些房子後面。」

麥克斯就是這樣做。我們這樣走了快三十分鐘，從一處後院走到另外一處後院，如果兩棟房子中間沒有籬笆、樹叢、車庫或是車子，麥克斯就會跑過去。他壓低身子，動作很快。如果後院被籬笆圍住了，他就繞著籬笆邊緣走，擠過那些樹叢和野草堆。那些灌木叢刮傷了他的雙手和臉，他的腳浸在水坑和泥巴裡，但他沒有停下來。他一路上又引得六座探照燈啓動，但屋子裡的人，沒一個看到他。

麥克斯不像電影裡那個叫做藍波的傢伙。他沒辦法在廢棄的礦坑通行無阻，或是闖進警察局，或是爬山，但那是因爲這裡沒有礦坑，沒有警察局，也沒有山。麥克斯有屋子、後院、籬笆、樹叢和玫瑰叢，但他就像藍波那樣利用這些東西。

我們來到下一個交叉路口時，麥克斯認出這是什麼地方了。

「公園就在那條街對面。」他說：「就在那裡。」

他往左邊指向公園的方向。學校就在公園後面，但他沒有左轉，反而向右轉。

「你要去哪裡？」我問。

他已經沿著籬笆走向另外一棟屋子的後面。

「我們不能跨過那條馬路。」他小聲說：「派特森老師一定以爲我會在那裡過馬路。」

麥克斯又走過兩個街口後才過馬路，而且他不是在交叉路口過馬路，而是先等在一輛停著的車子後面，直到沒有車輛經過，他才直接跑到對面，沒有走斑馬線。

麥克斯才剛剛違背了他的第一條規則。

除非有人規定不能在別人頭上便便。

他一到了馬路對面，就一直往下跑。這次他跑在人行道上，而不是鬼鬼祟祟在屋子後面行動，他用盡全身力氣在跑，我想他是想要早點跑到公園。我也覺得公園會很安全，那裡是屬於小孩子的地方，即使是在深更半夜也一樣。

麥克斯跑過另外一條小路，然後直接跑進公園裡，他跑下步道，往兩條陡峭斜坡中間的足球場跑過去。麥克斯的爸爸有一次曾想讓他坐著雪橇從這些坡道上滑下來。這些坡道原來是讓人坐在這裡看足球比賽用的，但用來滑雪橇也很合適。每次暴風雪過後，這裡都會有一大堆小朋友。但麥克斯那時候拒絕去坐雪橇，而且一直抱怨他的手套溼掉了。他爸爸最後終於開車把他載回家，一句話都沒說。

麥克斯今天飛也似地衝下斜坡，看起來比滑雪橇還要快呢，然後他直直跑過足球場，在靠近球門的地方往右轉，朝棒球場跑去，但他沒有跑在步道上，而是跑在草地上，穿過小徑邊緣的樹叢。他跑過棒球場後，繼續直接跑向遊樂場，往森林的方向跑去。

在學校和公園之間有一座小小的森林，裡面有木屑鋪成的步道，春天和秋天的時候，老師有時候會帶學生來這些步道上踏青。葛思克老師幾個星期前帶過班上學生來這裡走一走，讓學生能寫出一些關於自然的詩。麥克斯那時候坐在一棵樹的殘幹上，列出了一張清單，上頭所有的單字都和樹這個字押韻。

他的清單上有一百二十個字呢。那張單子不算是一首詩，但還是讓葛思克老師印象好深刻。

麥克斯朝著森林的方向跑去。他先沿著森林邊緣那座小池塘旁邊跑，再大著膽子跑上步道，然後來到森林的入口，消失在一片黑暗中。

十五分鐘後，在那些小徑上迷路兩次之後，我們站在森林的另外一頭。我們和學校之間有一片空地，這塊空地正是麥克斯之前在戶外活動日時拒絕跑步、跳一跳和扔雪球的地方。月光已經比我們離開派特森老師家時升得更高了，月亮掛在學校上頭，就像一隻看不見東西的巨大眼睛。

我想告訴麥克斯他已經辦到了。我想要他爬進森林邊緣的灌木叢，然後等待早晨的來臨。我想告訴他，一旦巴士開始停進學校前面的圓形廣場，他只要跑過這片空地，走進學校大門，彷彿這天不過是個一般的上學日。他想的話，甚至可以走到葛思克老師的教室裡。一旦回到學校，他就安全了。

但我沒這麼說，而是問：「接下來呢？」

我會這麼問他，是因爲我不再主導一切了。即使我想，我也不認爲自己有這個能力了。

「我要回家。」他說：「我想見爸爸和媽媽。」

「你知道從這裡回家的路嗎？」我問。

「知道。」他說。

「眞的？」

「我知道。」他又說了一次：「我當然知道。」

「喔。」

「我們什麼時候回家？」我希望他會說等到早上再走，或是讓葛思克老師，或是帕瑪校長，或是警察來帶他回家。

「現在。」他轉過身，沿著空地的邊緣往前走。「我要回家。」

60

我不知道我們到底走了多久，最後終於走過了薩福伊家。月亮已經移到天空的另一端，但仍掛在我們頭頂上。麥克斯一路上沒說什麼話，不過他本來就是這樣，他可能在一夜之間變成藍波，但還是麥克斯。

我們已經走了很長一段時間，盡可能躲在屋子、灌木叢和樹木後面。我這一整天都跟著麥克斯，他一句都沒有抱怨過。

眞不敢相信麥克斯再過幾分鐘就要到家了，我已經不再去想像當麥克斯的父母見到他站在門廊的時候，臉上會有什麼表情。因爲馬上就要眞的發生了，我之前還不認爲有可能發生呢。

我在我們家的車道前停下來，盯著我的朋友瞧。這是我這輩子第一次，了解到對某個人感到很驕傲是什麼感覺。我不是麥克斯的爸爸或媽媽，但我是他的朋友，而那股驕傲感幾乎要把我整個人都脹破了。

然後我看見了。

那是派特森老師的巴士，在車子後面專門爲麥克斯準備了一間房間的巴士。

麥克斯就要走上自己家的車道，只差最後幾步就能回到家裡，但他不知道派特森老師正在等他。他不知道派特森老師和她的巴士就停在街上，距離只超過他家一點點，躲在兩座街燈之間的黑暗處。

他甚至不知道派特森老師有一輛巴士。

我張開嘴巴要大喊警告他，但已經太晚了。麥克斯才走上車道四、五步，派特森老師就從那棵巨大橡樹後走出來。我和麥克斯從幼稚園起每天在那棵樹下等巴士，他總要摸著樹，直到巴士來爲止。

麥克斯先聽見腳步聲，才聽見我的聲音，但兩種聲音都來得太遲了。他看見派特森老師走近，馬上跑起來。他跑過一半車道的時候，派特森老師的手臂攔住了他的肩膀，緊緊抓住他不放。她手臂的力量讓麥克斯絆倒然後摔在地上，有那麼一下子麥克斯掙脫了她，四肢並用地往前爬向屋子，但派特森老師很快又撲了過來，伸手捉住他的手臂，把他像洋娃娃一樣抬起來。

麥克斯尖叫：「爸爸！媽媽！救命！」

派特森老師另外一隻手按在麥克斯的嘴上，讓他發不出聲音。其實我也不認爲麥克斯的父母會聽到，他們的臥室在樓上，而且是在屋子後方，而且現在已經很晚了，我想他們正在睡覺吧。但派特森老師不知道這一點，她要麥克斯安靜，這樣她才能帶著他永遠逃走。

最後我採取行動了，我跑上車道，停在麥克斯面前，他正在扭動掙扎，試著想要掙脫。他的眼睛張得好大，我可以在他臉上見到強烈的恐懼。他想從派特森老師的手掌裡擠出尖叫，卻只能發出低沉的「嗚嗚」聲。他胡亂踢著派特森老師的小腿，有好幾次踢中了，但派特森老師連縮都沒縮一下。

我站在那兒，像個無助的傻瓜，我只離我的朋友幾公分遠，眼看他拚命掙扎求生，卻什麼都不能做。麥克斯直盯著我的眼睛，他在求我幫忙，但我卻什麼忙都幫不上，我只能眼睜睜看著我的朋友就要這樣永遠被拖走了。

「用力掙扎！」我對麥克斯大叫：「咬她的手！」

他咬了。我看著他下巴猛地張開然後闔上，派特森老師臉上的肌肉抽搐了一下，但沒有放手。

他猛力甩動肩膀，腳也繼續亂踢，他抓住那隻壓著他嘴巴的手，想把手拉開。他費盡力氣，眼睛甚至更凸出來，但還是沒辦法掙脫。他用拳頭猛敲她的手，然後我看見他的眼神變了。他眼神裡的驚恐在那一瞬間被某種東西取代。麥克斯伸手到口袋裡拿出一樣讓他口袋整夜都鼓起來的東西。那是放在他房間桌上的小豬撲滿，那隻裝滿銅板的老舊小豬。

我錯了。麥克斯沒有走人行穿越道過馬路的時候，是他第二次違背規則。

他先偷了東西。

麥克斯右手拿著那隻小豬撲滿，砸向派特森老師的手臂。小豬小小的金屬腳刺進她的皮膚，這次她縮了一下，大叫出聲，但還是沒有放手。

她不會放手的，我現在知道了。不管被咬、被打，或是被小豬的腳刺傷，她知道只需要把麥克斯拖回巴士上，她就又安全了，而那正是她現在要做的。麥克斯一面用他的小豬撲滿拚命敲打她的手臂，她一面後退，拖著麥克斯離開車道，往那棵橡樹還有她的巴士拖去。

我想要尖叫，大喊要人來幫忙，吵醒麥克斯的父母，讓全世界都知道我朋友這一路好不容易靠自己回到了家門口的車道前，只需要再一點點的幫助就能完成他的逃亡了。他靠自己完成了這趟旅程，他現在只需要一個人插手來救他。

我忽然想到一個主意。

「湯米．史溫登。」我對麥克斯大叫。

即使他仍在繼續用小豬撲滿猛敲派特森老師的手臂，想扭動身子掙脫，他還是皺起了眉頭瞪著我。

「不，我不是要你在她頭上便便。」我說：「湯米．史溫登，他在萬聖節的時候打破了你房間的窗戶。麥克斯，快打破窗戶！」

麥克斯彎起手臂，正準備要用小豬撲滿再次猛敲派特森老師的手臂，然後他停下了動作。他的眼神顯示他明白了。他只有一次機會，但他聽懂了。

他抬頭看著屋子。他現在在車道中間，腳跟仍然被派特森老師拖著往後走，他得現在就扔出去，不然距離就會太遠了。客廳裡有一扇很大的景觀窗，就在屋子正中央。但要丟中也不容易，那扇窗戶很遠，而且麥克斯的雙腳幾乎碰不到地面。

再說麥克斯現在也沒辦法扔。

「先咬她！」我說：「先咬她的手！用盡力氣咬！」

麥克斯點點頭。儘管他被人又抓又拖，他再次見到爸媽的機會要消失了，他還是點頭了。

然後他用力咬了下去。

他一定咬得比之前大力，因爲這次他一咬，派特森老師就叫了出來，從他的嘴巴裡抽開手，拚命甩著，彷彿手著火了似的。更重要的是，她不再拖著麥克斯往車道另一邊去。她仍握著麥克斯的一條手臂，但麥克斯的雙腳現在踩在地上了，他有機會了。

「投入點！」我說：「用你的身體去投！全力以赴啊！」

「好。」麥克斯喘著氣說。他拿著小豬撲滿的手往後舉高，將撲滿扔進了黑夜裡。

派特森老師看著小豬撲滿離開麥克斯的手，她眼睛睜得大大地看著小豬的豬鼻子朝天往上飛，然後往景觀窗的方向落下去。

豬眞的會飛耶，我想。

有那麼一瞬間，整個世界彷彿都停止運轉了。即使是月亮那隻看不見東西的眼睛也轉了過來，看著那隻小小的金屬小豬飛過天空。

小豬撲滿打中了窗戶的中心，這一投會永遠讓麥克斯的爸爸感到無比驕傲。這一投也會永遠讓我感到驕傲。這一扔好到連湯米·史溫登做夢都想不到。玻璃整個炸開，幾秒鐘後，警報系統在深夜裡尖叫起來。

派特森老師的另外一隻手伸了出來，那隻手因爲被麥克斯咬過，正在流著血。她用那隻手猛力勒住麥克斯的脖子，把他從地上舉起來，手臂裡夾著不停扭動尖叫的麥克斯，奮力想要逃跑。她現在已經跑過前院草坪，朝巴士去了。

麥克斯用盡這輩子所有的力氣把小豬扔了出去。景觀窗破了，警報器響了，警察正在路上。但派特森老師還是要帶著麥克斯逃走，她只差那麼幾秒，就能永遠逃走了。

麥克斯的爸爸從我面前飛衝過去的時候，我只見到一團殘影，他像爆走的火車一樣重重撞上了派特森老師的背。他用力把她整個人撞倒在地上，她發出了慘叫。派特森老師在落地前放開了麥克斯，讓自己不要摔得那麼慘。麥克斯往前摔了出去，滾到一邊，他喘著氣，胸部劇烈起伏，雙手抓著自己的脖子，想要緩過氣來。

派特森老師剛剛想要把他掐死。

派特森老師摔倒在地，麥克斯的爸爸扔壓在她身上，他的手臂像鋼索一樣捆住她不放。他只穿著短袖上衣和內褲，他的手臂都是傷口，還流著血。長長的割傷從他的手臂蔓延到整個肩膀，他的上衣背面被割破了，沾滿了血。我很困惑，我回頭看看屋子，屋子的門仍關著，麥克斯的爸爸是從破掉的景觀窗裡跳出來的，破掉的玻璃在他跳出來的時候割傷了他。

「麥克斯！我的老天啊！你沒事吧？」麥克斯的爸爸問，他還是沒有放開派特森老師，他已經把她制伏在地上了，但還是用全身的重量壓在她的背上。「老天，麥克斯，你沒事吧？」

「我沒事。」他的聲音又嘶啞又虛弱，但他說的是實話。

麥克斯沒事。

「麥克斯！」

是麥克斯的媽媽。她站在景觀窗前，往外看著草坪上這一幕：她滿身是血的丈夫、綁架麥克斯的人，還有麥克斯，就坐在他父親旁邊揉著脖子。

「麥克斯！喔我的老天啊！麥克斯！」

她從景觀窗後消失了。幾秒鐘後，電燈打開了，照亮了前院的草坪。前門「呼」的一下打開，麥克斯的媽媽衝出屋子，跑下門廊，越過草坪。她穿著白色的睡袍，整個人看起來就像在月光下發亮。她離麥克斯還有一公尺左右時跪了下來，向他滑過去，將他抱在懷裡，然後不斷親著他的額頭親了一百萬次。我從麥克斯臉上的表情看得出來，他不是很喜歡被親這麼多次，但只有這一次他沒有抱怨。他媽媽一面哭一面猛親他，而麥克斯甚至連眉頭都沒皺一下。

我看著麥克斯的爸爸，他仍把派特森老師牢牢壓在地上。她沒有扭動，但麥克斯的爸爸看了太多偵探片，現在才不會放她走。他知道，每次你一認為壞人不見了或死掉了，她就會從橡樹後面突然跳出來抓住你。

但他臉上仍在微笑。

我聽見遠方傳來警笛聲，警察來了。

麥克斯的媽媽懷裡仍抱著麥克斯，急忙走到麥克斯爸爸身邊，即使他還壓著派特森老師，她還是去擁抱他。

麥克斯從他媽媽的懷裡抬起頭看我，他在微笑。不是咧開嘴的笑，他是在微笑。

麥克斯．迪蘭尼在微笑。

我也在微笑，同時也在哭，這是我第一次因為快樂而流下淚水。我對麥克斯豎起拇指。

透過我漸漸消失的拇指，我看見麥克斯親了親他媽媽滿是淚水的臉頰。

61

「你知不知道你正在——」

「我知道。」我說：「我已經開始消失兩天了。」

小小嘆了口氣，有好一會兒她什麼都沒說，只是看著我。醫院的休息室裡只有我們兩個人。我來的時候，還有其他幻想朋友，但小小看了我一眼之後，把他們送走了。

大家真的都很聽一個小仙子的話。

「你會不會感覺……？」她問。

「什麼感覺都沒有。」我說：「如果我瞎了，我根本不會知道自己正在消失。」

事實上，這不是真的。麥克斯已經不主動和我說話了。他不是氣我，只是不再知道我就在他身邊了。如果我就站在他面前，和他說話，他會注意到我，回我的話。但如果我沒有和他說話，他就不會和我說話。

這讓我一直很難過。

「奧斯華呢？」小小問。但我從她望著自己雙腳的模樣看得出來，她已經知道了。

「他走了。」我說。

「去哪裡了？」

「好問題。」我說：「我不知道，大概就是我之後要去的地方吧，也可能哪裡都不是。」

我告訴小小，麥克斯是如何逃走的，還有巨人奧斯華是如何打開麥克斯地下室監獄的牢籠，以及他最後一次觸碰到現實世界，讓派特森老師整個人摔倒，讓她沒辦法立刻追上麥克斯。我告訴她，在樹林裡的追逐、麥克斯被困在樹林裡，還有在麥克斯家草坪上的最後戰鬥。我告訴她，麥克斯的爸爸是如何壓倒派特森老師，直到警察趕來為止，還有他爸爸是如何對警官們吹噓他兒子「智拚那個瘋狂的婊子然後贏了。」

接著我告訴她，奧斯華是如何知道自己要死去了，而我又是如何試著想把他帶回醫院救他一命。

「但他不要回來。」我說：「他犧牲自己去救麥克斯。他是英雄。」

「你也是啊。」小小從淚眼裡露出微笑。

「我不像奧斯華。」我說：「我只是站在麥克斯身旁，要他跑、要他躲起來。我不像奧斯華那樣能碰觸到現實世界。」

「是你告訴麥克斯把小豬扔向窗戶的，也是你告訴麥克斯，你是想像出來的，所以他才能救自己，你也犧牲了自己啊。」

「是啊。」我覺得怒火在體內漸漸燃燒。「就因為這樣，我要消失了。麥克斯自由了，安全了，但我卻要死了。我消失了之後，他甚至不會記得我。我只會變成有一天他媽媽告訴他的一個故事而已：他是怎麼樣曾經擁有一個叫做布多的幻想朋友。」

「他永遠不會忘記你的。」小小說：「他只是不相信你以前曾經是真實的，但我相信。」

可是小小有一天也會死，說不定很快。她的人類朋友是四歲，小小說不定在一年內，或是更短的時間內就消失了。幼稚園會像殺掉許多幻想朋友那樣殺死她。她死了之後，就什麼都沒了，再也沒有任何關於布多的記憶存在了。所有我曾說過的話、做過的事情，都將永遠消失。

小小揮動翅膀，從長沙發上飛起來，在房間中央盤旋。

「而且我會告訴其他人。」她似乎看穿了我的心思。「我會告訴每一個我遇見的幻想朋友，而且我會要他們也去告訴每一個他們遇見的幻想朋友。我要他們把這個故事在幻想朋友間流傳下去，這樣這個世界就永遠不會忘記，巨人奧斯華還有偉大的布多曾經爲了麥克斯・迪蘭尼這個全世界最勇敢的小男孩做過什麼。」

「聽起來眞棒。」我說：「小小，謝謝妳。」

我不忍心告訴她，這樣做也不會讓死亡好過多少。或是，我不相信這個世界的幻想朋友會把這個故事流傳下去。有太多像狗狗，或是查普，或是像湯匙這樣的幻想朋友了。沒有足夠的像小小，或奧斯華，或夏天，或是葛拉漢這樣的幻想朋友。

遠遠不夠。

「麥克斯現在怎麼樣呢？」小小落回長沙發上，坐在我身邊。她想要轉變話題，我很感激她這麼做。

「他很好。」我說：「我以爲在發生這一切之後，他會變得不一樣。但他還是一樣，也許有一點點不一樣了，但變得不多。」

「什麼意思？」

「麥克斯在森林裡的時候很勇敢，甚至在他家前院的時候也是，因爲那是他擅長的。他花了一輩子的時間讀戰爭、武器和狙擊手的書，而且已經用他的玩具士兵策劃了一千場戰爭。在樹林裡沒有人打擾他，沒有人和他說話，也沒有人和他目光接觸；沒有人試著想要去握他的手，或是揍他的鼻子，或是替他拉上外套拉鍊。他那時候是從一個人身邊逃走，那正是麥克斯總想要做的，他想逃離人群。他在外面逃亡的時候表現棒極了，幾乎像他原本就屬於那裡。」

「那現在呢？」小小問。

「他昨天回到學校的時候，實在很難熬。每個人都想和他說話，太多人，來得太快了，他差點就要發作。幸好葛思克老師看到了，她要所有其他老師還有年紀比較大的小朋友，甚至連學校的心理醫生都『走開！』麥克斯還是麥克斯，也許現在勇敢了一點，也比較會照顧自己，但他還是麥克斯。他仍然在擔心多出來的便便，還有湯米．史溫登。」

小小皺起她臉上應該有眉毛的地方。

「沒關係。」我說：「這說來話長。」

「你還有多久會——」

「我不知道。」我說：「也許是明天吧。」

小小露出微笑，但那是悲傷的微笑。

「我會想你的，布多。」

「我也會想妳的。」我說：「我會想念所有的一切。」

62

我想得沒錯。就是在今天。麥克斯今天早上打開電燈時，我幾乎看不見我自己了。我向麥克斯打招呼，但他沒有回應，他甚至連看都沒有看我一眼。

接著，就在不久之前，我開始有了這種感覺。我現在坐在葛思克老師的教室裡，麥克斯和其他小朋友坐在地毯上，聽葛思克老師朗讀一本叫做雙鼠記[31]的故事書。這是一本關於老鼠冒險的故事書。我原本以爲會是個很蠢的故事，因爲講的是老鼠呢，但故事卻一點也不蠢，反而棒極了。這是最棒的故事書，講一隻喜歡燈光而且能夠讀書的老鼠，必須要去拯救豌豆公主。

葛思克老師才講到故事的一半，我永遠都沒辦法聽完了，我再也不會知道德佩羅[32]最後的結局。

在這方面德佩羅有點像我：我永遠都不會知道德佩羅的命運，就如同沒有人會知道我的命運。我會停止存在，停止持續存在，就在今天，但只有我知道這件事。我會安安靜靜，沒人知道地死在教室後面，聽著一隻老鼠的故事，永遠都不會知道牠最後的命運。

麥克斯和葛思克老師，還有其他人都會繼續過日子，彷彿什麼事都沒有發生，他們會繼續聽著德佩羅接下來的冒險故事。

我卻不能。

我感覺肚子裡有一個軟軟黏黏的氣球，是那種會自己飄上天空的氣球。我不會感覺到痛，只是覺得自己像要被拉了上去，即使我仍坐在椅子上。我看著自己的雙手，但只有在眼前揮動的時候，我才看得見。

我很高興死掉的時候，是在葛思克老師的教室裡。麥克斯和葛思克老師是全世界我最喜歡的兩個人，想到他們會是我最後的記憶，我就覺得很窩心。

只是我不會有記憶了。臨死之前能和麥克斯與葛思克老師待在一起很棒，但那也只到我死去的那一刻爲止。在那一刻之後，一切都不再重要了。從那一秒開始，所有的一切對我而言都不再有意義了。不只是我死後的一切，連我死前的一切也是一樣。我一死，一切也都消失了。

感覺這一切眞像是白白浪費掉了。

我看著麥克斯，他就坐在葛思克老師的腳邊，和我同樣喜歡這個故事。他在微笑呢。他現在會微笑了，那是以前那個相信布多的麥克斯，和現在這個不相信布多的麥克斯，不同的地方。他會微笑了，雖然笑的時候不多，只是偶爾而已。

葛思克老師也正在微笑。她微笑是因爲麥克斯回來了，同時也因爲她和教室裡其他人一樣喜歡這個故事。德佩羅被扔進地窖裡，和其他大老鼠關在一起，因爲牠和其他老鼠都不一樣。在某方面來說，麥克斯也很像德佩羅。他和每個人都不一樣，他也曾經被困在地下室裡。而且，就像麥克斯一樣，我想德佩羅最後會逃離黑暗，扭轉局勢。

㉛ The Tale of Despereaux，敘述一隻愛讀書的老鼠爲了拯救豌豆公主而展開的冒險故事，曾改編爲動畫片於二〇〇九年在台上映。

㉜ 雙鼠記主角的名字。

我肚子裡的氣球越來越大了，感覺很溫暖，很舒服。

我走過去坐在葛思克老師腳邊，就在麥克斯身旁。

我想著那些所有在過去兩個星期中失去的人：葛拉漢、夏天、奧斯華和小迪。我想像著他們每一個人現在就站在我面前，我試著去想像他們每一個人最美好的模樣。

葛拉漢消失的時候，坐在葛蕾絲的身後。

夏天要我保證一定要救出麥克斯。

奧斯華單膝跪在那道門面前，雙手往前伸開，絆倒派特森老師。

小迪對著莎莉大喊，因為她把他當成自己的弟弟。

我愛他們每一個人。

我想念他們每一個人。

我抬起頭，望著葛思克老師。我消失之後，她就得保護麥克斯了。她得幫助他處理多出來的便便，還有湯米·史溫登，還有所有其他麥克斯無法辦到的小事，因為他是那麼活在自己的內心世界裡——那個廣大的、美麗的，曾經把我創造出來的地方。

她會的。巨人奧斯華是英雄，說不定連我也可以算是一點點的英雄，但葛思克老師無時無刻，每一天都是英雄，即使只有像麥克斯這樣的孩子才知道她是英雄。在我消失很久之後，她都會是一個英雄，因為她一直都是。

我轉頭望向麥克斯，我的朋友，把我創造出來的男孩。他忘了我，我很想對他生氣，但我沒有。我無法對麥克斯生氣，因為我愛他。我消失後，一切都不再重要了，但不知道為什麼，我想我仍會一直愛著麥克斯。

我不再害怕死亡了。只是感到悲傷，因爲我再也見不到麥克斯了。我會錯過他未來那數以千計的日子。他會長大，變成一個男人，然後有一個自己的小麥克斯。如果我可以就只是坐在某個地方，安安靜靜，不要亂動，看著我深愛的小男孩長大，好好過日子，我就會覺得很幸福了。

我不需要再爲我自己存在了。我只想要爲了麥克斯而存在，我想要知道麥克斯接下來的故事。

我的眼淚很溫暖，身體也很溫暖。我看不見自己，但是我看得見麥克斯。他美麗的臉龐仰了起來，看著他最愛的老師，他唯一喜愛過的老師，我知道他會很快樂的。他會很安全，會過得很幸福。

我看不見麥克斯接下來的人生，但我知道，他會活得很久、很快樂，而且過得很好。

我閉上眼睛，眼淚流下雙頰，然後消失了。不再有溫暖、潮溼的淚水流過了。我肚子裡黏黏的氣球已經脹到塡滿身體裡的每一處角落和縫隙，我感覺到自己開始往上升。

我不再是一個整體。我不再是我自己了。

我往上飛。

我盡可能在心底記住麥克斯的臉龐，直到我完全消失。

「我愛你，麥克斯。」我對著他的臉輕輕地說，接著這世界所有的一切漸漸消失，只剩下一片空白。

尾聲

我張開眼睛，發現自己正看著另外一雙眼睛。我以前見過這雙眼睛，又黑又溫暖，而且這雙眼睛認得我。

我卻認不得。接著我認出來了。

可是我不懂。

我說出她的名字。

「小迪？」

於是，我懂了。

致謝詞

史蒂芬．金建議寫小說的初稿時，要關上房門。

我懷疑金先生——當然，我可是對他異常尊敬——在年輕時並沒有在陰暗的電動遊樂場裡埋首苦打電動，或是手裡拿著Atari 5200[33]遙控器坐在電視機前面。電動遊戲上癮的人已經習慣要有即時的回應，並且向來如此要求。儘管我現在已經克服了癮頭，玩得很保守，但即時回應的需求還是沒有離開我。

因此，我在寫作每一句的同時，門都是大開的。在完成這部小說的過程中，我邀請了十幾位朋友與家人，在我一面寫的時候，一面讀我的故事。他們有益的建議、大方的讚美與私下的勸告，對我的成功而言非常重要。但對我來說，最重要的，是知道有人正在讀你寫的故事，而且等不及要看到下一章出現。

就因為這點，我永遠都心懷感激。

在這些早期的讀者群中，最重要的一個人，而且一直以來都是最重要的那個人，就是我的妻子愛麗莎．迪克斯，我的每一個字都是為她而寫。對我來說，寫作只不過是永遠不會停止的連續努力，要讓我所愛的那個美麗女孩驚豔。我很幸運，愛麗莎喜歡我寫出來的東西，更勝於不喜

[33] Atari為一九八○年代知名大型電動遊戲公司，代表作為小蜜蜂與小精靈。

歡，而且她提供了時間與支持來完成我的目標。因爲她，我想要寫得好，也才能寫得夠好。

這裡要特別感謝琳賽．海爾，建議我孩童時代的幻想朋友也許能成爲一部小說的靈感。我非常幸運能夠在過去四年裡與琳賽相處許多時間，如果她不是一個這麼出色的聽衆、知己與朋友，這本書永遠不會出現。

感謝我的岳父母，芭芭拉與葛瑞．格林夫婦[34]，謝謝他們持續不斷的支持與關愛。他們有時候實在令人難以招架，他們那幾隻狗大部分時間簡直讓我和妻子抓狂，但他們的出現是上帝賜給我的禮物。我之前從不明白或體驗過所謂父母對孩子感到驕傲是什麼感覺。我很幸運能在這把年紀找到了這樣禮物。

感謝眞實人生裡的葛思克老師，她和小說中那位分身僅有些微不同。我很幸運地在十四年前獻身教學工作時，受到朵娜的指導。物以類聚，我們從第一天開始就是親密的好友。朵娜是我所知最優秀的老師，過去這些年來，我見過她改變了無數孩子的生命。我想要給麥克斯和布多最好的老師，於是很快就想到，現實生活裡不就有一位比我能想像的還要偉大許多的人物了嗎？

此外十分感激西莉雅．樂維特，這本書的審稿編輯。我認爲編輯的名字應該要出現在每一本書的封面，好讓大家知道他們將一個故事出版的所有努力。她的專業讓我省去數不清的文法尷尬錯誤。她那看不到但重要性十足的經手痕跡，很像幻想朋友，被藏在這本書的每一頁裡。

對丹尼爾．馬勒瑞致上不朽的感激。我還沒見過他本人，儘管我們的關係只建立在幾通電話和多到爆的電子郵件上，但我已經覺得與他十分親近。我猜，要是丹尼爾就住在附近的話，我們很快就會變成好朋友。但既然我們中間相隔了一片海洋，我必須勉強自己接受現狀，在海洋另一端接受他的睿智與可貴的忠告。我很幸運能有這樣專業技能的人來幫助我將布多的故事搬到現實世界。

最後，永遠都無法道盡我對泰琳．翡潔絲的感激。她是我的經紀人，也是我的朋友，在我不相信自己能把這故事寫出來的時候，她相信我辦得到。沒有她的督促，布多和他的朋友們仍然只是散落在我硬碟裡的那一堆未經考驗的點子。泰琳長久以來一直是我寫作事業上看不見的益友，是她讓每一次衝突少些雜音，讓每一次成功多些歡樂，讓我放在頁面上的每一句話少些不幸。她是我生命裡的小小，我的守護天使。

34 本書作者原名爲馬修．狄克斯（Matthew Dicks），後接受英國出版商要求，以妻子娘家姓氏「格林」（Green）爲筆名。

GroWing 14

我的幻想朋友 Memoirs of an Imaginary Friend

我的幻想朋友 / 馬修.狄克斯作 ; 薛慧儀譯. --
初版. -- 臺北市 : 春天出版國際, 2016.10
面 ; 公分. -- (Growing ; 14)
譯自 : Memoirs of an Imaginary Friend
ISBN 978-986-5607-75-3(平裝)

874.57 105017531

ISBN 978-986-5607-75-3
Printed in Taiwan

作　者　馬修・狄克斯
譯　者　薛慧儀
總編輯　莊宜勳
主　編　孟繁珍

出版者　春天出版國際文化有限公司
地　址　台北市信義路四段458號3樓
電　話　02-7718-0898
傳　眞　02-7718-2388
E－mail　frank.spring@msa.hinet.net
網　址　http://www.bookspring.com.tw
部落格　http://blog.pixnet.net/bookspring
郵政帳號　19705538
戶　名　春天出版國際文化有限公司
法律顧問　蕭顯忠律師事務所
出版日期　二〇一六年十月初版
定　價　350元

總經銷　楨德圖書事業有限公司
地　址　台北縣新店市復興路45號3樓
電　話　02-2219-2839
傳　眞　02-8667-2510
香港總代理　一代匯集
地　址　九龍旺角塘尾道64號 龍駒企業大廈10 B&D室
電　話　852-2783-8102
傳　眞　852-2396-0050